AF399503

Uli Vögl wurde 1976 in Augsburg geboren und lebt mit ihrem Mann und ihren drei Kindern in der Fuggerstadt. Wann immer ihr es möglich ist, verbringt sie viel Zeit in der Natur und zieht eigene Kräuter. Ihre Leidenschaft für das Schreiben teilt sie mit ihrer Zwillingsschwester, mit der sie gemeinsam die Donnersbergtrilogie geschrieben hat.

ULRIKE VÖGL

Ein humorvoller Augschburg-Krimi

Überarbeitete Neuausgabe Oktober 2024

Copyright © 2024 dp Verlag, ein Imprint der
dp DIGITAL PUBLISHERS GmbH
Made in Stuttgart with ♥
Alle Rechte vorbehalten

Obacht, Mord!

ISBN 978-3-98998-442-4
E-Book-ISBN 978-3-98998-440-0

Copyright © 2021, dp Verlag, ein Imprint der
dp DIGITAL PUBLISHERS GmbH
Dies ist eine überarbeitete Neuausgabe des bereits 2021 bei
dp Verlag, ein Imprint der dp DIGITAL PUBLISHERS Gmb
erschienenen Titels Mordsplatschari (ISBN: 978-3-96817-292-7).

Covergestaltung: Anne Gebhardt
Umschlaggestaltung: ARTC.ore Design
Unter Verwendung von Abbildungen von
shutterstock.com: © Eric Isselee, © Alexey V Smirnov
stock.adobe.com: © DC Studio , © Metallic Citizen, © Natalie Board
elements.envato.com: © PixelSquid360
Lektorat: Claudia Steinke
Satz: dp DIGITAL PUBLISHERS GmbH
Druck und Bindung: Books on Demand GmbH, Norderstedt

Vorwort

Dies ist eine überarbeitete Neuauflage des bereits erschienenen Titels Mordsplatschari von Ulrike Vögl.
Da wir uns stets bemühen, unseren Leser:innen ansprechende Produkte zu liefern, werden Cover sowie Inhalt stets optimiert und zeitgemäß angepasst. Es freut uns, dass du dieses Buch gekauft hast. Es gibt nichts Schöneres für die Autor:innen und uns, zu sehen, dass ein beständiges Interesse an ästhetisch wertvollen Produkten besteht.
Wir hoffen, du hast genau so viel Spaß an dieser Neuauflage wie wir.

Dein dp-Team

*Meinem Mann **Florian**
und meinen drei Süßen, **Lilly, Tim** und **Ida***

1

„Du hast – was?" Helena starrte völlig entsetzt auf das Handy in ihrer Hand, während die gelassene Stimme ihrer Mutter aus dem Lautsprecher kam.

„Aber du kennst doch die Jenny!", sagte ihre Mutter gerade. „Wieso regst du dich denn nur so auf?"

„Ich habe Jenny vor ungefähr zehn Jahren zum letzten Mal gesehen! Zehn Jahre, Mama!" Helena fuhr sich mit den Händen durch ihre Haare und versuchte, sich zu beruhigen.

„Aber sie ist doch deine Cousine. Magst du ihr nicht diesen kleinen Gefallen tun?"

Helena musste laut lachen. „Kleiner Gefallen? Ich soll Jennys Sohn bei mir aufnehmen, und du sprichst von einem kleinen Gefallen?"

„Du übertreibst maßlos, Lenchen. Von Aufnehmen kann gar keine Rede sein. Du sollst ihn lediglich ein paar Wochen bei dir unterbringen, das ist alles."

„Aufnehmen, unterbringen – also ob da ein Unterschied wäre!", blaffte Helena verärgert. Ihre Mutter hatte wirklich Nerven! „Außerdem kenne ich den Jungen doch gar nicht!"

„Natürlich kennst du ihn! Bei Großonkel Herberts 80. Geburtstag habt ihr euch gesehen."

„Großonkel Herbert lebt doch schon ewig nicht mehr, Mama!"

„Ach Lenchen“, schmeichelte ihre Mutter. „Tu es mir zuliebe! Ich habe es Tante Linda versprochen. Sie macht sich solche Sorgen um ihren Enkel, und ihre Tochter Jenny ist auch ganz verzweifelt!“ Ein flehender Unterton lag in der Stimme von Helenas Mutter.

Die junge Kommissarin seufzte. Sie hatte schon immer Schwierigkeiten damit gehabt, ihrer Mutter einen Gefallen abzuschlagen, da die beiden ein äußerst herzliches Verhältnis zueinander hatten. Ihre Mutter war immer für sie da gewesen. Auch als sie nach Augsburg umgezogen war und das Heimweh nach ihrer Hamburger Heimat sie zu übermannen drohte, war es ihre Mutter gewesen, die ihr immer wieder Mut zugesprochen hatte. Ohne sie hätte sie vielleicht die Flinte ins Korn geworfen und wäre jetzt nicht so glücklich in ihrer neuen Heimat. Bei der Augsburger Polizei hatte sie eine herzensgute Partnerin, die zwar zugegebenermaßen ziemlich unkonventionell war, ihr aber in dem halben Jahr, in dem sie nun in der Fuggerstadt weilte, eine richtig gute Freundin geworden war, die sie nicht mehr missen wollte.

„Was weißt du denn über diesen Johannes? Als ich ihn zum letzten Mal gesehen habe, ging er mir ungefähr bis zum Bauchnabel“, hakte Helena nach. Aus der Leitung kam ein erleichtertes Seufzen. Ihre Mutter wusste genau, wann sie gewonnen hatte.

„Er ist ein ganz lieber Junge“, begann sie ihre Ausführungen.

„Na, wenn er so lieb wäre, wie du behauptest, wäre er wohl kaum vom Gymnasium geflogen, wie du mir vorhin erzählt hast“. Diesen gehässigen Kommentar konnte sich Helena nicht verkneifen.

„Daran ist nur sein Freundeskreis schuld, sagte zumindest Tante Linda. Ihre Jenny hat ihr von den sogenannten Freunden von Johannes ausführlich erzählt. Sie haben ihn auf die schiefe Bahn gebracht. Deshalb hofft sie doch so sehr, dass ein Tapetenwechsel dem Jungen hilft.“

„Weißt du denn, warum genau er von der Schule geflogen ist?“

„Soweit ich weiß, waren da Drogen im Spiel. Bei ihm ist wohl ein Joint oder so etwas gefunden worden.“

Helena schluckte. *Ein Joint oder so etwas* konnte schließlich eine Menge bedeuten.

„Mama, ich habe gar keine Zeit, mich um Johannes zu kümmern“, versuchte sie abermals, den Wunsch ihrer Mutter abzuwehren. „Ich muss doch jeden Tag ins Präsidium.“

„Das ist ja das Gute daran! Du bist doch Polizistin …“ - Helena unterbrach kurz: „Kriminalkommissarin!“ –

„Eben! Kriminalkommissarin“, fuhr ihre Mutter fort. „Da kann der junge Mann lernen, wie leicht man auf die schiefe Bahn gerät und was mit den Menschen passiert, die mit Drogen zu tun haben.“

Helena konnte die Zufriedenheit in der Stimme ihrer Mutter hören, die sich ihrer Sache offenbar sehr sicher war.

„Aber Mama“, setzte Helena noch einmal an. „Wenn ich weg bin, ist der Jung doch alleine daheim. Wer weiß, auf was für Ideen er da kommt.“

„Und genau dafür habe ich auch schon eine Lösung.“

Jetzt war Helena aber gespannt. Ihre Mutter klang so überzeugt, dass Helena sich daher sicher war, dass diese noch einen Trumpf im Ärmel hatte, den sie nun ausspielen würde. Gespannt wartete sie auf das, was nun käme.

„Der Johannes wird bei euch auf dem Präsidium ein Praktikum machen."

Der Kommissarin blieb vor Überraschung der Mund offen stehen. Das hatte sie nun wirklich nicht erwartet!

„Ein Praktikum? Bei uns auf dem Präsidium?"

„Genau. So kannst du ihn immer im Blick behalten. Wer weiß, vielleicht wird ja auch noch ein waschechter Polizeibeamter aus dem Jung?"

Vom Drogi zum Bullen ... Helena musste schmunzeln. Ihre Mutter hatte aber auch eine blühende Fantasie.

„Sag mal, wie stellst du dir das eigentlich vor? Das ist alles nicht so einfach! Erst einmal müsste ich bei Kriminalhauptkommissar Meier die Erlaubnis einholen, bezweifle aber, dass er einen Kleinkriminellen bei uns arbeiten lässt."

„Das ist ja das Schöne", sagte ihre Mutter zufrieden. „Das ist alles schon geregelt. Der Jung kann schon am kommenden Montag bei euch anfangen."

Helena schnappte nach Luft. „Schon geregelt? Aber wie ...?" Plötzlich schwante ihr Schlimmes.

„Franzi!", sagten sie und ihre Mutter gleichzeitig.

„Genau, eben die", lachte ihre Mama. „Franzi war so lieb, Johannes eine Praktikumsstelle bei euch auf dem Präsidium zu besorgen. Ich habe ihr gesagt, dass das eine Überraschung für dich sein soll."

„Tolle Überraschung", knurrte Helena. Das hätte sie sich ja denken können, dass ihre Partnerin Franzi die Finger im Spiel hatte. Über Silvester hatte Franzi Helenas Eltern kennengelernt, als die beiden Kommissarinnen einen Kurztrip nach Hamburg unternommen hatten. Franzi und Helenas Mutter hatten sich sofort blendend verstanden. Mit ihrer offenen Art hatte die Augsburger Kommissarin die Hamburger im Sturm erobert. Franzi und Helenas Mutter teilten die Leidenschaft für das Gärtnern und die Kräuterheilkunde miteinander. So saßen sie stundenlang bei einer dampfenden Tasse Kräutertee – natürlich aus selbstgesammelten Kräutern – in der Küche und tauschten sich aus. Helena interessierte sich zwar auch für Kräuter und deren Heilwirkung und hatte mit Franzi zusammen sogar schon wohlduftende Calendulasalbe hergestellt, verfügte aber bei weitem nicht über das Backgroundwissen der beiden. Dass Franzi und ihre Mutter noch miteinander in Kontakt standen, hatte Helena nicht gewusst.

„Also, ist es abgemacht?", hakte ihre Mutter nach.

Verzweifelt drehte Helena die Augen zur Decke. Wie es aussah, kam sie aus dieser Nummer nicht mehr heraus.

„Und wie lange soll der Johannes bei mir bleiben?"

„Ach, das werden wir dann sehen, Lenchen. Ich bin mir sicher, dass ihr zwei euch blendend verstehen werdet! Immerhin ist er dein Großcousin."

Kurze Zeit später beendete Helena das Telefonat. Ihre Mutter hatte ihr Jennys Handynummer gegeben, von der sie alle weiteren Informationen erhalten würde. Seufzend stand sie von ihrer bequemen Wohnzimmercouch auf und ging in die Küche. Sie brauchte dringend Koffein. Während sich ihre Einhebelkaffeemaschine langsam erhitzte und mit Zischgeräuschen auf sich aufmerksam zu machen versuchte, starrte Helena gedankenverloren aus dem Fenster, ohne die schöne Umgebung draußen wahrzunehmen. Der Gedanke, für jemanden verantwortlich zu sein, behagte ihr gar nicht. Zumal sie diesen Jemand nicht einmal richtig kannte. Erst als das Zischen der Kaffeemaschine einen bedrohlichen Unterton annahm, wandte sie ihre Aufmerksamkeit wieder ihrem ursprünglichen Vorhaben zu. Sie nahm die geliebte Espressotasse ihrer Oma aus dem Schrank und stellte sie unter das Ventil. Anschließend drückte sie mit ganzer Kraft auf den Hebel, woraufhin der köstliche Espresso in ihre Tasse träufelte. Tief sog Helena das kräftige Aroma ein. Hmmm, wie das duftete! Vorsichtig balancierte die Kommissarin das heiße Getränk in Richtung Balkon. Da die alte Tasse leider über keinen Henkel mehr verfügte, hielt sie sie vorsichtig oben am Rand, um sich die Finger nicht zu verbrennen. Ein prüfender Blick aus dem Fenster verriet ihr, dass sich die Wolken, die vormittags noch zuhauf den Augsburger Himmel bedeckt hatten, inzwischen größtenteils verzogen hatten. Es sprach also nichts dagegen, den Espresso draußen auf dem Balkon einzunehmen. Helena öffnete die Balkontür. Sie stellte die Tasse auf dem kleinen Tischchen ab und setzte sich auf einen ihrer quietschgelben Klappstühle, die damals mit ihr von Hamburg nach Augsburg umgezogen waren. Die Uhr der nahegelegenen St. Ulrichsbasilika schlug Elf. Von ihrem Balkon aus konnte sie den hohen Kirchturm gut sehen.

Vorsichtig nippte Helena an ihrem Getränk. Augenblicklich belebten sich ihre Lebensgeister wieder. Wie gut, dass sie sich gleich einen doppelten Espresso gemacht hatte! Entspannt lehnte sie sich zurück. Dies war ihre letzte Urlaubswoche und schon am Montag würde es für sie im Präsidium weitergehen. Zwei Wochen hatte sie Urlaub genommen, da sie schon viel zu viele Überstunden angehäuft hatte. Ihr Chef, Kriminalhauptkommissar Meier, hatte sie freundlich aber energisch dazu gedrängt. Zuerst hatte sie überhaupt keine Lust gehabt, Ende Mai, Anfang Juni Urlaub zu nehmen, war jetzt aber doch froh darüber, dass sie nachgegeben hatte. Das erste halbe Jahr in Augsburg hatte es in sich gehabt. Gemeinsam mit Franzi hatte sie mehrere Fälle bearbeitet und sogar schon zwei Todesfälle aufklären können. Als sie sich an ihren ersten großen Fall hier zurückerinnerte, schüttelte sie unwillkürlich den Kopf. Was für eine irrsinnige Geschichte das gewesen war! Und wie sehr sie anfangs mit dem Augsburger Dialekt zu kämpfen gehabt hatte! Ok, zugegebenermaßen hatte sie das immer noch, aber an manche Dinge hatte sie sich trotzdem schon gewöhnt. Sie würde hier für alle Zeiten der „Saupreiß" sein und den Dialekt vermutlich nie aussprechen können. Damit hatte sie sich längst abgefunden, aber sie war schon dankbar, mittlerweile wenigstens nicht mehr ganz so unbeholfen dazustehen, wie zu Beginn. Wenn sie wieder mal nur Bahnhof verstand, war ja Franzi da, die für sie dolmetschen konnte.

Franzi hatte die letzten beiden Wochen allein die Stellung im Präsidium gehalten. Sie würde im Sommer einen längeren Urlaub machen und ihre Patentante Lotte in der Pfalz besuchen. Helena hatte ihre Freundin jedes Wochenende getroffen, um von ihr den neuesten Tratsch aus dem Präsidium zu erfahren. Meistens trafen sie sich in einem idyllischen Biergarten direkt an der Wertach. Gerade einmal fünfzehn Minuten brauchte Helena mit dem Fahrrad aus der Stadtmitte dorthin und Franzi, die in den Wertachauen wohnte, war sogar noch schneller dort. Längst hatte sich Helena auch an das bayerische Nationalgetränk gewöhnt. Grundsätzlich war sie eher Weintrinkerin, aber im Biergarten trank man eben Bier, wie der Name schon sagte. Das bayerische Bier war aber auch süffig, wie Helena bereitwillig zugab. Was sie aber nie verstehen würde, war, dass Bayern ihr Bier gerne aus einem Maßkrug tranken. Ein ganzer Liter Bier! Das würde sie nie schaffen. Einmal hatte sie gesehen, wie ein Einheimischer einen Maßkrug auf einen Zug geleert hatte, sehr zur Freude seiner Tischgenossen. Einen Höllenlärm hatten die veranstaltet und ihm sofort ein neues Bier hingestellt. Schließlich verlangte solch heroisches Engagement ja nach einer Belohnung ... Der Held selbst hatte sich grinsend von seinen Kumpels auf die Schulter klopfen lassen und auch mit dem Leeren seiner zweiten Maß keine großen Probleme gehabt, wie Helena erstaunt beobachtet hatte. Wie konnte man nur so viel trinken? Müsste es nicht irgendwann oben wieder herausschäumen?

In dem gemütlichen Biergarten an der Wertach gab es noch dazu leckeres Essen. Nicht nur der übliche Wurstsalat, der dort in riesigen Bergen mit Radieschen garniert und duftenden Brotscheiben serviert wurde, sondern auch außergewöhnlichere Speisen wie Falafelbällchen auf Salat oder Hummus mit Fladenbrot standen dort auf der Speisekarte. Franzi und Helena saßen meist an ihrem Lieblingsplatz, von dem aus sie die träge dahinfließende Wertach beobachten konnten.

Noch vier Tage, dann war der Urlaub vorbei. Helena freute sich auf die Arbeit. Kommissarin war ihr absoluter Traumberuf, obwohl sie auch schon in der ein oder anderen brenzligen Situation gewesen war. In ihrem ersten Fall in Augsburg war sie sogar mit einem Messer bedroht und verletzt worden. Aber was gab es Besseres, als für Recht und Ordnung zu sorgen? Und mit Franzi hatte sie eine zuverlässige Partnerin an der Seite. Franzi ... Helena runzelte die Stirn, als sie an ihre Partnerin dachte. Hatte die doch tatsächlich mit ihrer Mutter gemeinsame Sache gemacht! Am besten rief sie ihre Freundin gleich mal an. Sie holte ihr Handy aus dem Wohnzimmer und wählte Franzis Nummer.

„Ja, grüß di, Lena!", tönte ihr Franzis Stimme erfreut entgegen. „Schön, dass du mi aus meim trischten Büroalltag rausholsch!"

„Hallo Franzi", grüßte sie zurück. „Sag mal, was für eine Sache hast du denn da mit meiner Mutter ausgeheckt?"

Glucksendes Lachen ertönte aus dem Hörer. „Ja, des isch ´ne feine Überraschung, geh?"

„Na ja, überrascht bin ich schon", bemerkte Helena. „Aber eine *feine* Überraschung ...?" Ein zweifelnder Unterton schwang in ihrer Stimme mit.

„Jetzt komm scho! Des wird doch a Riesenspaß mit deim Hannes! Wirsch scho sehn", warf ihre Partnerin fröhlich ein.

„Wie hast du das denn eigentlich hinbekommen, mit dem Praktikum und so?", wollte Helena es jetzt doch genauer wissen.

Wieder ertönte lautes Lachen aus dem Hörer. „Ganz einfach! Mit dem mir eigenen Charme hab i den Meier so lang bezirzt, dass der mir gar nimmer aus´kommen isch.“

Helena musste grinsen. Sie konnte sich lebhaft vorstellen, dass der Kriminalhauptkommissar keine Chance gehabt hatte. Was Franzi sich in den Kopf setzte, war so gut wie beschlossene Sache. Ihr Chef tat ihr fast ein klein wenig leid.

„I hab ihn solang g´nervt, bis er ja g´sagt hat“, fuhr Franzi mit ihrer Erklärung fort und bestätigte damit Helenas Vermutung. „Frau Danner“, Franzi ahmte den tiefen Bass von Kriminalhauptkommissar Meier täuschend echt nach, „dann bringen´S den Buben halt in Dreiteufelsnamen mit auf´s Revier, aber lassen´S mich endlich damit zufrieden.“

Helena lachte. Sie sah das genervte Gesicht ihres Chefs förmlich vor sich.

„Aber dass du das hinter meinem Rücken ausgeheckt hast, ist schon allerhand“, schalt sie ihre Partnerin leicht.

„Weißsch, Lena, die Rosi und i ham des halt so ausg´macht. Und was soll denn Schlechtes dran sein, wenn ma sich aushilft? Dem Buben wird´s hier gut gehn. Wirsch scho sehn!“

Die Rosi und sie ... So, so. Die resolute Schwäbin war tatsächlich der einzige Mensch, der Rosi zu Helenas Mutter sagte. Für alle anderen war sie nur Roswitha. Helena hatte gestaunt, dass ihre sonst so korrekte Mutter nur leicht die Augenbrauen gehoben hatte, als sie sich vorgestellt hatte und von Franzi sofort mit „Servus, Rosi“ begrüßt und umarmt worden war. Auch Helena war von Franzi gleich mit dem Spitznamen „Lena“ versehen worden, obwohl sie in Hamburg immer mit ihrem ganzen Vornamen angesprochen worden war. Lediglich ihre Mutter sagte hin und wieder „Lenchen" zu ihr, vor allem, wenn sie etwas von ihr wollte, so wie vorhin am Telefon.

„Ich kann mir jedenfalls nur schwer vorstellen, auf einmal für ein Kind verantwortlich zu sein", stöhnte Helena.

„Ein Kind?" Franzi musste laut lachen. „Helena, der Bub isch doch scho mindeschtens 16 oder 17 Jahre alt!"

Helena musste schlucken. Daran hatte sie noch gar nicht gedacht! Klar, als sie Johannes das letzte Mal gesehen hatte, war er ein kleiner rotznäsiger Pimpf gewesen, der ständig am Rockzipfel seiner Mutter hing.

„Du wirsch sehn, dass sich alles zum Guten wendet! I bin ja schließlich au no da!"

„Na gut", lenkte Helena ein. „Was bleibt mir auch anderes übrig? Dann bist du aber mit mir für den jungen Mann verantwortlich, einverstanden?"

„Na klar! Irgendwie bin i ja au mitverantwortlich, dass der Bub jetzt zu dir zieht", stimmte ihre Kollegin gutmütig zu.

„Zieht? Nein, nein, das ist wirklich ein zu starkes Wort, Franzi. Er besucht mich ja nur!"

„Na gut, dann b´sucht er di halt für´n paar Wochen. Wird scho schiefgehn! Du, Lena, i muss jetzt wieder los. Der Schorsch wollt no was von mir. Pfiat di und bis bald."

„Bis bald und schöne Grüße an den Schorsch." Der Streifenpolizist war ihr im letzten halben Jahr richtig ans Herz gewachsen, obwohl sie ihn am Anfang überhaupt nicht hatte leiden können. Aber bei ihrem ersten

Fall hatte er ihr das Leben gerettet, was sie ihm nie vergessen würde. Kopfschüttelnd legte Helena das Handy weg. Franzi und ihre Mutter hatten ihr ja eine schöne Überraschung bereitet!

Um ihren Kopf freizubekommen, beschloss Helena, erstmal joggen zu gehen. Immerhin war herrliches Wetter draußen - nicht zu warm und nicht zu kalt - also ideal für sportliche Betätigung. Sie wählte ihre Lieblingsstrecke in den Rote-Torwall-Anlagen, die sie von ihrer Wohnung in der Innenstadt aus in kürzester Zeit erreichen konnte und trabte gemütlich vor sich hin. Diese Jahreszeit war ihr die Allerliebste. Endlich hatten sich die Bäume wieder in ihr prächtiges Blattwerk gehüllt, das sie stolz zur Schau stellten. Überall blühten die unterschiedlichsten Büsche um die Wette. Der Holunder verwöhnte ihre Sinne mit seinem süßen Aroma. Tief durchatmend lief Helena weiter und genoss die wärmenden Sonnenstrahlen auf ihrer Haut. Wie wunderschön es hier war! Ein obligatorischer Abstecher in das Kräutergärtlein durfte natürlich nicht fehlen! Helena staunte, wie sehr die Kräuter seit ihrem letzten Besuch vor einer Woche in die Höhe geschossen waren. Unglaublich, wie viel Kraft in diesen Pflanzen steckte! Helena war ganz allein an diesem ruhigen Örtchen und genoss die Stille. Ganz entfernt nahm sie das Brummen der Autos wahr, konnte es aber problemlos ausblenden. Welch ein Kleinod inmitten in dieser gar nicht mal so kleinen Stadt, die immerhin über 300.000 Einwohner zählte! Diese grüne Oase befand sich im Herzen Augsburgs, inmitten einer weitläufigen Parkanlage, die ihre Bewohner zum Verweilen, Spazierengehen oder Sportmachen einlud. Helena liebte diesen Ort, wo sie sich mit verschiedensten frischen Kräutern eindecken konnte, die sie zum Kochen oder Tee aufbrühen benötigte. Auf ihrem Balkon hatte sie natürlich auch Töpfe mit Schnittlauch und den wichtigsten Küchenkräutern stehen, aber hier entdeckte sie immer wieder neue Arten, die sie in ihren Rezepten ausprobieren konnte. Neuerdings machte sie gerne Eistee aus frischer Pfefferminze und garnierte das erfrischende Getränk mit Eiswürfeln und ein paar Minzblättern. Lecker! Das Rezept hatte sie von Franzi erhalten, die nebenberuflich Kräuterhexe war und ihre Umgebung gerne mit allerlei gesunden Köstlichkeiten verwöhnte.

Helena schnitt sich ein paar Stängel des duftenden Krautes ab, steckte sie in den immer paraten Jutebeutel, um anschließend langsam trabend nach Hause zurückzukehren.

Es war ihr erfolgreich gelungen, den Gedanken an ihren bevorstehenden Besuch zu verdrängen, aber gerade daheim angekommen, überfiel er sie wieder mit voller Wucht. Ihre Wohnung verfügte nicht mal über ein Gästezimmer! Helena zuckte mit den Schultern. Dann würde ihr Gast eben im Wohnzimmer schlafen müssen. Zum Glück war ihre Couch lang genug, sodass sie notfalls als Bett herhalten konnte.

Am besten, sie rief erstmal ihre Cousine Jenny an, um zu erfahren, wann sie mit ihrem ungebetenen Gast rechnen durfte.

Nach kurzem Läuten hob jemand ab.

„Guten Tag, Jenny. Ich bin es, die Helena." Keine Antwort. „Hallo? Hörst du mich, Jenny?"

Helena hörte jemanden atmen. Kurz darauf ertönte ein vorsichtiges „Hallo" aus der Leitung.

„Ich habe gerade erfahren, dass ich deinen Sohn bei mir aufnehmen darf. Kannst du mir vielleicht Näheres dazu sagen?“

Zu ihrer Bestürzung hörte sie, wie Jenny am anderen Ende der Leitung in Tränen ausbrach.

„Min Jung“, schluchzte sie ins Telefon. „Weißt du, mein Johannes hat zurzeit ein paar Probleme ...“ Von Schluchzern geschüttelt, konnte sie nicht weiterreden.

„Ich habe schon gehört, dass er sich den falschen Freundeskreis ausgesucht hat. Jenny, jetzt beruhige dich doch.“ Ihre Cousine konnte aber nicht aufhören zu weinen. „Das wird schon wieder“, versuchte Helena sie zu beruhigen. „Hörst du? Wir kriegen das schon hin!“

Langsam verebbten die Schluchzer. Ein kurzes Rascheln ertönte und Helena hörte, wie ihre Cousine sich die Nase putzte.

„Wirklich?“ Hoffnung schwang in Jennys Stimme mit. „Meinst du wirklich, dass das wieder wird?“ Sie klang so jämmerlich, dass Helena augenblicklich Mitleid mit ihr hatte. Obwohl sie sich alles andere als sicher fühlte, legte sie ihre ganze Überzeugungskraft in ihre Stimme: „Natürlich schaffen wir das! Das wäre ja auch gelacht! Ich bin doch immerhin bei der Kriminalpolizei, da werde ich doch mit so einem Bürschchen wie deinem Sohn mit links fertig!“

„Ach Helena, mir fällt so ein Stein vom Herzen! Ich habe mir solche Sorgen um Johannes gemacht!“, seufzte Jenny erleichtert.

Die junge Frau war alleinerziehende Mutter. Ihr Freund hatte sie verlassen, kaum dass er von der Schwangerschaft erfahren hatte. Sie war gerade einmal siebzehn Jahre alt gewesen, als sie den Jungen zur

Welt brachte und war jetzt mit 34 nur ein paar Jahre älter als Helena selbst. Sie hatte es nie leicht gehabt und da sie ihre Ausbildung wegen des Babys nicht hatte beenden können, hielt sie sich und ihren Sohn mit Aushilfsjobs über Wasser.

„Warum ist er denn überhaupt von der Schule geflogen?", wollte Helena wissen.

„Also, dafür kann er nichts!" Jennys Stimme klang entrüstet. „Das musst du mir glauben! Die Drogen sind ihm untergeschoben worden!"

„Was für Drogen denn?", fragte Helena vorsichtig nach.

„Irgendwelche Pillen", wiegelte ihre Cousine ab. „Mein Johannes hat mir glaubhaft versichert, dass er damit nichts zu tun hat. Und trotzdem haben sie ihn einfach so rausgeworfen, obwohl er doch nächstes Jahr sein Abitur machen sollte." Jenny fing wieder an zu weinen. „Was soll denn nun aus ihm werden?"

„Beruhige dich, Jenny, es ist doch noch gar nichts verloren! Sein Abi kann er immer noch machen. Vielleicht tut ihm so eine Auszeit von der Schule ja auch ganz gut."

Es dauerte eine ganze Weile, ihre Cousine zu beruhigen, aber schließlich schaffte es Helena. Inständig hoffte sie, dass sie Jenny nicht zu viel versprochen hatte. Sie würde sich mit Franzis Hilfe um Johannes kümmern. So schwer konnte das nun wirklich nicht sein! Das wäre doch gelacht, wenn sie mit einem Teenager nicht zurechtkommen würde!

Johannes würde am Samstagabend am Augsburger Hauptbahnhof eintreffen. Jenny hatte ihr die Reisedaten auf das Handy geschickt, damit Helena ihn abholen konnte. Das heißt, ihr blieben neben heute nur noch zwei Tage, um die Wohnung auf ihren Besuch vorzubereiten. Jetzt war es wohl an der Zeit, sich von den Wollmäusen unter dem Bücherregal und unter der Heizung zu trennen. Die Kommissarin seufzte. Eigentlich hatte sie ihren Urlaub nicht mit Putzen ausklingen lassen wollen, aber immerhin hätte sie dann wenigstens ihren Frühjahrsputz endlich erledigt, den sie schon seit Wochen vor sich herschob. Ihr schlechtes Gewissen hob den Zeigefinger und deutete auf den Kalender. Anfang Juni zählte durchaus noch zum Frühling, befand Helena und stand tatkräftig auf, um den Staubsauger zu holen.

Zwei Stunden später beschloss die völlig erschöpfte Kommissarin, das Putzen für heute zu beenden. Es war fast achtzehn Uhr und ihr Magen machte sie lautstark darauf aufmerksam, dass sie seit ihrem späten Frühstück nichts mehr gegessen hatte. Müde ließ sie sich auf ihre Couch fallen. Eins war sicher, sie war definitiv zu erschöpft, um jetzt noch zu kochen. Kurz entschlossen nahm sie ihr Handy und bestellte sich eine Portion Chicken Tikka Masala mit Nan-Brot bei ihrem Lieblingsinder. Das hatte sie sich jetzt auf alle Fälle verdient!

Eine halbe Stunde später saß Helena genüsslich mampfend auf ihrem Sofa und sah sich einen Film an. Diesmal fiel es ihr schwer, sich auf die Handlung zu konzentrieren. Immer wieder spukte der Gedanke an ihren Besucher in ihrem Kopf herum. Sie fragte sich, wie sie in Zukunft ihre Abende verbringen würde, wenn Johannes auf der Couch nächtigte. Dann war ihr Wohnzimmer wohl erstmal tabu.

Helena ärgerte sich über sich selbst. Das Schwarzsehen sah ihr gar nicht ähnlich und sie würde auf der Stelle damit aufhören! Höchstwahrscheinlich würden sie und Johannes sich wunderbar verstehen und eine schöne Zeit miteinander verbringen. Und sie tat damit sogar noch ihrer Cousine Jenny einen großen Gefallen! Erfolgreich verdrängte sie ihre Sorgen und konnte sich nun doch auf den Film konzentrieren, der sie nach kurzer Zeit fesselte.

Am nächsten Morgen nahm Helena erst einmal ein ausführliches Bad. Sie war früh aufgewacht und hatte dank der großen Portion indischen Essens von gestern noch keinen Appetit auf Frühstück. Zwei Tage noch bis zu Johannes Ankunft. Während sie im knisternden Schaum lag, überlegte Helena, was sie noch alles vorbereiten musste. Ein Gang zum Supermarkt war sicherlich notwendig. Was aß so ein Jugendlicher überhaupt? Helena hatte keine Ahnung und beschloss, dass er eben das essen würde, was sie ihm vorsetzte. Dann musste sie noch Bettdecke und Kopfkissen beziehen. Ihr Besuch würde ihre Sommerdecke bekommen, die zwar etwas dünn war, aber für die Jahreszeit durchaus annehmbar. Notfalls konnte er ja noch die kuschelige Sofadecke dazunehmen. Blieb noch die Frage, wo Johannes seine Kleidung verstauen konnte. In ihren Kleiderschrank passte definitiv nichts mehr rein. Nicht mal ihre eigenen Klamotten fanden dort alle Platz, wie ihre auf dem Fensterbrett gestapelten T-Shirts bewiesen. Helena grübelte vor sich hin und plötzlich fiel ihr etwas ein. Wenn sie die alte Truhe ausräumen würde, die in ihrem Wohnzimmer stand und mit den Büchern vollgestopft war, die im Bücherregal keinen Platz mehr gefunden hatten, dann hätte Johannes einen Ort, wo er seine Sachen ordentlich verstauen konnte. Helena schloss zufrieden die Augen und genoss das warme Wasser. Die besten Ideen kamen einem eben immer in der Wanne!

Eine Stunde später, nachdem Helena ihr Bad beendet, sich hergerichtet und doch noch ausgiebig gefrühstückt hatte – der Hunger hatte sich zurückgemeldet – kniete die Kommissarin auf dem Boden ihres Wohnzimmers und räumte eifrig die Bücher aus der Holztruhe in einen Korb. Als er voll war, nahm sie ihn ächzend hoch und hängte ihn sich über die Schulter. Der Boden des Korbes wölbte sich bedenklich nach außen und Helena befürchtete schon ein jähes Ende ihres geliebten Einkaufskorbes, der sie zu zahlreichen Marktbesuchen begleitet hatte. Aber er hielt stand und auch die nächsten drei Gänge, die Helena von ihrer Wohnung über den Aufzug in den Keller vornahm, wo sie ihre Bücher in einem alten Umzugskarton verstaute, machte er brav mit. Beim vierten und letzten Gang passierte es schließlich, als Helena sich gerade in Richtung Aufzug bewegte. Die Bücher fielen laut rumsend auf den Boden und in der Mitte des geflochtenen Korbbodens klaffte ein großer Riss. Helena fluchte undamenhaft und machte sich daran, die Bücher wieder aufzusammeln.

„Kann ich Ihnen vielleicht behilflich sein?"

Helena fuhr herum. Hinter ihr stand ein großgewachsener junger Mann, der sie freundlich anblickte. Augenblicklich wurde sie rot. Hatte er gehört, wie sie eben lautstark herumgeflucht hatte? Plötzlich wurde Helena bewusst, wie unhöflich sie sich verhielt. Sie sprang auf die Füße, wobei ihr eines der eben eingesammelten Bücher aus dem Arm rutschte und mit einem lauten Knall wieder auf den Boden fiel.

„Warten Sie, ich helfe Ihnen." Der Mann bückte sich und hob das Buch auf. Er streckte die Hand aus, um es ihr zu reichen.

„Ich habe mich noch gar nicht vorgestellt, wie unhöflich von mir. Mein Name ist Niclas Beck. Ich bin erst vor kurzem hier eingezogen." Er deutete auf die Wohnungstür am Ende des Ganges.

„Ach, in die Wohnung von Frau Friedel", stellte Helena fest.

„Genau. Frau Friedel ist nach Ulm zu ihrer Tochter gezogen, und ich hatte das Glück und konnte die Wohnung mieten." Er musterte seine neue Nachbarin interessiert. Helena brauchte einen Moment, bis sie verstand, dass sie sich nun ebenfalls vorstellen musste. Oh je, der Mann musste sie für total unhöflich halten!

„Hansen", sie räusperte sich verlegen. Ihre Stimme hörte sich eigentümlich belegt an. „Helena Hansen. Ich wohne da drüben." Sie deutete auf ihre Wohnungstür.

„Schön, Sie kennenzulernen, Frau Hansen."

Niclas Beck lächelte ihr zu. Seine braunen Augen, die perfekt mit seinen kurzgeschnittenen, dunkelblonden Haaren harmonierten, waren auf Helena gerichtet und sie konnte nicht umhin, den athletischen Körperbau ihres Nachbarn zu bewundern. Als ihr bewusst wurde, dass sie ihn anstarrte, wurde sie ein weiteres Mal rot. Der Mann musste sie wirklich für eine Schwachsinnige halten!

„Wie gesagt, ich würde Ihnen gerne mit den Büchern helfen", sagte er. Als er lächelte, fielen ihr seine neckischen Grübchen an den Mundwinkeln auf.

„Nein, vielen Dank." Helena stotterte leicht. Was sollte denn das jetzt? „Das ist nett von Ihnen, aber ich schaffe das auch so."

Er sah zweifelnd auf die vielen Bücher, die noch auf dem Boden lagen und den kaputten Korb, widersprach Helena aber nicht.

„Es war jedenfalls schön, Sie kennenzulernen." Ihr neuer Nachbar zwinkerte ihr kurz zu, um anschließend beschwingt die Treppe hinunterzulaufen.

Helena blieb alleine im Gang zurück. Was war nur mit ihr los? Sie erkannte sich selbst kaum wieder. Da sprach sie ein netter, zugegebenermaßen gut aussehender Mann an und schon benahm sie sich wie eine Teenagerin! Wie peinlich!

Seufzend wandte sich Helena wieder den Büchern zu und klaubte eins nach dem anderen vom Boden auf. Dann machte sie sich mit ihrer schweren Last auf in den Keller und verstaute die letzten Bücher im Karton. Dessen Deckel konnte sie zwar nicht mehr schließen, was vermutlich daran lag, dass sie die Bücher nicht gerade ordentlich darin verstaut hatte, aber egal. Mission erfüllt.

Zurück in ihrer Wohnung sah sich Helena zufrieden um. Keine Wollmäuse weit und breit mehr zu sehen! Die Truhe im Wohnzimmer wartete darauf, befüllt zu werden, und alles in allem war ihre Wohnung so sauber wie schon lange nicht mehr. Helenas Arme schmerzten von der Schlepperei und in ihren Oberschenkeln machte sich ein leichter Muskelkater vom

Joggen bemerkbar, trotzdem beschloss sie, noch einkaufen zu gehen. Bedauernd sah sie den kaputten Korb auf dem Boden, der sie nun nicht mehr würde begleiten können. Zum Glück fiel ihr gleich eine Lösung für dieses Problem ein. Sie hatte erst neulich in einem der Geschäfte auf dem Augsburger Stadtmarkt ähnliche Körbe gesehen. Was lag also näher, als zwei Fliegen mit einer Klappe zu schlagen? Sie würde auf dem Markt einkaufen gehen und sich gleichzeitig um einen neuen Korb kümmern.

Helena beschloss, bei dem schönen Wetter zum Stadtmarkt zu laufen. Von ihrer Wohnung in der Stadtmitte brauchte sie sowieso nur eine Viertelstunde dorthin. Da lohnte es sich fast nicht, das Fahrrad zu nehmen. Das warme Juniwetter hatte viele Menschen zu einem Stadtbummel verleitet. Überall schlenderten fröhliche Leute in bester Shoppinglaune durch die Fußgängerzone. Die Annastraße war bei den Einheimischen sehr beliebt. Sie führte in einem geschwungenen Bogen durch die Augsburger Innenstadt und durfte nur vormittags von Lieferfahrzeugen befahren werden. Nachmittags gehörte sie ganz den Fußgängern. Zahlreiche Geschäfte fanden sich hier: ein exklusiver Herrenausstatter neben einer Metzgerei, mehrere Handyläden und zahlreiche Klamottenläden, Schmuckläden, der übliche McDonalds, Buchhandlungen ... Für jeden Geschmack war etwas dabei. Die altehrwürdige Annakirche, die bei keiner Stadtführung fehlen durfte, war die Namensgeberin der Einkaufsstraße. Auch Helena hatte die schöne, alte Kirche bei einem Stadtrundgang bereits besucht. Allerdings war sie nicht mit einer der zahlreichen Touristengruppen unterwegs gewesen, sondern mit ihrer Kollegin Franzi, die darauf bestanden hatte, sie persönlich durch ihr geliebtes Augsburg zu führen. Der Rundgang hatte Helena zu zahlreichen Sehenswürdigkeiten geführt, sie aber auch mit einigen kulinarischen Highlights der Stadt vertraut gemacht. Ein großes Glas Spritz mit Blick auf das berühmte Augsburger Rathaus aus der Renaissancezeit war einfach unschlagbar!

Der Stadtmarkt lag direkt an der Annastraße und konnte durch zwei Tore betreten werden. Helena drückte dem Obdachlosen, der immer vor dem Taschengeschäft seine Zeitschrift verkaufte, ein paar Euro in die Hand, verstaute das Blatt und betrat den Markt. Ihr Plan war es, zuerst nach einem neuen Korb Ausschau zu halten, schließlich würde sie ihn zum Transport ihrer Einkäufe brauchen. Nachdem sie ein Lottogeschäft und zwei kleine schnuckelige Cafés passiert hatte, bog sie in eine schmale Gasse ein. Auf der rechten Seite drängten sich dicht an dicht mehrere Stände, die unterschiedlichstes Obst und Gemüse von nah und fern feilboten. Auf der linken Seite schlenderte sie zunächst an zwei Blumenläden vorbei, deren duftende Auslage von ihr ausgiebig bestaunt wurde, bevor sie schließlich zu dem kleinen Geschäft gelangte, das ihr eigentliches Ziel gewesen war. Interessiert besah sich Helena die kunterbunte Ware, die davor aufgebaut war. Was es hier nicht alles gab! Windlichter aus unterschiedlichsten Materialien, Kissenbezüge mit Tiermotiven – das knautschige Mopsgesicht war schon niedlich! - Blumentöpfe mit kunstvoller Bemalung und etliches mehr versuchten Kunden anzulocken. Ein Postkartenständer bot allerlei witzige Postkarten mit frechen Sprüchen an. „Nur net hudln" stand auf einer der Karte. Helena hatte keine Ahnung, was das bedeuten sollte. „Basst scho" hingegen verstand sie inzwischen, hatte sie es doch schon oft genug gehört. Aber „Schlawuzi"? Die Kommissarin seufzte. Augschburgerisch – ein Buch mit sieben Siegeln! Zielstrebig setzte sie ihre Suche fort. Körbe konnte sie in dem liebevollen Durcheinander keine entdecken. Forschend sah sich Helena um und betrat den Laden. Der kleine Verkaufsraum war über und über mit allem vollgestopft, was man sich nur wünschen konnte. Aber wo waren nur die Körbe?

„Kann ich Ihnen vielleicht helfen?", ertönte eine tiefe Stimme hinter ihrem Rücken.

„Ja, gerne. Ich suche einen Korb ..." Helena drehte sich um. Das Wort blieb ihr im Hals stecken. Vor ihr stand ihr neuer Nachbar, Niclas Beck, und grinste sie an.

„Was machen Sie denn hier?", entfuhr es ihr überrascht.

„Ich arbeite hier", erklärte er schmunzelnd. „Meine Tante führt den Laden, aber sie wird langsam alt und hat mich gebeten, ihr auszuhelfen. Ich werde das Geschäft über kurz oder lang übernehmen."

Helena blieb der Mund offen stehen. Sie hatte die alte Frau, die den Laden führte, schon häufiger gesehen. Tatsächlich hatte sie in letzter Zeit nicht mehr ganz so fit gewirkt.

„Geht es Ihrer Tante denn gut?", fragte sie besorgt nach.

„Ihr geht es ganz gut, danke der Nachfrage. Seitdem sie öfter mal die Füße hochlegen kann, ist sie eigentlich ganz zufrieden. Sie überlegt sich sogar, sich einen Schrebergarten zuzulegen, um auf ihre alten Tage noch zu gärtnern." Er lachte leise. „Tante Lisa in Gummistiefeln ... Das wird ein Anblick!"

Helena musste nun ebenfalls schmunzeln. Die adrette alte Dame, die im Laden immer ein Kostüm trug, in Gummistiefeln zu sehen, wäre wirklich ein ungewohnter Anblick.

„Sie brauchen wohl einen neuen Korb", wandte sich Niclas Beck wieder dem Grund ihres Besuches zu. „Was ist denn mit dem alten passiert?" Er zwinkerte ihr zu. Als wüsste er nicht ganz genau, was passiert war. Schließlich war er ja dabei gewesen, als den alten Korb sein unrühmliches Ende ereilt hatte! Helena beschloss daher, seine Frage zu ignorieren.

„Ich suche einen Korb mit langen Henkeln, die man sich über die Schulter hängen kann. Erst letzte Woche habe ich draußen vor dem Geschäft einen gesehen. Er hing über dem grünen Klappstuhl." Sie deutete durch das große Schaufenster.

„Leider war das der letzte Korb dieser Art." Bedauernd hob Niclas die Hände in die Luft. „Ich habe ihn erst gestern verkauft. Wir haben zwar noch andere Einkaufskörbe", er zeigte auf bunte Modelle mit modisch gestreiften kurzen Griffen, die an einem Ständer in der Ecke baumelten, „aber eben keine mehr mit langen Henkeln."

„Oh", sagte Helena enttäuscht. „Das ist aber schade." Sie überlegte, wie sie nun an einen neuen Korb kommen könnte, wusste aber, dass die Art, die sie haben wollte, fast nirgendwo verkauft wurde. Die meisten

Körbe hatten kurze Henkel, die man in der Hand trug, wie eben die bunten in der Ecke.

„Ich könnte Ihnen einen Korb bestellen, wenn Sie möchten." Niclas Beck sah sie lächelnd an. „In spätestens einer Woche wäre er da."

„Das wäre ja großartig!" Helena strahlte. „Nur", sie zog nachdenklich die Stirn in Falten, „wie krieg ich dann heute meine Einkäufe heim?"

„Wenn es weiter nichts ist …" Der junge Mann verschwand kurz hinter der Ladentheke und holte einen Stoffbeutel hervor, auf dem in großen Lettern „I bin Datschiburger und stolz drauf" prangte. Helena besah sich zweifelnd die Inschrift.

„Den hat mir Tante Lisa zum Geburtstag geschenkt", ließ sie ihr Gegenüber wissen. „Sie meinte, wenn ich schon nach Augsburg ziehe, müsse ich mich gleich integrieren."

Helena lachte. „Wo kommen Sie denn her?", fragte sie neugierig.

„Ich bin aus Potsdam. Ein Preuße, sozusagen."

Helena freute sich. „Ich bin auch aus dem Norden, aus Hamburg."

„Ich dachte mir schon, dass Sie nicht aus Augsburg stammen. Die Leute hier sprechen schon etwas … nun, sagen wir mal … anders als Sie", er grinste amüsiert, „oder als ich."

„Wem sagen Sie das?" Helena seufzte.

„So schlimm?", fragte ihr Gegenüber amüsiert.

„Schlimmer", ließ sie ihn wissen.

Nach einer kurzen Gesprächspause vereinbarten Helena und Niclas Beck, dass er sie anrufen würde, wenn ihre Bestellung eingetroffen war. Die Kommissarin bedankte sich und verließ mit ihrem geliehenen Stoffbeutel den Laden. Beschwingt lief sie durch die Gassen und füllte den Beutel nach und nach mit allerlei Köstlichkeiten. Als sie schließlich mit einer gut gefüllten Tasche nach Hause kam, verstaute sie ihre Einkäufe gleich in der Küche. Der Camembert und der würzige Bergkäse, die sie bei einem urigen Käseladen in der Viktualienhalle erstanden hatte, wanderten in den Kühlschrank. Die Auberginen, der Salat, die Zucchini und Karotten wurden sorgfältig ins Gemüsefach geräumt. Der große Laib Brot kam in den tönernen Brottopf. In der Fleischhalle hatte sie etwas Schinken und Salami erstanden, die ins Schubfach im Kühlschrank kamen. Obwohl sie selbst eher selten Wurst aß, würde ihr Gast vielleicht welche wollen. Die Eier von glücklichen Hennen – bei dem Preis mussten die Viecher ja verdammt glücklich sein, wie Helena meinte – wurden ebenfalls im Kühlschrank verstaut.

Helena ließ sich auf einen Stuhl sinken. In Gedanken ging sie nochmal ihre Liste durch, was sie vor dem Besuch ihres Großcousins alles erledigen wollte. Bis auf das Bettzeug war sie fertig. Johannes konnte kommen!

2.

Am Samstag präsentierte sich der Himmel wolkenver-
hangen, als Helena zum Bahnhof aufbrach. Sie lief die
knapp zwei Kilometer zu Fuß, da der Augsburger
Hauptbahnhof schon seit einiger Zeit umgebaut wurde
und weit und breit keine Parkplätze zur Verfügung
standen. Immer wieder warf sie besorgte Blicke auf die
tief hängenden Wolken, die langsam und gemächlich
über den grauen Himmel zogen. Helena hoffte, dass sie
ihre nasse Ladung nicht unbedingt gerade dann ent-
leerten, wenn sie ihren Großcousin abholte. Ausgerechnet heute spielte das Wetter nicht mit! Am gestrigen
Abend hatte Helena noch mit Franzi im Biergarten gesessen und die laue Abendluft genossen. Eigentlich
hatte sie geplant, Johannes heute Abend ebenfalls in
den Biergarten einzuladen, so quasi als Willkommens-
geste, aber das konnte sie wohl getrost vergessen! Aber
so schlimm war das gar nicht. Sie konnte ihn immer
noch in eines der zahlreichen Restaurants in der nahegelegenen Maxstraße einladen!

Schon sah sie die gelben Bahnhofsgebäude vor sich.
Der ganze Vorplatz war gesperrt und mit Bauzäunen
umstellt, sodass man nur den Seiteneingang benutzen
konnte. Ein kurzer Blick auf die Uhr zeigte Helena, dass

Johannes Zug in Kürze eintreffen würde. Sie beschleunigte ihre Schritte und gelangte bald darauf durch eine lange Unterführung zum richtigen Bahngleis.

Die Anzeigetafel verriet Helena, dass der ICE aus Hamburg pünktlich eintreffen würde. Nervosität machte sich in ihr breit. Würde sie ihren Großcousin erkennen? Ihre Cousine hatte ihr ein leicht verschwommenes Foto ihres Sohnes gemailt, auf dem nicht wirklich viel zu sehen gewesen war, da der Junge auf dem Bild den Kopf gesenkt hielt und nicht in die Kamera schaute. Lediglich seine hellblonden Haare waren deutlich hervorgestochen

So viele Jugendliche mit so auffallend hellen Haaren würden sicher nicht alleine reisen und in Augsburg aussteigen, machte sich Helena Mut. Sie würde Johannes schon nicht verfehlen!

„Der ICE aus Hamburg-Altona über Berlin, Erfurt und Augsburg nach München fährt in Kürze auf Gleis 4 ein. Bitte treten Sie zurück!", ertönte eine blecherne Stimme aus dem Lautsprecher.

Helena straffte die Schultern und warf ihren Kopf zurück. Noch einmal tief durchatmen, dann konnte sie den ICE schon anrollen sehen. Quietschend hielt der Zug und entließ zischend Luft. Endlich öffneten sich die Türen. Helena reckte sich und schaute nach links und rechts, um nur ja Johannes nicht zu verpassen. Jede Menge Leute stiegen ein und aus und begaben sich mit Koffern beladen zu den Ausgängen. Langsam wurde die Kommissarin unruhig. Wo blieb der Junge nur? Der Bahnsteig leerte sich nach und nach. Vereinzelte Nachzügler hievten noch ihre Koffer aus dem Zug. Die Schaffnerin hob ihre Hand und nahm die Pfeife in den

Mund. Gleich würde sie das Signal zum Aufbruch geben. Am hintersten Ende des Zuges stieg noch ein verspäteter Fahrgast aus. Schon ertönte der Pfiff und die Türen schlossen sich. Brummend setzte sich der ICE wieder in Richtung München in Bewegung.

Helena hoffte, dass es sich bei dem verspäteten Fahrgast um ihren Großcousin Johannes handelte. Er stand ganz am anderen Ende des Bahnsteiges. Einen Koffer konnte sie nirgends entdecken. Entschlossen lief sie auf den Reisenden zu. Ein blonder Schopf war nicht zu erkennen. Hoffentlich hatte sie Johannes nicht verpasst und der arme Junge irrte verloren in der Stadt herum! Helena lief schneller. Als sie bei dem großen, jungen Mann ankam, sah sie, dass dieser eine schwarze Beanie Mütze trug.

„Johannes?"

Der Mann rührte sich nicht und da er mit dem Rücken zu ihr stand, konnte er sie auch nicht sehen.

„Johannes?" Helena lief um den Fahrgast herum und berührte ihn leicht am Arm. Jetzt sah sie auch die Kopfhörer, die er über seiner Mütze trug und die wohl der Grund dafür waren, warum er sie nicht gehört hatte. Der junge Mann hob seine Hand, um ihr mitzuteilen, dass sie kurz warten sollte, dann kramte er sein Handy aus der Jackentasche und stellte die Musik leiser, bevor er sie wieder ansah.

„Johannes?", wiederholte Helena inzwischen leicht genervt ihre Frage.

„Yup", kam die knappe Antwort. Abschätzig betrachtete der junge Mann seine Großcousine von oben bis unten.

„Du bist aber alt geworden", teilte er ihr das Ergebnis seiner Einschätzung großzügig mit.

Helena starrte ihn entgeistert an.

„Na, du bist aber auch nicht gerade jünger geworden, seit wir uns das letzte Mal gesehen haben! Wie alt warst du da? Fünf, sechs? Und ich war etwa in deinem jetzigen Alter."

„Wie auch immer." Er zog gelangweilt seine Schultern hoch. Helena nahm sich nun auch Zeit, ihren Großcousin näher zu betrachten. Sie sah einen jungen Mann vor sich, der mindestens 1,90m groß und sehr dünn war. Seine braunen Augen konnte sie unter dem Vorhang aus wirren, blonden Strähnen, die ihm unter der Mütze in die Stirn fielen, kaum erkennen. Er trug eine zerlöcherte Jeans, die dringend mal wieder eine Waschmaschine von innen sehen wollte und eine schmuddelige schwarze Lederjacke über einem Slayer-T-Shirt, auf dem Totenköpfe abgedruckt waren. Über der Schulter trug er einen abgenutzten, löcherigen Rucksack, in dem er wohl seine Habseligkeiten transportierte. Viele Klamotten hatte er wohl nicht dabei ...

„Lass uns aufbrechen", schlug Helena versöhnlich vor. „Du bist sicher erschöpft von der langen Reise!"

Johannes zuckte mit den Schultern und setzte sich hinter Helena in Bewegung, nachdem er die Musik wieder auf laut gestellt hatte. Seine Großcousine fand das extrem unhöflich, war doch so gar keine Unterhaltung mehr möglich. Aber sie wollte ja nicht so sein und die Spießerin raushängen lassen! Der Junge hatte schließlich eine schwere Zeit hinter sich und musste sich erstmal in seiner neuen Umgebung einfinden.

Schweigend liefen die beiden also durch die lange Unterführung und verließen den Hauptbahnhof durch den Seiteneingang. Nachdem sie ein paar Minuten gelaufen waren, blieb Johannes plötzlich stehen.

„Wo is´n dein Auto?" Fragend zog er die Augenbrauen hoch.

„Ich wohne ganz in der Nähe, darum bin ich zu Fuß hergekommen", antwortete Helena.

Johannes verdrehte die Augen und zeigte ihr damit deutlich, wie uncool er das fand.

Verärgert lief Helena weiter. Na, das konnte ja heiter werden!

Nach einer knappen Viertelstunde kamen die beiden in Helenas Wohnung an.

„So, da wären wir", rief Helena gespielt freundlich und warf ihren Schlüssel in das kleine Schälchen auf der Kommode. „Fühl dich ganz wie zu Hause."

Sie wollte gerade damit anfangen, Johannes ihre Wohnung zu zeigen, als ihr Blick auf seine schmutzverkrusteten Chucks fiel.

„Bitte zieh doch die Schuhe in der Wohnung aus, sei so nett", bat sie ihn.

„Echt jetzt?" Entnervt verdrehte der junge Mann wiederum die Augen und ließ seinen Rucksack auf den Boden fallen, bevor er sich daran machte, die Schnürsenkel zu lösen. Ohne große Überraschung bemerkte Helena die zwei großen Löcher in Johannes ehemals weißen Socken, die eine unangenehm gräuliche Färbung angenommen hatten und nicht besonders gut rochen.

„Na komm, dann zeige ich dir jetzt mal meine Wohnung." Sie öffnete die erste Tür. „Hier ist das Badezimmer. In der Schublade findest du frische Handtücher und dort in der Ecke ist der Wäschekorb." Johannes sah sich ohne großes Interesse um. Helena lief weiter. „Das hier ist die Küche. Du nimmst dir einfach, was du willst. Wenn etwas fehlt, sag mir Bescheid." Johannes öffnete den Kühlschrank und besah sich dessen Inhalt.

„Wo is´n die Cola?" Fragend sah er Helena an.

„Ähm, ich habe leider keine Cola. Tut mir leid! Ich trinke am liebsten Wasser aus der Leitung. Wir haben hier in Augsburg sehr gutes Leitungswasser, musst du wissen."

Johannes sah sie entsetzt an. „Leitungswasser? Echt jetzt? Ohne mich! Du musst unbedingt Cola kaufen!"

Helena war sprachlos! Was fiel diesem Kerl eigentlich ein? Sie wollte gerade tief Luft holen, um ihm ihre Meinung zu geigen, als ihr das Gespräch mit Jenny wieder einfiel. Sie hatte versprochen, sich zu bemühen!

„Gar nicht weit entfernt ist ein Supermarkt, wo du dir selbst deine Cola kaufen kannst. In der Zwischenzeit wirst du sicherlich nicht verdursten.." Helena war stolz auf sich. Das hatte sie gut gemeistert, wie sie fand, und in Gedanken klopfte sie sich selbst auf die Schulter.

„Und wo schlafe ich?", fragte Johannes nach.

„Komm mal mit. Ich zeige es dir." Helena lief ihm voraus ins Wohnzimmer. „Hier kannst du schlafen." Sie deutete auf die Couch und das bereitgelegte Bettzeug. „Und in dieser Truhe dort drüben ist genug Platz für deine Kleidung."

„Das ist das Wohnzimmer!", zischte Johannes verärgert. „Ich schlafe doch nicht in einem Wohnzimmer. Sag mal, geht´s noch!" Er funkelte Helena wütend an.

„Jetzt hör aber mal zu! Ich habe nur ein Schlafzimmer, und deshalb wirst du wohl oder übel mit dem Wohnzimmer vorlieb nehmen müssen!", gab Helena gereizt zurück.

„Kommt gar nicht in Frage! Ich brauche meine Privatsphäre! *Ich* schlafe jedenfalls nicht im Wohnzimmer!" Wütend starrten sich die beiden an. Was für eine Unverschämtheit! Was bildete sich dieser Bengel eigentlich ein? Helena schäumte vor Wut.

„Bitte, Lenchen. Es ist doch nur für ein paar Wochen", hörte sie in Gedanken auf einmal die sanfte Stimme ihrer Mutter. Laut seufzend gab sie das Blickduell auf und lenkte ein.

„Na gut, du kannst mein Zimmer haben. Aber zuerst muss ich noch ein wenig umräumen, schließlich sind meine ganzen Klamotten darin."

Zufrieden nickte Johannes und folgte Helena in deren Schlafzimmer, nachdem er seinen Rucksack aus dem Gang geholt hatte.

„Groß ist es ja nicht gerade, aber es wird schon gehen." Der Jugendliche warf seinen Rucksack auf Helenas Satinbettwäsche und wollte sich gerade auf dem Bett niederlassen.

„Nichts da!"

Erstaunt sah Johannes seine Großcousine an.

„Zuerst müssen wir umräumen!", sagte Helena bestimmt.

Sie scheuchte Johannes ins Wohnzimmer und hieß ihn, das Bettzeug umzuziehen. Dann brachte sie ihre Bettwäsche zur Couch und holte anschließend noch ihre Unterwäsche und andere Klamotten, die sie zähneknirschend in der Truhe im Wohnzimmer verstaute.

„Ich hau mich dann hin", ließ sie der junge Mann nach getaner Arbeit wissen und verzog sich in „sein" Zimmer.

Helena ließ sich auf die Couch fallen. Was für ein denkbar schlechter Beginn! Johannes schien derart unnahbar, dass sie keine Ahnung hatte, wie sie mit ihm umgehen sollte. Und wenn sie ganz ehrlich war, wollte sie das eigentlich auch gar nicht! Nicht, wie er sich eben präsentiert hatte ... In der eigenen Wohnung auf die Couch verbannt! Das war wirklich ein starkes Stück! Na, wenigstens stand ihren geliebten Fernsehabenden jetzt nichts mehr im Weg.

Johannes ließ sich den ganzen Nachmittag nicht mehr blicken. Helena hatte gegen vier Uhr leise an seine Zimmertür geklopft, weil sie ihn fragen wollte, ob er etwas benötige oder ob er Lust auf einen Stadtrundgang mit ihr hätte, hatte aber keine Antwort erhalten. Die lange Zugfahrt hatte ihn sicherlich erschöpft. Immerhin hatte die Fahrt über sieben Stunden gedauert.

Als sich gegen 18 Uhr immer noch nichts regte, beschloss Helena, einen leckeren Salat für sich und Johannes herzurichten. Fleißig schnippelte sie allerlei verschiedene Blattsalate nebst Paprika, Radieschen, Tomaten und Gurken und kochte sogar Eier, mit denen sie die Salate garnierte. Als sie gerade etwas Kresse auf die Eier rieseln ließ, klingelte es an der Wohnungstür. Helena erwartete keinen Besuch und öffnete daher gespannt die Tür.

„Grüß Gott. Ich habe hier die bestellte Familienpizza Salami für Sie. Das macht 16,50 €." Ein etwas klein geratener Mann mit schütterem Haar und einem knallgelben Polo-Shirt mit der Aufschrift „Pizza Express" hielt ihr auffordernd einen großen dampfenden Karton entgegen.

Helena starrte ihn entgeistert an. „Ich habe gar keine Pizza bestellt! Sie müssen sich in der Wohnung geirrt haben." Sie schüttelte den Kopf und wollte die Tür eben wieder schließen, als der Pizzabote ihr seinen Lieferschein unter die Nase hielt.

„Hier steht´s schwarz auf weiß. Familienpizza Salami auf den Namen Hansen! Hier auf ihrem Klingelschild steht ebenfalls Hansen! Das macht 16,50€, Fräulein." Helena wollte vehement protestieren, als ihr siedend heiß einfiel, dass ja neuerdings noch ein Hansen bei ihr wohnte.

„Steht da auch ein Vorname?", hakte sie nach.

Der Pizzabote hielt sich kurzsichtig den Schein direkt vor die Augen.

„Hier steht nur Jo, mehr nicht. 16,50€, wenn´s recht ist. Ich muss endlich weiter!"

Jo Hansen! Helena nahm die Pizza widerstrebend entgegen und entlohnte den Boten. Danach brachte sie den dampfenden Karton in die Küche. Als ihr Blick auf den liebevoll hergerichteten Salat fiel, übermannte sie der Zorn. Was fiel diesem Halbstarken eigentlich ein? Seit Stunden vergrub er sich in seinem Zimmer – in *ihrem* Zimmer! – und ließ sich nicht sehen! Sie hatte nicht übel Lust, die Pizza in den Müll zu werfen, um ihm damit eine Lektion zu erteilen! Ihr Blick fiel auf die Rechnung, die auf der Schachtel lag. Familienpizza ... Hmmm ... Helena setzte sich nachdenklich und nahm den Zettel in die Hand. Was war sie nur für ein misstrauischer Mensch! Auf einmal fühlte sie sich richtig schlecht. Der Junge hatte für sich und seine Großcousine eine Pizza bestellt. Wahrscheinlich wollte er ihr nur das Kochen ersparen. Helena musste unwillkürlich lächeln. Wie lieb von dem Jung! Sie stand auf und stellte zwei Teller auf den Tisch, dann lief sie den Gang entlang und klopfte an ihrer – nein, an *seiner* – Zimmertür.

„Johannes?" Helena lauschte, konnte aber nichts hören. Sie klopfte etwas vehementer. „Johannes? Hörst du?" Kein Geräusch. Helena öffnete vorsichtig die Tür und spähte in den Raum. Johannes lag auf ihrem Bett und hörte mit geschlossenen Augen über seine Kopfhörer Musik. Deutlich konnte sie das laute Dröhnen vernehmen. „Johannes!" Sie rüttelte sanft an seiner Schulter. Er öffnete die Augen und starrte sie entsetzt an.

„Sag mal, geht es eigentlich noch? Du kannst doch nicht einfach in mein Zimmer kommen! Kannst du nicht anklopfen?"

Helena spürte wieder den altbekannten Ärger in sich aufwallen, riss sich aber zusammen. „Zu deiner Information: ich habe mehrfach geklopft, aber du hast mich wegen diesen Dingern nicht gehört." Sie deutete auf seine Kopfhörer.

Er sah sie zweifelnd an, ließ es aber dabei bewenden. „Was willst du eigentlich?" Sein Ton war nicht eben freundlich.

„Die Pizza, die du bestellt hast, ist gekommen."

Mit einem großen Satz sprang er aus dem Bett. „Sag das doch gleich!" Er drängte sich an Helena vorbei aus dem Zimmer und lief zur Küche. Seine Großcousine lief schmunzelnd hinter ihm her. Ein hungriger Teenager! Sieh mal einer an! Wenn er hungrig war, konnte der

Jung doch tatsächlich schneller laufen. Als sie die Küche fast erreicht hatte, kam ihr Johannes bereits wieder entgegen, den Pizzakarton auf den Armen balancierend. Bevor Helena reagieren konnte, war er schon an ihr vorbei und wieder in seinem Zimmer verschwunden. Die Tür zog er mit seinem Fuß lautstark hinter sich zu. Die Kommissarin stand wie erstarrt in ihrem Flur, in dem der Duft nach leckerer Pizza hing. Was war das denn jetzt? Langsam ging sie in die Küche und ließ sich auf einen Stuhl sinken. Das war doch wohl die Höhe! Kopfschüttelnd sah sie auf den gedeckten Tisch und die zwei großzügig gefüllten Salatschüsseln. Sie musste dringend ein ernstes Gespräch mit dem jungen Mann führen! Es hieß, Grundregeln aufzustellen! Vielleicht war es bei ihm daheim erlaubt, aber bei ihr würde er nicht in seinem Zimmer essen, sondern am Esstisch, so wie es sich gehörte!

Morgen! Morgen würde sie das Gespräch mit ihm suchen. Heute war Helena einfach zu platt, um sich mit dem unfreundlichen Jugendlichen auseinanderzusetzen. Sie schnappte sich ihren Salat, aber so richtig genießen konnte sie ihn nicht, bei dem durchdringenden Geruch nach Pizza, der noch in der Küche hing ...

Wenig später ließ sich Helena auf ihre Couch fallen. Wenigstens fernsehen konnte sie! Sie versuchte, das Positive an der Situation zu sehen. Johannes hatte sich nicht mehr sehen lassen, seit er mit der Pizza verschwunden war, und sie bezweifelte, dass er sich mit ihr eine Sendung ansehen wollte. Umso besser! Dann hatte sie wenigstens ihre Ruhe! Zwei Stunden lang versuchte Helena, sich vom Fernseher ablenken zu lassen, doch schließlich gab sie auf und stellte den Apparat ab.

Sie machte sich für die Nacht fertig und legte sich schließlich auf die Couch. Sonderlich bequem war sie ja nicht, aber für ein paar Wochen würde es schon gehen. Nach einer weiteren durchgegrübelten Stunde fielen ihr schließlich die Augen zu.

Ein lauter Knall weckte sie. Helena brauchte einen Moment, um sich zu orientieren. Richtig, sie lag ja im Wohnzimmer! Sie hörte lautes Rumoren aus der Küche und schaute auf ihre Uhr. Es war kurz vor vier Uhr morgens! Was ging da nur vor sich? Helena stand auf und lief zur Küche. Die Kühlschranktür war weit geöffnet und das Licht aus dem Inneren beleuchtete die Gestalt, die gerade dabei war, sich durch dessen Inhalt zu wühlen.

„Was machst du da?", fragte sie mit vom Schlaf noch heiserer Stimme.

Johannes fuhr herum. Er war nur mit Boxershorts bekleidet und hielt eine Flasche Saft in der Hand.

„Ich suche was zu trinken", ließ er sie schroff wissen, bevor er sich wieder dem Kühlschrankinneren widmete.

„Es ist mitten in der Nacht!"

Johannes zuckte mit den Schultern. „Wenn ich Durst habe, habe ich Durst."

„Was suchst du eigentlich?" Helena musste gähnen und hielt sich die Hand vor den Mund.

„Cola oder sowas. Halt was Richtiges!"

„So etwas habe ich nicht. Das habe ich dir doch schon gesagt! Du kannst Saft trinken oder noch besser, Wasser."

Johannes drehte sich wieder um und starrte seine Großcousine sprachlos an.

„Du hast echt keine Cola?" Sein Ton sagte deutlich, dass er es nicht fassen konnte, dass jemand ohne Cola auskommen konnte.

Helena fühlte sich auf einmal richtig alt. In ihrer Jugend hatte sie auch gerne mal eine Cola getrunken, aber inzwischen war ihr ein kühles Glas Wasser deutlich lieber.

Johannes öffnete den Saft und trank direkt aus der Flasche. Helena zuckte leicht zusammen und machte eine geistige Notiz, dieses Thema bei ihrem Gespräch auch anzusprechen.

„Dann wirst du wohl welche besorgen müssen", stellte er fest und machte die Kühlschranktür wieder zu. Er lief zurück zu seinem Zimmer. Nachdem er die Tür laut hinter sich ins Schloss fallen gelassen hatte, ging auch Helena langsam zurück zu ihrem unbequemen Behelfslager. Wieder lag sie lange wach. Erst als die Morgendämmerung durch die großen Wohnzimmerfenster drang, fiel sie in einen unruhigen Schlaf.

Wenige Stunden später wachte Helena auf. Ihr Rücken tat ihr weh und sie brauchte ein paar Minuten, um sich ausgiebig zu strecken. Heute war Sonntag, ihr letzter freier Tag, bevor sie morgen wieder in die Arbeit gehen würde. Helena liebte ihren Job, aber der Urlaub hatte ihr gut getan. Bis gestern hatte sie sich richtig gut erholt gefühlt. Der Gedanke an ihren ungewünschten Besuch ließ sie die Stirn runzeln. Entschlossen stand Helena auf. Sie würde sich und Johannes ein schönes Frühstück machen und anschließend ein ernstes Gespräch mit ihm führen. Bestimmt würde das Zusammenleben mit ihm nicht so schlimm werden, wenn er erst mal wusste, wo es langging.

Nach einer ausgiebigen Dusche machte Helena sich fertig und richtete anschließend in der Küche das Frühstück her. Zwei Croissants wurden in den Ofen geschoben und Kräutertee aufgekocht. Der Geruch nach frisch Gebackenem vermischte sich mit dem würzigen Aroma des Tees. Helenas Laune steigerte sich automatisch. Nachdem sie energisch an Johannes Tür geklopft und laut „Frühstück ist fertig!" gerufen hatte, wartete sie in der Küche auf dessen Erscheinen. Tatsächlich schlurfte der verstrubbelte Teenager kurze Zeit später in die Küche. „Warum schreist du denn in aller Herrgottsfrühe so herum?" Er gähnte ausgiebig und kratze sich mit der Hand am nackten Bauch.

„Erstens, ist es jetzt bereits 10 Uhr, von aller Herrgottsfrühe kann also keine Rede sein. Zweitens gehst du jetzt zurück in dein Zimmer und ziehst dir was an." Streng sah Helena in das verblüffte Gesicht ihres Großcousins, der anscheinend nicht mit so einer strengen Ansage gerechnet hatte. Genervt verdrehte er die Augen, trabte aber gehorsam zurück und kam kurz darauf mit einem verknitterten T-Shirt bekleidet zurück. Helena ignorierte die fehlende Hose und beschloss, seine Boxershorts als Hose gelten zu lassen.

„Ich habe dir eine schöne Tasse Tee gemacht." Sie schob die dampfende Tasse über den Tisch auf Johannes zu. Der verzog angeekelt das Gesicht.

„Tee? Igitt! Den trink ich nur, wenn ich krank bin! Hast du keinen Kaffee?"

„Bist du nicht etwas jung für Kaffee?", konterte Helena mit hochgezogenen Brauen.

„Ich bin 17! Wann hast du denn mit Kaffee trinken angefangen? Mit 30?"

Helena hielt die Luft an. So eine Unverschämtheit! Sie und 30! Sie war gerade mal 29! Was fiel dem denn ein! Helena würdigte ihn keiner Antwort. Aber um ehrlich zu sein, hatte sie Kaffee eigentlich noch nie gemocht. Sie liebte ihre Kräutertees und ihren Espresso, den sie sich hin und wieder gönnte. Seufzend stand sie auf und suchte ihren Kaffeefilter aus Porzellan, den sie mal von ihrer Tante geschenkt bekommen hatte. Anschließend setzte sie ihn auf eine Tasse, gab Kaffeepulver, von dem sich in einer verbeulten Dose zum Glück noch ein Rest fand, in einen Filter und goss kochendes Wasser darüber. Langsam begann der Kaffee durch den Filter in die Tasse zu träufeln.

Johannes griff sich derweil eines der noch warmen Croissants und biss krachend hinein. Helena schob ihm rasch einen Teller hin, in der Hoffnung, einen Großteil der Krümel aufzufangen.

„Möchtest du Butter oder Marmelade dazu?"

Johannes schüttelte den Kopf. Er war ohnehin schon fertig mit seinem Gebäckstück und griff bereits nach dem zweiten Croissant, das Helena eigentlich für sich selbst vorgesehen hatte. Unfassbar, dass der Junge nach dieser Riesenpizza am Abend überhaupt noch Hunger hatte! Sie überließ ihm großzügig ihr Croissant und holte sich eine Müslischale, in die sie Haferflocken und getrocknete Früchte gab. Inzwischen war auch der Kaffee fertig und Helena stellte die heiße Tasse vor Johannes. Sie beschloss, die Gelegenheit zu nutzen und mit ihm zu sprechen.

„Du, Johannes, ich finde, wir sollten ein paar Regeln festlegen, damit wir beide gut miteinander zurechtkommen", setzte sie vorsichtig an.

„Regeln? War ja klar!" Sein demonstratives Augenrollen war ihr inzwischen wohlbekannt.

„Was soll das denn heißen? War ja klar?", hakte Helena nach.

„Ihr Bullen seid doch immer so scharf auf eure Regeln!" Sein Tonfall wurde schärfer.

„Ihr Bullen? Sag mal, spinnst du? So etwas möchte ich hier überhaupt nicht hören!", fuhr Helena ihn gereizt an. Auch wenn sie selbst das Wort in Gedanken hin und wieder verwendete, hieß das noch lange nicht, dass dieser Rotzlöffel das auch durfte!

„Immer nur ‚tu dies, tu das!' Mich kotzt das vielleicht an!" Johannes stand auf und funkelte sie wütend an.

„Und auf dieses Scheiß-Praktikum bei deinen Scheiß-Bullen hab ich auch keinen Bock! Dass du es nur weißt!" Er lief aus der Küche und knallte – Bääähm! – die Tür hinter sich zu.

Wow! Tolles Gespräch! Helena blieb kopfschüttelnd in der Küche zurück und gratulierte sich in Gedanken zu ihren herausragenden Fähigkeiten im Umgang mit Jugendlichen. Tief in Gedanken versunken löffelte sie ihr Müsli und zog sich anschließend mit einer frischen Tasse Tee auf den Balkon zurück. Der Gedanke, alles falsch gemacht zu haben, verursachte ein mieses Gefühl in ihrer Magengegend. So kam sie bei ihm nicht weiter. Unwillkürlich musste sie an Jenny denken. Ihre arme Cousine! Kein Wunder, dass sie bei dem Rotzlöffel den Kürzeren gezogen hatte! Aber nicht mit ihr! Sie würde sich diesen halbstarken Tunichtgut schon noch zurechtstutzen! Immerhin hatte sie es in ihrem Job mit weitaus schlimmeren Gestalten zu tun! Einigermaßen beruhigt trank Helena ihren Tee aus und genoss den

Ausblick über die Dächer Augsburgs, die im sanften Sonnenlicht fast golden schimmerten.

Eine halbe Stunde später hatte Helena sich soweit gefangen, dass sie einen weiteren Vorstoß wagte. Sie suchte Johannes in seinem Zimmer auf, um ihn zu einem Stadtrundgang einzuladen. Immerhin war er zum ersten Mal in der schönen Fuggerstadt.

„Nein, danke."

„Wie jetzt? Einfach nein danke?" Helena sah Johannes, der wieder mal mit seinen Kopfhörern auf dem Bett lag, entgeistert an.

„Du hast's erfasst!" Seine braunen Augen blitzten sie herausfordernd an.

Helena beschloss, sich nicht provozieren zu lassen. „Na komm schon! Ab morgen müssen wir den ganzen Tag ins Präsidium!" – wofür sie erneutes Augenrollen erntete – „Und heute ist doch so schönes Wetter!"

„Keinen Bock! Geh du doch raus, wenn du unbedingt willst!" Johannes drehte die Musik lauter, dass es nur so aus den Kopfhörern dröhnte und lehnte sich demonstrativ mit geschlossenen Augen zurück. Die Audienz war offensichtlich beendet.

Dann eben nicht! Genervt schloss Helena die Tür und zog sich wieder auf den Balkon zurück. Auf einen Stadtrundgang mit diesem ewig genervten Teenager hatte sie sowieso keine Lust. Viel lieber ließ sie ihren Urlaub gemütlich ausklingen, indem sie auf dem Balkon ihr Buch zu Ende las. Gesagt, getan. Die nächsten Stunden gelang es Helena tatsächlich, sich von ihrem häuslichen Ärger abzulenken. Das spannende Buch und die gemütliche Atmosphäre ihres Balkons trugen gewaltig dazu bei.

Nach einem schweigsamen Abendessen, bei dem Johannes nur einsilbige Antworten gab, verbrachten die beiden unfreiwilligen Mitbewohner ihren Abend wieder getrennt voneinander, Helena fernsehschauend in ihrem Wohnzimmer, Johannes, wer weiß was tuend, in seinem Zimmer. Helena hatte ihn noch darauf aufmerksam gemacht, dass sie spätestens um halb acht zum Präsidium aufbrechen mussten, um pünktlich zu sein. Als sie um elf Uhr schließlich in ihre Decke gekuschelt auf dem Sofa lag, ließ sie ihren Urlaub nochmal Revue passieren. Die Zeit war schnell vergangen, was zeigte, dass sie sich wirklich gut amüsiert hatte, bei ihren Treffen mit Franzi und den langen Spaziergängen durch den Siebentischwald. Langweilig war es ihr nie geworden, im Gegenteil: Helena hatte die Zeit ausgiebig genutzt, mit ihrer neuen Heimat noch vertrauter zu werden. Je mehr sie von Augsburg sah, umso besser gefiel es ihr und umso wohler fühlte sie sich. Sicherlich, sie vermisste ihre Heimatstadt Hamburg immer noch sehr, aber die Fuggerstadt hatte auch bezaubernde Ecken. Mit diesem schönen Gedanken schlummerte die junge Kommissarin bald darauf ein.

3.

Als um halb sieben der Wecker ging, kam es Helena dann doch noch arg früh vor. Vorbei mit dem langen Ausschlafen, weiter ging es mit der Diktatur des Weckers! Seufzend erhob sie sich und ging ins Bad. Nach einer ausgiebigen Dusche sah die Welt gleich ganz anders aus. Als sie sich zwanzig Minuten später fertig angezogen in Richtung Küche begab, klopfte sie vorsorglich an Johannes Tür.

„Zeit zum Aufstehen, Johannes! Ich mache uns schon mal Frühstück."

Nachdem sie zwei Schüsseln Müsli, einen Tee und eine Tasse Kaffee hergerichtet hatte, ließ sich immer noch kein Johannes blicken. Die Uhr verriet ihr, dass es bereits kurz nach sieben war. Helena beschloss, dem Jungen noch ein wenig Zeit zu geben. Sicherlich würde er gleich auftauchen.

Um Viertel nach sieben ging sie schließlich nochmal zu seinem Zimmer und klopfte energischer.

„Johannes! Steh endlich auf! Wir müssen bald los!"

Kein Geräusch drang aus seinem Zimmer. Entschlossen nahm Helena die Türklinke in die Hand und ging in das Zimmer. Der Geruch in dem abgedunkelten Raum haute sie fast um. Es roch wie in einem Tigerkäfig. Ihr Zimmer ähnelte in keinster Weise mehr dem gemütlichen Schlafzimmer, das sie so schätzte. Überall verstreut lagen Klamotten herum - wahrscheinlich Johannes Art auszupacken – und auch die leere fettverkrustete Pizzaschachtel fand sich auf dem Boden, garniert von einer dreckstarrenden Tennissocke. Helena ging energisch zum Fenster, zog den Rollladen hoch und öffnete besagtes Fenster, soweit es nur ging. Tief durchatmend wandte sie sich wieder dem Bett zu. Auf dem Kopfkissen konnte sie einen wilden Berg blonder Locken ausmachen, die unter der Decke hervorlugten. Am anderen Ende der Decke schaute ein nackter und ein mit einem Tennissocken bekleideter Fuß heraus, der ebenso dreckstarrend war wie sein Zwilling auf der Pizzaschachtel.

Helena riss die Decke von dem tief schlafenden Teenager.

„Johannes! Es ist höchste Zeit aufzustehen!"

Tiefes Brummen antwortete ihr, bevor sich endlich seine Augen öffneten und sie ein bitterböser Blick traf.

„Du musst mich gar nicht so ansehen, junger Mann. Dass du hier bist, hast du dir wohl selbst zuzuschreiben. Also, los jetzt! Beeil dich! Wir müssen gleich los!" Helena lief zur Tür. „Und übrigens", sie schaute ihn so streng wie möglich an, „diesen Saustall hier räumst du nachher noch auf!" Sprach´s und ging aus dem Zimmer.

Grinsend lief Helena zurück in die Küche, um den Rest ihres Frühstücks zu vertilgen. Dem hatte sie es aber gegeben! Die Minuten schritten unweigerlich dahin und als es schließlich halb acht war und Johannes immer noch nicht in Sichtweite, schwante Helena Böses. Sie ging zurück zu seinem Zimmer. Tatsächlich lag der Kerl immer noch friedlich dösend in seinem Bett! Kurz entschlossen ging Helena ins Bad, machte ein

Handtuch nass – ein Waschlappen ließ sich auf die Schnelle nicht finden - und warf es dem schlafenden Teenager ins Gesicht. Der fuhr hoch und starrte sie entsetzt an.

„Was fällt dir ein?"

„So, da du jetzt wach bist, kannst du dich mit dem Handtuch gleich noch etwas frisch machen und dann müssen wir sofort los! Bewegung!"

Fünf vor acht verließen schließlich eine genervte Kommissarin und ein noch viel genervterer Teenager die gemeinsame Wohnung in der Augsburger Innenstadt und gingen zum Auto. Nach kurzer Fahrt bogen sie auch schon auf den Parkplatz des Polizeipräsidiums ab. Nervös sah Helena auf ihre Uhr. Schon vier nach acht! Sie scheuchte Johannes aus dem Auto und lief im Laufschritt zur Eingangspforte, wo sie sich und Johannes anmeldete. Als sie schließlich in den Aufzug stiegen, war es bereits zehn nach acht. Na prima! Gleich am ersten Tag zu spät! Dabei sollte Johannes doch einen möglichst guten Eindruck machen, schließlich tat ihr ihr Chef einen großen Gefallen damit, dem Jungen diese Chance zu geben. Helena atmete tief durch. Bis jetzt war doch alles gut gegangen. Höchstwahrscheinlich würde sowieso keiner bemerken, dass sie zu spät waren. Kaum hatte sie den Gedanken zu Ende gedacht, als sich die Aufzugstür öffnete und ausgerechnet Kriminalhauptkommissar Meier, ihr Chef, hereintrat.

„Guten Morgen, Frau Hansen." Ein kurzer Blick auf die Uhr und das darauffolgende Heben seiner Augenbrauen verrieten, dass ihrem Chef ihr Zuspätkommen nicht entgangen war.

„Guten Morgen, Herr Meier." Helena setzte ihr charmantestes Lächeln auf. „Darf ich Ihnen meinen Großcousin Johannes vorstellen?"

Der Kriminalhauptkommissar musterte den Jugendlichen eindringlich. Falls er dessen zerknittertes T-Shirt bemerkte, ließ er sich jedenfalls nichts anmerken.

„Junger Mann, ich hoffe, Sie arbeiten fleißig und machen ihrer Tante keine Schande!"

„Großcousine!", warf Helena schüchtern ein, aber der Hauptkommissar beachtete sie gar nicht. Er nickte ihnen kurz zu und stieg anschließend vor ihnen aus dem Aufzug.

„Was war denn das für ein seltsamer Typ?", ertönte die vorlaute Stimme des Jugendlichen hinter ihrem Rücken und ließ Helena vor Schreck erstarren. „Ich hoffe, Sie machen Ihrer Tante keine Schande!", äffte er die Stimme des Hauptkommissars nach. Helena fuhr herum und sah ihren Chef gerade noch in seinem Büro verschwinden. Hoffentlich hatte er die peinlichen Worte nicht gehört!

„Das war mein Chef! Und du hältst jetzt deine vorlaute Klappe und bist still! Verstanden?", zischte sie Johannes zu und lief ihm voran durch den Gang.

„Jawoll, Frau Oberst!", kam prompt die freche Antwort. Helena ignorierte ihn und zog ihn mit sich. Johannes würde die nächsten Wochen bei der Poststelle arbeiten, Briefe sortieren und im Präsidium verteilen. Zwei Abbiegungen später standen sie endlich vor der richtigen Tür. Helena übergab Johannes in die Obhut des dort emsig hantierenden Beamten.

„Sei ja fleißig und nicht frech, hörst du?" Sie bedachte ihren Schützling mit einem strengen Blick.

„Ja, Mama."

Helena schüttelte den Kopf und ließ den Beamten, der sich ihr als Oberwachtmeister Helmut Wamser vorstellte, noch wissen, wo er sie finden konnte, falls Probleme auftraten.

„Isch scho recht, Frau Hansen. Mir kriegn des scho hi, der Bub und i. Wirkt doch ganz nett. I hab au nen Buben in dem Alter. Die sin net verkehrt, bloß a bissl eign."

Helena, die zwar nicht alles verstanden hatte, nickte dankbar und zog nach einem letzten strengen Blick auf Johannes die Tür hinter sich zu. Froh, dem nervtötenden Kerl eine Zeit lang entkommen zu können, lief sie beschwingt die kurze Strecke zu ihrem Büro.

Sie streckte die Hand nach der Türklinke aus, als eine Stimme in ihrem Rücken sie erstarren ließ.

„Frau Hansen, kommen Sie doch bitte noch kurz in mein Büro."

Helena musste sich nicht umdrehen, um zu wissen, wer da mit ihr sprach. Den tiefen Bariton ihres Chefs hatte sie sofort erkannt.

Die wenigen Meter zu Herrn Meiers Büro waren die Hölle. Helenas Handflächen schwitzten fürchterlich und sie fragte sich ununterbrochen, ob ihr Chef die freche Bemerkung von Johannes vorhin wohl doch gehört hatte. Wahrscheinlich würde sie einen Riesenanschiss bekommen! Helena schluckte und atmete noch einmal tief durch, bevor sie das Büro ihres Chefs betrat. Der Schreibtisch seiner Sekretärin war noch nicht besetzt, doch die Tür zu seinem Zimmer stand offen.

„Kommen Sie herein!", ertönte auch schon seine Stimme. „Und machen Sie die Tür hinter sich zu."

Helenas Herz pochte so stark, dass sie meinte, dass man es bestimmt von außen sehen würde. Zögerlich betrat sie das Büro und schloss die Tür hinter sich. Herr Meier wühlte in einer seiner Schreibtischschubladen, sah aber kurz auf und deutete mit einer Hand auf den Stuhl vor dem ausladenden Tisch.

„Setzen Sie sich doch. Ich bin gleich bei Ihnen." Kurze Zeit später wurde er offenbar fündig, worauf sein zufriedener Gesichtsausdruck schließen ließ. Er legte einen Bogen bedrucktes Papier vor sich und sah Helena endlich an.

„Frau Hansen, haben Sie eine Ahnung, warum ich Sie hereingebeten habe?"

Oh Gott! Die schlimmste Frage aller Zeiten! Fieberhaft dachte Helena nach. Was sollte sie bloß antworten? Etwa: Ja, klar, weil mein rotzlöffeliger Großcousin sich und mich unmöglich gemacht hatte?! Oder: Mir ist schon klar, dass ich zu spät gekommen bin. Sorry, Chef?!

Ihr wollte einfach keine gute Antwort einfallen. Blass und mit großen Augen starrte sie ihren Chef an.

„Wegen der Familie?", wagte sie, einzuwerfen. Vielleicht würde sie weniger Ärger bekommen, wenn sie offen mit ihrem Fauxpas umging.

Irritiert zog ihr Chef die Augenbrauen hoch.

„Familie? Was hat denn die Familie mit dem Besuch des Polizeipräsidenten zu tun?" Ein prüfender Blick musterte die junge Kommissarin.

Die war jetzt vollständig verwirrt.

„Polizeipräsident?"

„Dieses Jahr wird uns eine besondere Ehre zuteil, Frau Hansen", ließ sie ihr Chef wissen. „Der bayerische Landespolizeipräsident kommt uns nämlich hier in Augsburg besuchen, um sich vor Ort ein Bild von unserer hervorragenden Polizeiarbeit in Schwaben zu machen. Das Ganze fällt unter die – Moment, ich hab´s gleich -", er überflog mit gefurchter Stirn das Dokument, das er in der Hand hielt, „ah, hier ist es ja - also es geht um die Qualitätssicherung in der Polizeiarbeit." Er sah auf und blickte Helena über den Rand seiner Lesebrille hinweg an. „Was hat das jetzt mit *Familie* zu tun, wenn ich fragen darf?"

Helena überlegte fieberhaft. Auf keinen Fall wollte sie die Aufmerksamkeit des Hauptkommissars jetzt noch auf ihr morgendliches Zuspätkommen lenken.

„Na, wegen …" Tausend Gedanken schossen ihr durch den Kopf. „Wegen … wegen der Polizeifamilie!"

„Polizeifamilie?!" Das Gesicht von Herrn Meier war ein einziges Fragezeichen.

„Aber natürlich!" Helena kam nicht mehr aus der Nummer heraus. „Wir bei der Polizei sind doch so etwas wie eine große Familie. Sie wissen schon, so wie man ja auch von einer …, ja genau, von einer Schulfamilie spricht, obwohl die dort ja auch nicht verwandt sind." Helena schwitzte. Sie klang wirklich wie eine Idiotin!

„Also, den Begriff *Polizeifamilie* habe *ich* jedenfalls noch nie gehört."

„Ach wirklich? In Hamburg sagen wir das immer!", flunkerte Helena. Sie presste ihre Fingernägel so fest in ihre Oberschenkel, dass sie bestimmt blaue Flecken davontragen würde, lächelte ihren Chef über den Schreibtisch hinweg aber an, in dem verzweifelten Versuch, möglichst locker zu wirken.

„Na gut." Ganz überzeugt wirkte Herr Meier zwar nicht, ließ jedoch das Thema dabei bewenden.

„Sie fragen sich sicher, warum ich Ihnen vom Besuch des Polizeipräsidenten erzähle", fragte ihr Chef, schob seine Lesebrille hoch und nahm das Blatt, das vor ihm lag, in die Hand.

Helena nickte zaghaft. Was hatte ausgerechnet *sie* mit dem Besuch des Landespolizeipräsidenten zu tun? Ihr schwante Schlimmes.

„Sie haben sich so gut bei uns eingeführt, Frau Hansen, dass ich beschlossen habe, dass Sie die großartige Aufgabe übernehmen dürfen, den Besuch des Landespolizeipräsidenten zu organisieren." Der Kriminalhauptkommissar strahlte seine sprachlose Mitarbeiterin an und fuhr sich mit der Hand durch das kurzgeschnittene graumelierte Haar.

„Jetzt sagen´S nix mehr, stimmt´s?"

„Aber was ... Aber wie ...", stammelte Helena verwirrt.

„Ach, machen Sie sich mal keine Sorgen, das wird nicht weiter aufwändig. Sie wissen schon, nichts Großes, nur eine Führung durchs Präsidium, ein kurzer Vortrag über unsere hervorragende Arbeit hier - aber fei nicht über eine Stunde! – und ein kleines Essen – natürlich in Büffetform – ist ja klar."

„Aber Herr Meier", stammelte Helena. „Ich kenn mich hier doch noch gar nicht so gut aus! Wäre Frau Danner nicht viel qualifizierter für so eine Aufgabe?" Helena schämte sich ein wenig, weil sie ihrer Kollegin die Organisation aufs Auge drücken wollte, war aber gleichzeitig überzeugt, dass diese das mit Links meistern würde, während sie sich momentan absolut überfordert fühlte.

„Frau Danner ist eine überaus qualifizierte und effiziente Kommissarin, Frau Hansen, aber sie ist doch manchmal eher …“, Herr Meier stockte und dachte angestrengt nach, „ … unkonventionell, würde ich sagen. Ihre korrekte norddeutsche Art, Frau Hansen, ist da doch viel eher geeignet, den Herrn Polizeipräsidenten angemessen zu unterhalten.“

Herr Meier drückte der völlig überrumpelten Helena das Schreiben in die Hand.

„Hier finden Sie alle Details zu dem Besuch. Halten Sie mich bitte über Ihre Vorbereitungen auf dem Laufenden.“ Abwartend blickte er die junge Kommissarin an. „Ist noch was?“

Helena schüttelte stumm den Kopf und stand mit wackeligen Beinen auf. Gerade als sie das Büro ihres Chefs verlassen wollte, ließ sie seine Stimme nochmal innehalten.

„Und Frau Hansen …“, er sah nicht mal von seinen Unterlagen hoch. „In Zukunft sorgen Sie bitte dafür, dass der neue Praktikant pünktlich zum Dienst erscheint.“

Helena bekam einen hochroten Kopf und nickte, bevor sie schließlich fluchtartig das Büro verließ. Sie lief an der inzwischen angekommenen und sie neugierig musternden Sekretärin vorbei und ging schnurstracks zu ihrem Büro, das sie sich mit ihrer Partnerin teilte.

Franzi saß schon eifrig tippend an ihrem Arbeitsplatz und sah auf, als die Tür aufging. Ein strahlendes Lächeln breitete sich auf ihrem sommersprossigen Gesicht aus.

„Ja, Lena! I freu mi, dass du wieder da bisch! Ohne di war´s fei ganz schee einsam hier!"

Erst jetzt bemerkte sie den verstörten Gesichtsausdruck ihrer Kollegin. Besorgt stand sie auf und lief zu ihr hin.

„Ja, sag mal, was isch denn mit dir los? Du schausch ja aus, als hättsch du a Gschpenst gsehn!" Sie nahm Helena am Arm und führte sie zu ihrem Schreibtischstuhl.

„Jetzt setzsch di erschtmal hi! Du bisch ja ganz blass! Willsch´n Schluck Wasser?"

Helena winkte ab. „Nein, danke. Es geht mir gut."

„Na, Gott sei Dank!" Franzi ließ sich mit einem erleichterten Seufzer auf ihrem Sessel plumpsen.

„Trotzdem verratsch mir jetzt a mal, was eigentlich los isch!"

„Es ist wirklich nicht so schlimm. Der Meier hat mich gerade in seinem Büro *gebeten*", sie malte mit den Händen zwei Anführungszeichen in die Luft, „dass ich den Besuch des Landespolizeipräsidenten organisieren soll, der übrigens schon in gut einer Woche stattfindet." Sie sah Franzi mit einem eher missglückten Grinsen an. „Das ist wohl eine hohe Ehre oder so etwas ..."

„Au weia, der Niedermaurer kommt! In unsere bescheidene Hütte!" Franzi schien genauso wenig begeistert wie ihre Partnerin.

„Ja, eben! Der Meier meinte, es ginge um *Qualitätssicherung der Polizeiarbeit*." Wieder malte sie Anführungszeichen.

„Des kann aber nix Gutes bedeuten, mein i“, sagte Franzi nachdenklich. „Wenn d’Obrigkeit in unser schönes Augschburg kommt! Die werdn wieder alles umkrempeln wolln ...“

„Und ausgerechnet ich soll jetzt dafür sorgen, dass da alles glatt läuft mit dem Besuch! Stell dir vor, da geht was schief! Das war’s dann mit der Karriere ...“ Helena stützte verzweifelt ihren Kopf in die Hände.

„Ah geh, Lena, du wirsch doch den Kopf net hängen lassen! Soweit kommt’s no, dass uns so a daherg’laufener Polizeipräsident in die Suppe spuckt!“ Franzis Augen funkelten kämpferisch.

„Aber ich muss ein Buffet organisieren, eine Rede vorbereiten, eine Führung auf die Beine stellen ...“

„Mir machn jetzt Folgendes, meine Liebe: Mir rufn glei den Schorsch an, der kennt so ziemlich jeden Caterer in Augschburg, weißsch, der isst doch au so gerne. Der soll uns a feines Buffet klarmachen. Dann hasch du scho mal was erledigt.“ Franzi nahm sogleich den Hörer in die Hand, zwinkerte Helena zu und wählte eine Nummer.

„Hallo, hier Danner. I bräucht a mal den Schorsch.“ Sie lauschte eine Weile. „Jawoll, danke.“ Franzi nickte Helena aufmunternd zu, den Hörer zwischen Ohr und Schulter eingeklemmt. „Er isch da. Sie holn ihn grad.“

Helena mochte Schorsch ja gerne, zweifelte aber doch irgendwie, dass der kräftige Streifenpolizist ein edles Buffet auf die Beine stellen konnte. Seine Lieblingsspeise waren schließlich Leberkässemmeln oder Fleischpflanzerln mit Kartoffelsalat.

„Ah, servus Schorsch. I bin’s, die Franzi! ... Ja, mir gehts gut, danke der Nachfrage. Wie sieht’s bei dir aus?“ Wieder lauschte sie angestrengt in den Hörer. „Nen Wildbiesler habts´r grad erwischt?! Ja, sag bloß! Dass es sowas no gibt!“ Franzi grinste Helena an, wohlwissend, dass die wieder mal nichts verstanden hat.

„Du, weswegen i anruf, mir ham da a klitzekleins Problem. Die Lena muss für nächschte Woche a Buffet organisieren, für so Großkopferte von München drübn. Und du weißsch ja, dass die Lena no net so lang hier isch und sich no net so gut auskennt und da hab i dacht …“ Sie stockte und lauschte ihrem Gesprächspartner. „Ja, wirklich? Des würdsch du für uns machn? Du bisch echt super, Schorsch! Hasch was gut bei uns.“ Franzi strahlte.

„Sag ihm bitte, es muss aber was Exklusives sein!“, raunte Helena ihr zu.

„Du Schorsch, d´Lena sagt grad no, dass es fei scho was Exklusiveres sein soll. … Alles klar! Sie mailt dir dann die genauen Daten und die Personenanzahl heut no zu. Pfiat di, Schorsch!“ Die Augsburgerin legte den Hörer auf die Gabel und sah Helena triumphierend an.

„Na, wie hab i des gmacht?“

„Ich danke dir vielmals!“ Helena seufzte beruhigt. „Das nimmt mir schon mal eine Sorge ab!“

„Siehsch du, des wird alles nur halb so schlimm.“

„Du, Franzi?“

„Ja, Lena?“

„Was um alles in der Welt ist denn ein Wildbiesler?“

Franzi lachte schallend auf. „I hab´s glei gwusst, dass du des mal wieder net verstehsch! Mei, Lenchen, bei uns in Augschburg lernsch du halt nie aus!“ Sie wischte sich eine kleine Träne aus dem Augenwinkel, während

Helena resigniert die Hände hob und ein frustriertes
„Ich weiß ..." von sich gab.

„Also, pass auf, a Wildbiesler isch jemand, der in der
Öffentlichkeit bieselt, also ...", Franzi überlegte angestrengt, „ah ja, genau, also uriniert sozusagen, verstehsch?"

Helena nickte und konnte ein Grinsen nicht unterdrücken.

„Der arme Schorsch! Mit was für Leuten der sich her-
umschlagen muss!"

Franzi stimmte ihrer Partnerin zu.

„Du Lena, wegs dem Besuch ... I könnt die Führung
übernehmen, wenn du willsch." Die Augsburgerin lächelte ihre Partnerin an. „Wenn i dir damit helf'n kann,
dann mach i des gern."

Helena dachte fieberhaft nach. Natürlich würde ihr
das ungemein helfen, aber ihr Chef war, was Franzi betraf, doch relativ deutlich gewesen. Er wäre sicher alles
andere als erbaut, wenn diese die Führung übernehmen würde anstelle von Helena. Vor ihrem inneren
Auge sah sie die Prominenz mit der Führungsfachkraft
Franzi Danner im Gang bei den Untersuchungszellen
stehen und hörte sie sagen: „Hier wären dann also die
Zellen für unsre bösen Buben. Wollen's a mal probesit-
zen, Herr Präsident?" Unwillkürlich musste sie grinsen.
Franzi sah sie fragend an, da Helena ihr noch nicht ge-
antwortet hatte.

„Ach, weißt du, ich danke dir vielmals für das Angebot! Das ist total lieb von dir! Aber ich will dir das nicht
aufbürden. Ich schaffe das schon."

Franzi zuckte mit den Schultern.

„Wie du meinsch. Aber wenn´d Hilfe brauchsch, sagsch glei Bescheid, ok?“

„Das mache ich! Aber sicher doch!“ Ihr schlechtes Gewissen Franzi gegenüber drückte sie. Sie wollte ihre Partnerin nicht belügen, wollte sie aber auch nicht verletzen, indem sie ihr erzählte, warum Herr Meier ihr und nicht Franzi die Aufgabe zugeteilt hatte. Vielleicht wäre ihre Kollegin deswegen beleidigt?

„Aber sag a mal, was isch denn eigentlich mit deim Buben?“ Helena sah Franzi verständnislos an. Der plötzliche Themenwechsel warf sie aus der Bahn.

„Ja, deinen neuen Mitbewohner mein i doch! Wie läuft´s denn mit euch zwei Hübschen?“

Helena seufzte. „Es könnte wahrlich besser laufen, um ehrlich zu sein. Der Junge ist aber auch wirklich ein harter Brocken!“

„Ach, des wird scho! Wirsch sehn! Der muss si erscht no eing´wöhnen bei uns.“ Ein zuversichtlicher Gesichtsausdruck breitete sich auf Franzis Zügen aus.

Helena beneidete ihre Partnerin um deren Optimismus. Was Johannes anging, sah sie schwarz. Sie hatte absolut keine Ahnung, wie sie sich dem Jungen nähern sollte. Aber vielleicht hatte Franzi ja Recht!

Der restliche Tag verging damit, dass Franzi Helena in die, in ihrer Abwesenheit angefallene, Polizeiarbeit einwies. Als Helena am Abend zusammenpackte, war sie schon wieder gut im Bilde, was so alles anstand. Auch ihre Zuversicht war gewachsen, dass sie mir Franzis Hilfe sowohl die Sache mit Johannes als auch die mit dem Polizeipräsidenten in den Griff kriegen würde.

Gemeinsam verließen die beiden Frauen ihr Büro. Im Gang kam ihnen Johannes entgegen, einen Stapel länglicher brauner Umschläge in der Hand. Als er Helena sah, warf er ihr einen düsteren Blick zu.

„Wann hast du denn Feierabend?", fragte seine Großcousine mit Blick auf die Umschläge.

„Wenn mich mein Sklaventreiber gehen lässt!", kam prompt die bissige Antwort zurück.

Franzi, die neugierig neben Helena stand, trat einen Schritt nach vorne.

„Ja, du mußsch also der Hannes sein!" Franzi, die Namen offensichtlich grundsätzlich abkürzte, ergriff die freie Hand von Johannes und schüttelte sie freudig. „Die Lena hat scho so viel von dir erzählt!"

„So, hat sie das?" Ein erneuter eiskalter Blick traf seine Großcousine.

„Ja klar! Du, wir freu´n uns total, dass du jetzt bei uns bisch! Wirsch scho sehen, dass es dir bei uns no g´fällt!" Helena sah mit Erstaunen, dass sich Johannes mit einem kleinen Lächeln abmühte und sich bei Franzi bedankte. Das war wieder mal typisch! Bei ihr spielte er den kalten Frosch und Franzi hatte ihn im Handumdrehen um den kleinen Finger gewickelt!

Ihre Partnerin drehte sich zu Helena um. „Du der isch doch ganz putzig! Ein richtiger Schlawuzi!",raunte sie ihrer Kollegin zu. Dann winkte sie den beiden zu und verschwand im Treppenhaus des Präsidiums.

Ein Schlawuzi? Da war wieder das Wort von der Postkarte neulich! Helena war aber inzwischen daran gewöhnt, nicht immer alles zu verstehen, und zuckte resignierend mit den Schultern.

„Also, was ist jetzt?“, fragte sie Johannes erneut. „Wann hast du denn Schluss?“

Gnädigerweise erhielt sie diesmal sogar eine Antwort. „Sobald ich diese Umschläge ausgeliefert habe.“

„Prima, dann warte ich unten beim Wagen auf dich. Bis gleich!“ Helena begleitete Franzi noch zu ihrem Fahrrad, wo sie sich von ihrer Kollegin verabschiedete. Sie genoss die frische Luft auf dem kurzen Weg zu ihrem Wagen. In ihrem Urlaub hatte sie so viel Zeit draußen verbracht, dass ihr die stickige Büroluft heute extrem aufgefallen war. Sogar mit gekipptem Fenster war dem nicht Herr zu werden.

Kurze Zeit später erschien dann schon Johannes und sie fuhren gemeinsam nach Hause, wo der Jugendliche sofort in seinem Zimmer verschwand. Helena stellte sich seufzend in die Küche und bereitete Ofenkartoffeln für das Abendessen vor. Insgeheim rechnete sie schon mit einem weiteren einsamen Abendessen, als auf einmal Johannes in der Küche erschien und sich an den Tisch setzte.

„Ich habe vielleicht einen Bärenhunger“, ließ er sie wissen.

„Wer arbeitet, hat Hunger“, gab Helena naseweis zurück. Sie freute sich, als er mit großem Appetit zwei riesengroße Ofenkartoffeln verspeiste und ließ sich ihre ebenfalls schmecken.

Nach der Mahlzeit wollte Johannes gerade den Raum verlassen, als er in der Tür nochmal stehen blieb.

„Sag mal, Helena, könntest du mich morgen bitte etwas früher als heute wecken? Ich möchte nicht nochmal zu spät kommen.“ Er verdrehte die Augen. „Sonst lässt mich der Wamser wieder Überstunden schieben.

Nicht mal eine richtige Mittagspause hat der mir gegönnt!" Helena verkniff sich, ihm zu sagen, dass sie heute mehrfach versucht hatte, ihn zu wecken. Sie versprach ihm stattdessen, dafür zu sorgen, dass er rechtzeitig aufstehen würde, damit sie pünktlich in der Arbeit wären. Genüsslich brühte sie sich noch einen doppelten Espresso auf und fand das mit der Erziehung auf einmal gar nicht mehr so schwer. Sie nahm sich vor, Herrn Wamser morgen ein großes Lob auszusprechen, bevor sie sich in ihr Wohnzimmer zurückzog und fernsah.

4.

Am nächsten Morgen gelang es Helena tatsächlich schon beim ersten Mal, Johannes wach zu bekommen. Besonders gut gelaunt war er natürlich trotzdem nicht, als sie ihn um Viertel vor sieben weckte, aber immerhin stand er auf und machte sich fertig, bevor er in der Küche schweigend sein Müsli in sich hineinlöffelte und mit einer großen Tasse Kaffee hinunterspülte.

Zehn Minuten vor acht kamen Helena und Johannes im Präsidium an, wo der Jugendliche wortlos hinter der Tür mit der Aufschrift „Poststelle – Wamser" verschwand. Als die Tür hinter ihm ins Schloss fiel, konnte Helena den kindischen Impuls, ihm die Zunge herauszustrecken, nicht mehr unterdrücken. „Dir auch einen schönen Tag, liebe Helena", maulte sie halblaut vor sich hin.

„Mit wem redsch jetzt du?", ertönte da eine tiefe Stimme hinter ihr. Helena fuhr herum. Warum ließ sie sich auch immer zu so Kindereien hinreißen?

„Ach, du bist das, Schorsch!" Erleichtert blickte sie in das gutmütige Gesicht von Streifenbulle Schorsch, wie sie ihn früher immer insgeheim genannt hatte. Inzwischen mochte sie ihn aber richtig gern und hegte keinen Groll mehr gegen ihn, wie ganz am Anfang, als sie neu in Augsburg war. „Du hast mich ganz schön erschreckt!"

Schorschs rundes Gesicht verzog sich zu einem breiten Grinsen. „Des war aber fei net mei Absicht, Lena. Aber wenn du einfach vor di hin brabbelsch, werd i halt neugierig, weißsch scho."

„Was hab ich gemacht?" Ihre Stirn runzelnd, sah Helena Schorsch fragend an. Der Streifenpolizist sprach einen breiten Dialekt, wobei er manchmal sogar ein paar Brocken Bayerisch unter das Augsburgerisch mischte. Deshalb hatte die Hamburgerin oft größere Probleme, ihn zu verstehen.

„Vor dich hin-ge-spro-chen hast du", sagte er ganz langsam und deutlich, um sicherzugehen, dass die Norddeutsche ihn auch verstand.

„Ja, richtig ... Weißt du, manchmal ärgert man sich einfach und muss ein wenig Luft ablassen. Das kennst du doch sicherlich auch."

Schorschs dicker Bauch wackelte, als er dröhnend lachte. „Ja, freili, des kennt doch a jeder! Über was hasch di denn aufg´regt, Lena?"

„Ach, nichts Wichtiges", winkte die Kommissarin ab. Sie hatte keine Lust, sich wegen Johannes Benehmen weiter einen Kopf zu machen und lenkte das Gespräch lieber in andere Bahnen. „Sag mal, hast du meine Mail bezüglich des Buffets bekommen?"

„Klar, hab i die bekommen. Hab scho alls erledigt. Wirsch staunen, Lena, was die Großkopferten da vorg´setzt kriegen!"

Helena wusste inzwischen, dass man in Bayern höhergestellte Personen mit dem spöttischen Begriff „Großkopferte" versah und musste deshalb diesmal zum Glück nicht nachfragen.

„Vielen lieben Dank, Schorsch! Ich wüsste nicht, was ich ohne deine Hilfe machen würde!" Sie drückte dem Polizeibeamten einen Schmatzer auf die dicke Backe. Er wurde ganz rot und winkte verlegen ab. „Passt scho, Lena! Dafür sind Freunde doch da, net wahr?" Er hielt sich noch die Backe, als er weiterging und Helena sah ihm grinsend nach. Was für ein netter, großer Teddybär! Es war wirklich ein gutes Gefühl, Freunde zu haben, auf die man sich verlassen konnte! Ihre Anfangszeit in Augsburg war nicht gerade leicht gewesen. Franzi war im Urlaub gewesen, als Helena angefangen hatte, im Präsidium zu arbeiten, und sie hatte zu Beginn keine Menschenseele gekannt. Aufgrund des Dialekts war ihr der Anschluss an ihre Kolleginnen und Kollegen schwer gefallen, hatte sie doch gefühlt die Hälfte von dem, was gesprochen wurde, nicht verstanden. Damals hatte sie oft Heimweh gehabt und ihren Beschluss, in den Süden Deutschlands zu ziehen, fast bereut. Doch dann hatte sie Franzi kennengelernt und alles hatte sich zum Guten gewendet. Die Augsburger Kommissarin hatte sich ihrer sofort angenommen und sie unter ihre Fittiche genommen. Gedolmetscht hatte sie für Helena auch des Öfteren. Sogar mit Schorsch, mit dem sie sich anfangs häufig gekabbelt hatte, verstand sich die Hamburgerin inzwischen richtig gut.

Beschwingt ging Helena in ihr Büro. Am linken Schreibtisch saß bereits ihre Partnerin und tippte etwas in den Computer. Als sie Helena hereinkommen hörte, sah sie auf.

„Morgen, Lena! Gut schausch heut aus!"

„Mir geht´s auch gut. Dir auch einen schönen guten Morgen!" Helena legte ihre Tasche neben ihrem Schreibtisch ab und setzte sich. „Was steht an?"

Seufzend deutete die Augsburgerin auf den Stapel mit Akten, der sich rechts von ihrem Monitor auftürmte.

„Die Betrugssache, von der ich dir geschtern erzählt hab. Heut früh kam schon wieder ne Anzeige rein, weil jemandem sei I-Phone geklaut wurde." Sie nahm ein paar Akten vom Stapel und reichte sie Helena. „Am beschten wär´s, du arbeitsch die mal durch und i mach die andern fertig. Was meinsch? Dann wär ma schneller." Fragend sah sie ihre Partnerin an.

„Na klar, so machen wir´s." Helena nahm den Stapel entgegen und legte ihn vor sich auf den Schreibtisch. „Im Teamwork sind wir doch sowieso unschlagbar!"

Sie erntete ein glucksendes Lachen von Franzi. „Da hasch du wohl recht!"

Die nächsten Stunden sahen die Kommissarinnen gewissenhaft die Akten durch, legten Tabellen an, die fein säuberlich nach Daten, Namen und Orten gegliedert waren. Seit ein paar Wochen wurden in der Fuggerstadt allerlei Wertsachen geklaut, darunter teure Handys und Geldbeutel. Die Liste war am Schluss ganz schön lang, als sie die beiden Kommissarinnen zusammenfügten. Sie hatten sie ausgedruckt und trafen sich am runden Tisch in der Ecke ihres Büros. Stirnrunzelnd beugte sich Franzi über die Liste und fuhr mit dem Zeigefinger von oben nach unten.

„Ui,ui, ui, jetzt schau sich das mal einer an! Da macht aber jemand nen ganz großen Reibach!" – Seitenblick auf Helena – „Geld, mein i. Da verdient sich jemand ne goldene Nase!"

Helena stimmte Franzi zu und betrachtete nachdenklich die lange Liste. Plötzlich knurrte ihr Magen vernehmlich, was ihr einen amüsierten Seitenblick ihrer Partnerin einbrachte.

„Weißt du was? Wie wäre es denn, wenn wir das Angenehme mit dem Nützlichen verbinden und in die Stadt fahren. Dort könnten wir zu Mittag essen und uns danach in den Restaurants und Cafés auf unserer Liste umhören."

Helenas Vorschlag stieß bei Franzi auf offene Ohren. „Des isch ja mal a richtig gute Idee! Des mach mer!"

Die beiden Kommissarinnen beschlossen, sich in der Fleischhalle auf dem Stadtmarkt zu verköstigen. Dort hatte man eine riesige Auswahl - anders als der Name vermuten ließ, konnte man dort durchaus auch vegetarisch essen - und die Preise waren günstig.

Nachdem sie Helenas Auto in einer Parkgarage mitten in der Innenstadt abgestellt hatten, schlenderten die beiden Kommissarinnen über den Stadtmarkt und bestaunten die bunte Auslage. Sie waren gerade in ein Gespräch über eine Kräutertinktur vertieft, die Franzi, die hobbymäßige Kräuterhexe, erst neulich zusammengebraut hatte, als Helena auf einmal auf die Schulter getippt wurde.

„Hallo, Frau Hansen. So schnell sieht man sich wieder!" Ein strahlender Niclas Beck stand vor den beiden Kommissarinnen. „Das freut mich aber sehr!"

Helena spürte eine verräterische Röte in sich aufsteigen und bemerkte Franzis neugierigen Blick, der auf ihr ruhte.

„Herr Beck, was machen Sie denn hier?" Sie versuchte, ihre Nervosität mit ihrer Frage zu überspielen.

„Ich arbeite hier! Schon vergessen?" Schmunzelnd sah er sie an.

Helena hätte sich für ihre blöde Frage ohrfeigen können! Sie war so in ihr Gespräch mit Franzi vertieft gewesen, dass sie gar nicht auf den Weg geachtet hatte, und nun standen sie tatsächlich direkt vor dem kleinen Laden, in dem sie erst kürzlich nach dem Korb gesucht hatte.

„Willsch du mi net vorschtelln, Lena?", schaltete sich die gar nicht schüchterne Franzi ungeniert in das Gespräch ein.

„Natürlich, entschuldige bitte." Sie wandte sich Herrn Beck zu. „Herr Beck, das ist meine Kollegin Frau Danner und Franzi, das ist mein Nachbar Herr Beck, der erst kürzlich aus Potsdam hierhergezogen ist, um das Geschäft seiner Tante weiterzuführen."

Franzi ergriff freundlich grinsend die Hand von Helenas Nachbarn und schüttelte sie kräftig.

„Mei, warum denn so förmlich, Lena?" Sie wandte sich dem Mann zu. „I bin die Franzi. Nett, di kennenz´lernen." Helena erstarrte. Das war mal wieder typisch Franzi! Die Hamburgerin kam aus einem eher konservativen Elternhaus und war so erzogen worden, dass man sich erst duzte, wenn man jemanden gut genug kannte. Sie rechnete immer damit, dass andere das ebenso hielten. Aber nicht Franzi! Oh nein, die fiel immer mit der Tür direkt ins Haus. Die gewohnte verräterische Röte breitete sich großzügig auf Helenas Wangen aus.

„Ich heiße Nick. Freut mich auch, dich kennenzulernen, Franzi." Das Grinsen in seinem gutaussehenden Gesicht vertiefte sich.

„Jetzt müsst ihr euch aber au duzen, sonscht wär´s ja komisch, gell?! Nick, des isch die Lena." Sie gab ihrer Partnerin einen leichten Schubs, und die überrumpelte Helena streckte automatisch ihre Hand aus, um sie Niclas Beck zu reichen. Er ergriff ihre kalte Hand und sah ihr tief in die Augen. „Schön, dich nochmal kennenzulernen, Lena", sagte er mit einem Augenzwinkern.

„Helena", verbesserte sie automatisch und errötete noch mehr, wenn das überhaupt möglich war. Inzwischen machte sie mit Sicherheit den tiefroten Tomaten auf dem Markt mit ihrer Gesichtsfarbe Konkurrenz! Franzi war aber auch unmöglich! Nur sie brachte es fertig, ihr jemanden vorzustellen, den sie doch eigentlich schon kannte!

„Wir wollt´n grad zum Mittagessen. Willsch du vielleicht mitkommen, Nick?", fragte Franzi und erlöste so Helena, die sich unter Nicks Blick wand.

„Bedaure." Entschuldigend hob er beide Hände hoch. „Nichts lieber als das, aber ich bin heute alleine im Geschäft und kann hier leider nicht weg."

„Ach schade! Aber vielleicht ´n andermal. Tschüss dann, Nick! Hat mi echt g´freut!"

„Mich hat es ebenfalls sehr gefreut! Vielleicht können wir das ja ein andermal nachholen."

Franzi hakte sich bei Helena ein und winkte ihm zum Abschied zu. „Klaro! Bis bald mal!" Nach einem letzten Blick auf das grinsende Gesicht von Helenas Nachbarn bogen die beiden Kommissarinnen um die Ecke und betraten die Fleischhalle, die um diese Zeit schon gut bevölkert war. Die beiden Frauen trennten sich kurz, um jede für sich die gewünschte Mahlzeit zu erstehen.

„Mensch, du hasch mir ja gar nix von deim feschen Nachbarn erzählt", sagte Franzi vorwurfsvoll, als sie sich wieder an einem der Stehtische trafen. Helena, die heute Lust auf asiatisch verspürt hatte, stand vor einem Teller, auf dem sich ein großer Berg Reis und Gemüse nebst Ente türmte. Franzi hatte sich einen Teller Pasta beim Italiener gegenüber gegönnt.

„Da gibt es ja auch nichts zu erzählen", antwortete Helena knapp und stocherte in ihrem Essen herum. Sie hoffte, dass Franzi es dabei belassen würde. Aber da hatte sie die Rechnung ohne die aufgeweckte Augsburgerin gemacht!

„Ach papperlapapp, erzähl doch keine Märchen", bemerkte die prompt zwischen zwei Bissen von ihren dampfenden Nudeln. „Des sieht doch a Blinder mit Krückstock, dass du den toll findsch!"

Helena verschluckte sich fast an ihrem Essen. Hustend angelte sie nach ihrem Glas Wasser, während Franzi ihr kräftig auf den Rücken klopfte.

„Mensch Lena, was regsch di denn glei so auf? Isch doch prima, dass du endlich a fesches Mannsbild kenneng´lernt hasch!" Da Helenas Hustenanfall endlich nachließ, konnte Franzi ihre Hilfsmaßnahmen einstellen und sie nahm ihre Gabel wieder auf. „Isch wirklich lecker!"

„Wer jetzt? Der Nick?" Helena sah sie verwirrt an.

Franzi lachte schallend darauf los. Einige Leute drehten sich nach den beiden Frauen um, um den Grund für ihre Erheiterung zu erfahren.

„Die Pasta!", bemerkte Franzi grinsend und deutete mit ihrer Gabel auf den vor ihr stehenden Teller. „Aber dein Nick isch au net übel, des muss man wohl sagen, obwohl i das Wort lecker normalerweise net im Zusammenhang mit Mannsbildern verwende ...“ Franzi kicherte vor sich hin und warf ihrer Kollegin einen amüsierten Seitenblick zu.

„Er ist nicht *mein* Nick!“, merkte Helena vorwurfsvoll an und widmete sich dann wieder ihrem Reisgericht. Franzi, die auch sehr feinfühlig sein konnte, merkte, dass sie Helena nicht weiter triezen durfte, um ihre Partnerin nicht zu verärgern.

„Jetzt sei halt net glei eing´schnappt! I hab´s ja nur gut gmeint!“, sagte sie beschwichtigend.

„Ist schon in Ordnung. Das weiß ich doch.“

Eine Zeit lang aßen die Kommissarinnen schweigend weiter.

„Jetzt sieh dir nur an, wie fahrlässig die Leute mit ihren Wertsachen umgehen!“, unterbrach Helena schließlich das Schweigen. Franzi sah sich um und nickte.

„Der Wahnsinn! Echt! Jetzt schau dir den Typ im Anzug da drüben mal an. Sitzt da rum und liest in seiner Zeitung, während sei Geldbeutel einfach so unbeachtet auf´m Tisch flaggt!“ Froh, dass Franzi auf das neue Thema einging und dem alten entkommen zu sein, stimmte Helena ihrer Partnerin zu.

„Oder schau mal, die beiden Frauen da drüben. Die unterhalten sich in aller Seelenruhe, während die eine ihr Handy auf dem Tisch liegen hat und die Tasche der anderen achtlos über dem freien Stuhl hängt.“ Die beiden Frauen schüttelten ihre Köpfe.

„Kein Wunder, dass unsere Liste so lang ist!“, bemerkte Helena. „Das ist ja das reinste Paradies für jeden Langfinger!“

„Wahnsinn, wie sorglos die Leute so sind!“, stimmte Franzi ihr zu. „Sag mal, unter deinen Akten war doch der Diebstahl hier in der Fleischhalle, oder?“ Sie sah ihre Partnerin fragend an.

„Ja, war er. Warte mal, ich hab mir ein paar Notizen dazu gemacht.“ Sie kramte in ihrer Handtasche und beförderte schließlich ihr Notizbuch hervor. Nachdem sie ein wenig darin geblättert hatte, wurde sie fündig.

„Ah, hier ist es ja. Also, vor zehn Tagen wurde hier zur Mittagszeit, genauer gesagt, zwischen 12.15 Uhr und 12.30 Uhr, eine Geldbörse entwendet. Der Besitzer der Börse bemerkte nach dem Essen, dass sie nicht mehr da war und meldete den Diebstahl noch am selben Tag. Er gab an, dass er direkt vor dem Essen am Bankautomaten hier auf dem Stadtmarkt 500 Euro geholt hatte und dass sich in seiner Börse außerdem Personalausweis und Führerschein befanden.“

Franzi schüttelte den Kopf, dass ihre Locken nur so durch die Gegend flogen. „500 Euro! Wieso schleppt man denn so viel Geld mit sich durch die Gegend?“

Helena zuckte mit den Schultern. „Es gibt immer noch viele Leute, die lieber mit Bargeld als mit Karte bezahlen“, meinte sie nachdenklich. „Wahrscheinlich gehört unser Herr …“, sie konsultierte nochmal ihr Notizbuch, „Schneider, so heißt er, auch zu dieser Sorte Mensch.“

Die beiden Frauen räumten ihren Platz an dem Stehtisch und brachten ihre Tabletts zu den bereit stehenden Geschirrwagen.

„Weißsch du was, Lena, hier isch grad die Hölle los! Lass uns z´erscht mal zu den Cafés am Rathausplatz gehen und dort nachfragen. Vielleicht hat ja eine Bedienung oder ein Kellner was gsehn?! Wir können ja immer no auf'm Rückweg hierherkommen und ein paar der Imbissbetreiber befragen."

Gesagt, getan. Vom Stadtmarkt aus waren die beiden in kürzester Zeit am Rathausplatz. Franzis Augen leuchteten, als ihr Blick auf das imposante Rathaus aus der Renaissancezeit fiel, und sie erzählte Helena zum gefühlt hundertsten Mal, dass es im 17. Jahrhundert von Elias Holl, dem berühmten Augsburger Stadtmeister erbaut worden und im 2. Weltkrieg fast komplett zerstört worden war. Nachsichtig lächelnd hörte sich Helena die bekannte Geschichte geduldig an, wohl wissend, dass ihre Partnerin wohl der größte Fan ihrer Heimatstadt war. Helena fand es großartig, dass jemand, der schon sein ganzes Leben in der gleichen Stadt verbrachte, sich von deren Sehenswürdigkeiten immer noch begeistern lassen konnte. Ihr fiel es aber auch nicht schwer, Franzi zu verstehen. Die altehrwürdige Fuggerstadt war wirklich wunderschön! Helena liebte Hamburg ja auch, was sie aber nicht davon abhielt, den Charme ihrer neuen Heimat wahrzunehmen.

Nachdem Franzi endlich mit ihrer Geschichtsstunde fertig war, beschlossen die Kommissarinnen, die Liste der Cafés unter sich aufzuteilen und sich in einer Stunde wieder hier zu treffen.

Als Helena zu der verabredeten Zeit am Treffpunkt aufschlug, war von Franzi weit und breit nichts zu sehen. Kurzentschlossen holte sich die junge Kommissarin einen kalten Milchkaffee zum Mitnehmen aus einem der zahlreichen Cafés rund um den Rathausplatz und setzte sich auf eine Bank, wo sie ihr Getränk zu sich nehmen und gleichzeitig die wärmenden Sonnenstrahlen genießen konnte, die vom blauen Augsburger Himmel auf sie hinabstrahlten.

Eine Viertelstunde später kam endlich auch Franzi beim Treffpunkt an. Sie hatte sich beeilt, weil sie ja sowieso schon zu spät war und war deshalb ziemlich außer Atem. Sie setzte sich zu Helena auf die Bank und nachdem sie wieder zu Luft gekommen war, berichteten sich die beiden Frauen von ihren Ermittlungen.

„Es isch wie verhext!", sagte Franzi genervt. „Niemand hat was g'sehn! Niemand hat was mit'kriegt! Man sollte doch meinen, dass wenigschtens in einem der vielen Fälle was bemerkt worden wär!"

„Weißt du, ich glaube, das geht so schnell, dass man da kaum etwas mitbekommen kann", warf Helena ein. „Von mehreren Opfern wissen wir ja, dass sie, kurz bevor sie den Diebstahl bemerkten, von einer Unbekannten angesprochen worden waren. Anschließend waren die Sachen weg. Ich denke, wir haben es hier bestimmt mit einem Ablenkungsmanöver zu tun."

Die beiden Kommissarinnen standen auf und schlenderten zurück zum Auto. Auf dem Weg bemerkten sie, dass die Leute auf vielen Tischen, die überall vor den Restaurants und Cafés in der Innenstadt standen und zum Verweilen einluden, sorglos ihre Wertsachen liegen hatten. Leider brachte ihnen auch die Befragung auf dem Stadtmarkt, wo sie auf dem Rückweg noch kurz anhielten, keine neuen Erkenntnisse.

Nachdem sie den kurzen Weg zurück ins Präsidium gefahren waren, gingen die beiden Frauen in ihr Büro zurück, um weiterzuarbeiten. Helena fing an, ein paar der Opfer anzurufen, um sie persönlich zu den Diebstählen zu befragen. Es war immer das Gleiche. Die Opfer gaben an, dass sie ihr Handy oder ihren Geldbeutel auf dem Tisch vor sich liegen hatten und dass die Sachen von dort entwendet wurden. Im Verlauf ihres Café- oder Restaurantbesuchs waren sie dann von einer Unbekannten angesprochen worden. Die Frau wurde als sehr jung beschrieben. Sie hätte sich nach dem Weg zu einer Sehenswürdigkeit erkundigt und das war es dann gewesen. In einem Fall wollte sie zur Annakirche, in einem anderen zur Fuggerei oder zum Dom. Alle Beteiligten gaben an, dass die junge Frau einen Stadtplan dabeigehabt und durchaus glaubwürdig gewirkt hatte.

Es war beinahe Feierabend, als Franzis Telefon läutete. „Danner", meldete sich die Kommissarin. „Ja, schicken´S die Dame doch glei mal zu uns rauf. Danke, Kollege!"

Nachdem sie aufgelegt hatte, wandte sie sich an Helena. „Ein erneuter Diebstahl isch grad rein´kommen. Eine Dame will ne Anzeige aufgeben und weil die Kollegen wissen, dass mir die Diebstahlserie grad untersuchen, ham se sich halt dacht, mir wollten die Frau vielleicht glei selbscht befragen."

„Gut mitgedacht von den Kollegen", bemerkte Helena anerkennend und räumte Unterlagen von dem kleinen runden Tisch in der Ecke, an dem sie sich heute Mittag mit Franzi die Liste angesehen hatte und den sie immer benutzten, wenn sie Gäste im Büro empfingen. Kurz darauf klopfte es bereits an ihrer Tür und eine uniformierte Beamtin streckte den Kopf herein. „Die Frau Mersch wär jetzt da." Als die Kommissarinnen nickten, öffnete sie die Tür weiter und ließ eine schick gekleidete Frau Anfang siebzig eintreten. Helena bedankte sich bei der Polizeibeamtin vom Empfang, die die Frau hierherbegleitet hatte und bot Frau Mersch einen Platz an.

„Was können wir denn für Sie tun, Frau Mersch?", begann Helena das Gespräch. Sie hatte ihren Notizblock aufgeschlagen vor sich liegen und war mit einem Stift bewaffnet.

„Ja, feschtnehmen können'S die Diebin! Und zwar dalli!" Der beachtliche Busen der Frau wogte entrüstet auf und ab. „Da geht man in die Stadt und denkt sich nix Böses und dann klau'n die einer unschuldigen alten Dame doch glatt die Handtasch! Da hört sich doch alles auf!" Wütend starrte die Dame die Kommissarinnen an.

„Jetzt beruhigen Sie sich bitte erst einmal", versuchte Helena die Dame zu besänftigen.

„Ja, Sie möcht i sehn, wenn's Ihnen die Handtasche klauen! Ob Sie sich dann einfach so beruhigen könnten, Fräulein?", fauchte Frau Mersch die junge Kommissarin an.

Franzi wurde es zu bunt. „Jetzt hörn'S mir mal gut zu, Frau Mersch. Wir wollen Ihnen helfen, und Sie pflunzen jetzt mei Kollegin so an! Des isch Frau Kommissarin Hansen und kei Fräulein, verstehn'S?"

Die alte Dame schaute Franzi sprachlos an. Helena grinste in sich hinein. So herzlich ihre Partnerin normalerweise war, so resolut konnte sie auch sein. Vor allem, wenn ihr etwas gegen den Strich ging.

„So, und jetzt erzähl´S uns doch bittschön einfach mal, wie sich der Diebstahl zugetragen hat." Franzi nickte Frau Mersch auffordernd zu.

„Ja, mei, Frau Kommissar" – *Na also, geht doch*, dachte Helena zufrieden – „i sitz da halt wie jeden Dienschtag Nachmittag mit meinen Bekannten im Café Wagner - wissen´S da treff i mi immer mit der Traudl und der Liesl nach dem Seniorenyoga – und denk mir nix Böses und dann, als i zahlen will, isch auf einmal mei Handtasch weg!" Die Empörung stand der alten Dame ins Gesicht geschrieben.

„Sind Sie sicher, dass Sie die Handtasche überhaupt dabei hatten?", wagte Helena vorsichtig einzuwerfen. Ein überaus entrüsteter Blick traf sie.

„Ja, sagen´S a mal, Fräulein!" Ein strenger Blick von Franzi traf die alte Dame. „Äh ..., ich meinte, Frau Kommissarin! Was fällt jetzt Ihnen eigentlich ein? I mag zwar alt sein, aber senil bin i deswegen fei no lang net!"

„Natürlich nicht", versuchte Helena einzulenken, „aber wenn Sie wüssten, wie viele Leute Dinge als gestohlen melden und sie dann zu Hause plötzlich wieder finden ..." Sie sah hilfesuchend zu ihrer Kollegin, die ihr aufmunternd zuzwinkerte.

„Ne! I bin mir zu hundert Prozent sicher, dass i die Tasche dabei g´habt hab! Schließlich isch da mei Yogaanzug drin und i hab vorher ja net naggert rumturnt, verstehn´S?"

Die Kommissarinnen grinsten sich verstohlen an. Die Frau Mersch war ja vielleicht eine Marke! Helena fühlte einen Anflug von Stolz, weil sie den Ausführungen der alten Dame hatte folgen können. Franzi hatte ihr einmal erzählt, dass im Sommer ein paar der Kinder

in ihrer Straße „nackert" herumgerannt waren und
sich gefreut hatten, wenn sie von den Anwohnern eine
Abkühlung mit dem Gartenschlauch bekommen hatten. Natürlich war das Wort jetzt auch nicht so weit
entfernt vom hochdeutschen „nackt", aber die Augsburger sprachen es leider „naggert" aus, so dass es zu
Helenas Verteidigung wirklich schwer zu verstehen
war.

„Ham Sie vielleicht ne Ahnung, wer Ihnen die Tasche
geklaut haben könnt?", hakte Franzi nach.

„I bin mir sogar absolut sicher, dass i des weiß", antwortete die alte Dame triumphierend und genoss die
ungläubigen Blicke der Kommissarinnen. „Des war so
a Drutscherl, so a ausg´schamts!"

Gerade noch stolzerfüllt, folgte prompt der nächste
Schlag und Helena war wieder raus. Franzi bemerkte
den hilflosen Blick ihrer Partnerin und übersetzte
freundlicherweise. „Also ein junges Mädel war´s? Wie
kommen´S jetzt da drauf?"

„Die isch zu uns an den Tisch gekommen und hat uns
gfragt, ob wir wissen, wo der Damenhof isch. Die Liesl
hat´s ihr sogar auf der Karte gezeigt, die des Drutscherl
dabei ghabt hat. So a unverschämte Matz!" Dass das
keine freundliche Bezeichnung war, verstand sogar Helena. Rot im Gesicht vor Entrüstung klopfte die alte
Dame energisch mit dem Fingerknöchel auf den Tisch.
„Die müssen´S feschtnehmen! Sowas g´hört sich einfach net, dass ma harmlose, alte Frauen beklaut!"

„Können Sie uns die junge Frau vielleicht beschreiben?", bat Helena.

„Dunkelbraune Haare hat´s g´habt, fascht schwarze.
Und gebrochenes Deutsch hat´s g´schprochen, sodass
mir se fascht net verschtanden ham!"

Helena konnte sich den bitterbösen Kommentar, der
ihr auf der Zunge lag, gerade noch verkneifen und
machte sich stattdessen eifrig Notizen. Die Angaben
von Frau Mersch deckten sich mit denen der anderen
Opfer. Manche konnten sich zwar nur an wenige Details erinnern, aber den starken Akzent hatten alle er-
wähnt.

„Wo befand sich denn ihre Handtasche, bevor sie geklaut wurde?", wollte Helena noch wissen.

„Ja, die hing halt über meiner Stuhllehne, wissen´S.
So wie ma´s halt immer macht. Mei, des war vielleicht
peinlich, sag i Ihnen! I konnt ja net a mal bezahln! Die
Liesl hat´s mir auslegn müssen!" Die Dame schüttelte
betrübt ihren Kopf.

„Des hat se doch sicher gern g´macht, Frau Mesch, wo
sie doch Freundinnen sind und so", beschwichtigte sie
Franzi. „I glaub, mir ham dann alles, Frau Mersch. I
bring Sie no nach nebenan zu meiner Kollegin, die
nimmt die Anzeige dann auf und Sie können´s anschließend unterschreiben." Franzi erhob sich und sah
die alte Dame herausfordernd an. Diese verstand die
Aufforderung und stand ebenfalls auf.

„Bitte tun´S ihr Beschtmögliches! Mei Yogaanzug isch
mir echt wichtig. Der hat so schöne Straßsteine aufge-
näht!"

„Natürlich, Frau Mersch!" Helena bemühte sich um
einen ernsthaften Gesichtsausdruck, sah vor ihrem inneren Auge jedoch eine Gruppe alter Damen in glit-
zernden Anzügen Yogaübungen machen. „Wir melden

uns dann wieder bei Ihnen." Sie nickte Frau Mersch zum Abschied zu, und Franzi begleitete die alte Dame noch nach nebenan, wo sie ihre Anzeige aufgeben konnte.

Als sie zurück ins Büro kam, übertrug Helena gerade die gemachten Notizen in ihre Tabelle im Computer.

„Das ist jetzt der zehnte Diebstahl in den letzten vierzehn Tagen", bemerkte sie seufzend. „Und immer die gleiche Masche!"

„Du hasch ja heut in der Stadt selber g´sehn, wie sorglos die Leut mit ihren Siebensachen umgehn. Kei Wunder net, dass die dann beklaut wern!"

Helena nickte und sah mit Franzi, die inzwischen hinter sie getreten war, die Liste nochmal durch.

„Die Diebstähle konzentrieren sich alle auf die unmittelbare Innenstadt, zwischen Rathausplatz und Maximiliansstraße", bemerkte Helena. „Wie wäre es denn, wenn wir zunächst mal an alle Cafés und Restaurants dort ein Informationsschreiben verteilen würden?"

„Au ja, gute Idee, Lena! Da schreib mer nei, wie bei den Diebstählen vor´gangen wird und bitten drum, dass die Kellner und Bedienungen erschtens a Auge auf fremde Leute ham, die offensichtlich zu niemandem g´hören und zweitens braucht´s da natürlich ne Täterbeschreibung."

„So machen wir es! Gleich morgen früh erstellen wir das Informationsschreiben ..."

„Und dei Hannes kann die dann in der Stadt verteiln", beendete Franzi grinsend Helenas angefangenen Satz.

„Auf die Art bekommt der Jung wenigstens etwas von der Innenstadt zu sehen", antwortete Helena zufrieden.

„Prima, dann geh i jetzt heim. Der Waschtl wartet sicher scho auf mi.“

Franzi packte ihren Kram zusammen und angelte sich ihre Jacke und ihren Fahrradhelm vom Garderobenständer. Ihre Partnerin musste bei dem Gedanken an Franzis zotteliges Ungetüm zu Hause grinsen. Sie war überzeugt, dass irgendwo in Waschtls Ahnenreihe ein ausgewachsener Braunbär zu finden war. Das große Tier hatte ihr am Anfang eine Heidenangst eingejagt. Aber obwohl er den Rücksitz ihres Autos mit seinen matschverkrusteten Pfoten verunstaltet hatte und sie aufgrund seiner Flatulenzen beinahe in Ohnmacht gefallen war, war ihr der alte Hund dennoch irgendwie ans Herz gewachsen. Auch wenn sie zugeben musste, dass sie ihn immer noch lieber aus der Ferne, als aus der Nähe bewunderte. Vor allem, wenn er nass war und seine verfilzten Zotteln ihr unvergleichliches Aroma verströmten ...

„Gehsch du no net heim?“, unterbrach Franzi ihre Gedanken. Sie setzte sich gerade den Helm auf den Kopf und zurrte ihn fest.

„Ich habe mit Johannes ausgemacht, dass er mich bei Dienstschluss hier abholt. So lange kann ich noch an meinen Plänen zum Empfang des Polizeipräsidenten tüfteln.“

Franzi nickte und winkte ihr grinsend zu, bevor sie das Büro verließ.

Helena lehnte sich seufzend in ihrem Stuhl zurück. Der Empfang! Der lag ihr wirklich schwer im Magen! Wo sollte sie nur anfangen? Na, wenigstens das Buffet war schon organisiert. Am besten schrieb sie sich einen

Schlachtplan, damit sie auch nichts vergaß. Die beschreibbare Schreibtischunterlage lag noch jungfräulich vor ihr und lachte sie an. In die Mitte schrieb Helena ganz groß: „Besuch des Polizeipräsidenten" und machte einen großen Kreis darum. Dann schrieb sie daneben: Buffet und kringelte das Wort ebenfalls ein. Danach verband sie die beiden Kreise sorgfältig mit einem Lineal. Eine Viertelstunde später fanden sich weitere Kreise auf dem Papier. Neben dem Essen standen da noch: Führung, Polizeikapelle, Rede. Von jedem Kreis gingen wiederum mehrere Striche aus, die den jeweiligen Punkt näher definierten. Helena liebte Mindmaps! Übersichtlich und geordnet präsentierten sie alle wichtigen Fakten. Schon in der Schule hatte sie mit Hilfe von Mindmaps gelernt.

Den Kreis mit dem Wort „Rede" versah sie mit einem großen roten Fragezeichen. Sie hatte noch keinen blassen Schimmer, was sie da eigentlich erzählen sollte. Die Führung würde sie notgedrungen selbst übernehmen müssen, obwohl sie Franzis Angebot liebend gerne angenommen hätte. Um den entsprechenden Kreis notierte sie mehrere Stationen, die sie dem Besuch präsentieren wollte. Daneben schrieb sie geschätzte Zeitangaben, um einen zeitlichen Überblick zu haben. Für die Führung veranschlagte sie eine Stunde. Die Rede sollte maximal dreißig Minuten dauern, plus eine Viertelstunde musikalischer Unterhaltung von der Polizeikapelle. Beim Herrn Kapellmeister hatte sie diesbezüglich schon angefragt. Der Herr war höchsterfreut gewesen, seine neu erprobten Stücke vor dem Polizeipräsidenten zum Besten geben zu dürfen. Am liebsten hätte er wohl eine Stunde lang gespielt, musste von Helena aber zeitlich deutlich eingebremst werden.

Helena wurde von einem Geräusch aus ihren Gedanken gerissen. Sie hob den Kopf und sah Johannes in der Tür stehen.

„Gehen wir?", auffordernd sah er sie an.

Helena legte den Stift zur Seite und stand auf. „Dir auch einen schönen guten Tag übrigens", sagte sie in leicht ironischen Tonfall. Der Jugendliche verdrehte die Augen, von den seiner Ansicht nach spießigen Umgangsformen seiner Großcousine sichtlich genervt. Helena packte ihre Sachen zusammen und schaltete den Computer aus, bevor sie mit Johannes im Schlepptau das Präsidium verließ.

Beim Abendessen – heute gab es Salat mit getoasteten Weißbrotstücken mit Knoblauchbutter – gab sich Johannes gewohnt wortkarg. Nach mehreren Versuchen, etwas über seine Arbeit im Präsidium zu erfahren, gab Helena schließlich auf. Sie berichtete ihm stattdessen von dem Informationsschreiben, die sie und Franzi morgen verfassen würden und erklärte ihm, dass es Johannes zufallen würde, diese in der Innenstadt zu verteilen. Obwohl sie schon befürchtet hatte, auf großen Unwillen zu stoßen, war er von der Aufgabe doch positiv angetan.

„Und ich darf dann wirklich alleine in der Stadt die Schreiben verteilen?", vergewisserte er sich und nahm einen großen Bissen von dem knusprigen Weißbrot.

„Natürlich." Helena nickte und freute sich über den Appetit des Jugendlichen. „Glaubst du, du kriegst das hin? Du kennst dich ja überhaupt nicht in der Stadt aus."

Johannes legte den Kopf schief. „Sag mal, Helena, in welchem Jahrhundert lebst du eigentlich?" Er zog sein Handy aus der Tasche und wedelte damit in der Luft herum. „Alles, was ich wissen muss, finde ich auf diesem Teil hier. Das nennt sich *Smart*phone, musst du wissen." Er grinste und ließ das Telefon wieder in seiner Hosentasche verschwinden.

„Sehr witzig!", murmelte Helena. Sie mochte nicht so technikaffin wie ihr Großcousin sein, aber ein Smartphone besaß sie auch schon seit vielen Jahren. Er musste sie wirklich für einen Technik-Dinosaurier halten!

Nach dem Essen zog sich Johannes wie gewohnt in sein Zimmer zurück. Helenas Gedanken kreisten um den Besuch des Polizeipräsidenten. Ihr war die Meinung ihres Chefs sehr wichtig, daher wollte sie um nichts auf der Welt etwas verkehrt machen. Wenn sie ihre Sache gut machte, würde er ihr vielleicht sogar eines seiner seltenen Lobe aussprechen! Um den Grübeleien zu entkommen, setzte sich die junge Frau schließlich auf das Sofa und zappte mit der Fernbedienung durch die Programme. Es kam nichts, was ihre Aufmerksamkeit wirklich fesselte, sodass Helena das Gerät nach einer Viertelstunde wieder abschaltete. Stattdessen nahm sie das Buch in die Hand, das sie neulich in einer Buchhandlung in der Innenstadt gekauft hatte und vertiefte sich in ihre Lektüre. Als sie merkte, dass ihre Augenlider schwer wurden und ihr bewusst wurde, dass ihr der Inhalt der letzten drei gelesenen Seiten nicht mehr bekannt vorkam, legte sie das Buch weg und rollte sich auf der Couch zusammen. Kurz darauf war sie auch schon tief und fest eingeschlafen und träumte von Musikkapellen und furchteinflößenden Polizeipräsidenten.

5.

Am folgenden Morgen war Helena schon vor Franzi im Büro eingetroffen. Sie hatte den gewohnt wortkargen Johannes pünktlich ins Präsidium buxiert und saß nun vor ihrem PC, wo sie anfing, das Informationsschreiben zu verfassen, von dem sie und Franzi gestern gesprochen hatten. Sie war damit bereits fertig und gerade dabei, es auszudrucken, als Franzi zur Tür hereingeschneit kam.

„Mei, Lena, mußsch scho entschuldigen, dass i jetzt erscht komm! Aber der Waschtl hat zum Tierarzt müss´n und des hat länger ´dauert als erwartet!" Jacke und Fahrradhelm flogen an den Garderobenständer, und die Augsburgerin ließ sich heftig schnaufend an ihrem Platz nieder.

„Hoffentlich nichts Ernstes?", fragte Helena besorgt.

„Ne, ne", winkte Franzi ab. „Der hat nur zum Impfen müssen und des mag der Schlawiner halt gar net! Des hat ne Ewigkeit ´dauert, bis i den endlich unter´m Behandlungstisch vorg´lockt hab, sag i dir! Erscht als die Ärztin ein paar Leckerlis g´holt hat, isch der endlich raus´krochen." Sie seufzte vernehmlich und strich sich die wirren Locken aus der verschwitzten Stirn. „Des isch vielleicht einer!"

Helena musste grinsen. Sie konnte sich nur zu gut vorstellen, wie sich Franzis eigensinniges Ungetüm in der Tierarztpraxis aufgeführt hatte.

„Du hast eigentlich nichts verpasst", setzte sie ihre Kollegin ins Bild. „Sieh mal, ich habe schon das Informationsschreiben verfasst." Sie reichte ihr das ausgedruckte Blatt über den Schreibtisch hinweg. Die beiden Kommissarinnen hatten zwei gegenüberstehende Arbeitstische, was für Gespräche ungemein praktisch war.

Franzi überflog das Schreiben und nickte schließlich anerkennend mit dem Kopf.

„Da hasch du dir ja scho ne Mordsarbeit g´macht, Lena!"

„Ach was", winkte die bescheiden ab. „Das war nicht der Rede wert. Was meinst du? Kann das so raus?" Gespannt sah sie ihre Partnerin an.

„Aber sicher!", bekräftigte diese. „Mir schicken des gleich nüber zum Wamser. Der soll des kopieren und der Hannes soll se dann glei in der Stadt verteiln."

Helena verfasst schnell noch die E-Mail mit der Bitte um Vervielfältigung und Verteilung an die Poststelle und hängte das Informationsschreiben an.

Gerade als sie auf *Senden* klickte, klingelte das Telefon, das auf Franzis Schreibtisch stand.

„Danner? ... Ja, ich höre. ..." Die Kommissarin machte sich ein paar Notizen. „Wo genau isch die Leiche g´funden wordn?" Helena wurde aufmerksam und sah ihre Partnerin gespannt an.

„Ja, danke. I hab´s notiert. Mir machen uns glei auf´n Weg und sin in ung´fähr zehn Minuten da. ... Alles klar.

Und dass mir fei niemand irgendwas anfasst! Ham´S die SpuSi scho verständigt? ... Ok, also dann, bis glei.“

„Lena, mir ham a Leich!“, verkündete die Augsburgerin ihrer Partnerin, kaum dass sie den Hörer auf die Gabel befördert hatte. „Drunten an der Wertach ham´s nen Toten g´funden. Da müss mer sofort hin!“ Die beiden Frauen standen auf und packten ihre Sachen zusammen. Während Helena ihr Notizbuch verstaute, fragte sie aufgrund des Fundortes nach: „Ertrunken?“

„Ne. Der liegt unter ner Brücke und net im Wasser. Scheint a Drogenfall zu sein.“ Die beiden Kommissarinnen verließen gemeinsam ihr Büro und gingen zu Helenas Auto. Während sie zu der angegebenen Adresse fuhren, die gar nicht weit von Helenas und Franzis Lieblingsbiergarten entfernt war, seufzte die Augsburger Kommissarin vernehmlich. „Des isch wirklich a Kreuz mit den Drogen! In den letzten zehn Jahren ham mir durchschnittlich um die 25 Drogentote jeds Jahr ghabt. Des klingt vielleicht nach net viel für so ne Stadt in unsrer Größe, aber du mußsch wissen, dass die Zahlen seit Jahren steigen!“ Bedauernd schüttelte sie den Kopf. „Zwischenzeitlich ham mir über 40 Drogentote g´habt! Stell dir des mal vor! In unserm Augschburg!“ Die Kommissarin redete sich richtig in Rage. „Diese Drecksdrogen!“, schimpfte sie. „Die machen den Leuten ihr Leben richtig kaputt!“

Helena nickte zustimmend. In Hamburg gab es natürlich allein schon aufgrund der Größe eine viel höhere Anzahl an Drogentoten, was die Sache jedoch nicht verbesserte. Sie nahm sich vor, die Zahlen der letzten zehn Jahre zu recherchieren, um sich ein besseres Bild machen zu können.

Nachdem sie das Auto auf einem nahe gelegenen Parkplatz abgestellt hatten, bogen die beiden Frauen auf einen beliebten Wander- und Fahrradweg direkt entlang der Wertach ein. Auf der einen Seite verlief der renaturierte Fluss, auf der anderen Seite befanden sich die sogenannten Westlichen Wälder, die von Spazierwegen durchzogen waren. Insgesamt ein wirklich idyllisches Stückchen Erde. Nach wenigen Metern liefen sie auf eine steinerne Brücke zu, über die eine Schnellstraße verlief. Das Brummen der Autos war hier deutlich vernehmbar. Etliche Neugierige tummelten sich vor der Brücke. Quer über den Weg war ein gelbschwarzes Polizeiabsperrband gespannt und verhinderte so den Durchlass. Helena sah Fahrradfahrer und ältere Spaziergänger, die sich vor dem Absperrband miteinander unterhielten und die Hälse reckten, um nur ja nichts zu verpassen. Sie zwängte sich mit Franzi durch die Menge und duckte sich schließlich unter dem Absperrband durch, wo sie einem jungen Uniformierten ihren Polizeiausweis präsentierten. Helena war froh, als sie sah, dass die Kollegen die Leiche geistesgegenwärtig mit einer weißen Plane von den Blicken der Menschen abgeschirmt hatten. Natürlich konnte sie einerseits die Neugier der Leute nachvollziehen. Immerhin war etwas Außergewöhnliches passiert und man wollte sich ein Bild von der Lage machen. Nur leider nahmen immer mehr Menschen das *sich ein Bild machen* wortwörtlich und fotografierten Unfallstellen oder wie in diesem Fall möglicherweise einen Tatort mit ihren Handys und stellten die Bilder oft sogar ins Internet. Und das ging definitiv zu weit!

Die beiden Kriminalkommissarinnen ließen sich von den anwesenden Beamten ins Bild setzen. Die SpuSi war inzwischen angekommen und fuhrwerkte hinter der Plane herum. Die Zeugin, die den Toten gefunden hatte, stand unter Schock und saß in dem herbeigerufenen Krankenwagen, der hinter der Brücke auf dem Weg stand, und wurde von Sanitätern betreut. Auch der diensthabende Pathologe war bereits vor Ort und war gerade dabei, ein paar Gegenstände in seine Tasche zu räumen.

Helena war erfreut, als sie in ihm den Arzt erkannte, mit dem sie bei der Bearbeitung ihres letzten Mordfalles zu tun gehabt hatte. Sie lief auf ihn zu.

„Dr. Lysander! Ich freue mich, sie wiederzusehen." Das letzte Mal hatte Helena den Fehler gemacht, dem Arzt ihre Hand reichen zu wollen und da er auch diesmal gerade mit einer Untersuchung fertig geworden war, machte sie den Fehler nicht ein weiteres Mal. Daher lächelte sie ihn einfach nur an.

„Frau Hansen", erfreut nickte ihr der Mediziner zu. „Sie sehen erholt aus, wenn ich mir erlauben darf, das zu sagen."

„Ich habe gerade zwei Wochen Urlaub hinter mir", bestätigte Helena seine Vermutung. „Aber wenn ich mich hier so umsehe", sie deutete auf die weiße Plane, „vermute ich, dass es mit der Erholung nicht lange anhalten wird!"

Dr. Lysander nickte seufzend. „Wir haben es hier mit einem Drogenfall zu tun. Goldener Schuss, also Überdosis, wie es aussieht. Die Nadel lag direkt neben dem Opfer. Die Kollegen von der SpuSi haben sie schon eingetütet. Auf beiden Armen konnte ich etliche alte Narben von Einstichen entdecken." Der Arzt schloss seine Tasche und richtete sich auf. Er überragte Helena mindestens um Haupteslänge. „Ich lasse Ihnen dann meinen Bericht schnellstmöglich zukommen. Zurzeit ist eh nicht viel los, also sollte er spätestens übermorgen auf Ihren Schreibtisch flattern." Er tippte sich zum Gruß an die Schläfe. „Gehaben Sie sich wohl, junge Dame." Helena verabschiedete sich von dem Pathologen und sah sich nach ihrer Kollegin um. Die unterhielt sich gerade mit einem Herrn in dem typischen Ganzkörperanzug der SpuSi vor der weißen Plane. Als Helena dazukam, beendete Franzi das Gespräch und wandte sich ihrer Kollegin zu. Die Hamburgerin berichtete Franzi von Dr. Lysanders Einschätzung und lauschte dann wiederum Franzis Bericht. Sie erfuhr, dass die SpuSi inzwischen mit ihrer Arbeit fertig war. Neben einer gebrauchten Spritze hatte man einen schmuddeligen Schlafsack gesichert, auf dem der Tote lag, und einen Rucksack, der Ersatzklamotten und ein zerfleddertes, vollgekritzeltes Notizbuch enthielt. Des Weiteren fanden sich ein Campingkocher und ein zerbeulter Topf am Ort des Geschehens sowie ein paar leere Bier- und Schnapsflaschen. Die SpuSi hatte den Fundort der Leiche inzwischen freigegeben, sodass die beiden Kommissarinnen sich selbst einen Eindruck verschaffen konnten.

Mit klopfendem Herzen folgte Helena Franzi um die Plane herum. Obwohl sie schon seit ein paar Jahren bei der Kripo war, hatte sie sich nicht an den Anblick toter Menschen gewöhnt. Insgeheim bezweifelte sie, dass sie das je tun würde. Auch ihre Partnerin hatte ihr bei einem ihrer vielen Gespräche gestanden, dass sie dieser

Teil der Arbeit immer noch sehr belastete. Als sie daher vor dem Toten standen, sahen sich die beiden Frauen einen Augenblick aufmunternd in die Augen, bevor sie sich der Leiche zuwandten.

Laut gefundener Ausweispapiere handelte es sich bei dem toten Junkie um den 27-jährigen Mark Blech, gebürtig aus dem fast 50 Kilometer nördlich von Augsburg gelegenen Donauwörth. Der junge Mann hatte beinahe friedliche Gesichtszüge und lag da, als würde er schlafen.

„Was für ein sinnloser Tod!", murmelte Franzi vor sich hin. Helena konnte ihr nur zustimmen. Kurz musste sie an Johannes denken und sie beschloss, alles in ihrer Kraft Mögliche zu tun, ihn auf die richtige Bahn zu bringen, damit er nicht so endete wie der unglückliche Mark Blech.

Nachdem sie ihre Untersuchung beendet hatten, befragten die Kommissarinnen die Zeugin, die zwar immer noch reichlich blass, aber immerhin wieder vernehmungsfähig war. Die junge Frau war wie jeden Tag die Strecke an der Wertach entlanggejoggt, als sie den Mann gefunden hatte.

„Wissen Sie, ich jogge hier wirklich täglich und habe den jungen Mann oft dort oben sitzen sehen." Die Zeugin deutete auf mittelgroße Felsbrocken, die vor dem Brückenpfeiler aufgeschüttet waren. „Manchmal hat er mir sogar zugewunken." Betrübt ließ sie den Kopf hängen. „Ich dachte immer, dass er halt ein bissl Pech im Leben gehabt haben wird, aber mehr auch net." Tränen traten in ihre Augen, woraufhin Franzi ein Taschentuch aus ihrer Tasche kramte und es der Frau reichte. „Wenn ich gewusst hätte, dass es so schlimm um ihn steht, hätt´ ich doch was machen müssen! Aber ehrlich gesagt, hab ich da gar net so richtig drüber nachgedacht." Tiefe Schluchzer schüttelten die Frau jetzt. „Und jetzt ist er tot!" Sie weinte heftig. Helena legte der jungen Frau beruhigend die Hand auf die Schulter.

„Sie sind doch nicht die Einzige, die hier täglich entlang läuft", sagte sie. „Außerdem hätte sich der Mann ja auch Hilfe holen können, wenn er die gewollt hätte." Franzi nickte zustimmend.

„Stimmt! Bei uns in Augschburg gibt´s ne hervorragende Drogenhilfe!"

Die Frau beruhigte sich langsam. „Trotzdem tut´s mir leid", flüsterte sie.

„Wie kamen sie darauf, ausgerechnet heute nach ihm zu sehen?", fragte Helena nach. „Der Tote liegt ja doch ein Stück vom Weg entfernt." Sie deutete auf die Anhöhe direkt neben dem Brückenpfeiler.

„Ja, wissen Sie, ich bin auf dem Hinweg schon hier vorbei gekommen und hab ihn da oben liegen sehen. Das war weiter nicht ungewöhnlich, weil er hin und wieder mal da gelegen hat, wenn ich meine Runde gedreht habe. Ich hab aber gesehen, dass sein Arm nach unten hing und fand das beim Hinweg schon seltsam. Und als ich auf dem Rückweg wieder hier vorbeigekommen bin und er immer noch so dalag, hatte ich ein komisches Gefühl. Also hab ich angehalten und ihn gerufen, aber er hat sich nicht gerührt." Ein erneuter Weinkrampf schüttelte die junge Frau. „He, Sie da! – Hab ich gerufen – Ist alles in Ordnung mit Ihnen? Aber es kam einfach keine Antwort. Dann bin ich da ein kleines Stück hochgeklettert und hab weitergerufen. Aber er hat sich immer noch nicht gerührt. Da hab ich Angst bekommen und die 112 gewählt. Kurz darauf kamen auch schon der Rettungswagen und die Polizei." Sie schnäuzte geräuschvoll und nahm dankbar ein neues Taschentuch von Franzi entgegen.

Da die junge Frau ihre Daten bereits bei den Kollegen angegeben hatte, entließen die beiden Kommissarinnen die sichtlich erschütterte junge Frau aus ihrer Befragung. Inzwischen war deren Lebensgefährte eingetroffen und wartete am Rand der Absperrung darauf, sich um seine Freundin zu kümmern. Helena und Franzi sahen dabei zu, wie er die junge Frau behutsam in die Arme schloss und ihr einen Kuss aufs Haar drückte. Er redete leise auf sie ein, während er sie vom Ort des Geschehens wegführte.

„I glaub, mir ham's dann, oder?" Fragend sah Franzi Helena an, die zustimmend nickte. „Dann packen mir's au wieder." Als sie den kurzen Weg zum Parkplatz, der sich an einer nahegelegenen Sportanlage befand, entlangliefen, kam ihnen ein Leichenwagen entgegen, der langsam über den unebenen Waldboden fuhr. Sie wiesen ihm die richtige Richtung und gingen schweigend weiter zum Auto.

Im Präsidium tippte Franzi einen Bericht über die Ereignisse, während Helena recherchierte. Sie fand heraus, dass die Zahl der Drogentoten in den letzten zehn Jahren tatsächlich kontinuierlich angestiegen war, was Franzis Aussage bestätigte. Lediglich im Jahr 2017 war mit 27 Toten ein leichter Rückgang zu vermelden, nachdem 2016 mit 42 Drogentoten im Bereich des Polizeipräsidiums Schwaben Nord ein trauriger Rekord erreicht worden war. Die letzten beiden Jahre wurden immer zwischen 30 und 40 neue Opfer vermeldet. Dieses

Jahr war noch nicht einmal sechs Monate alt und gerade deshalb war die Zahl mit bereits 22 Toten beunruhigend hoch.

Der Neugier halber verglich Helena die Zahlen mit denen ihrer Heimatstadt. Wie vermutet, waren dort jährlich über doppelt so viele Opfer zu beklagen, was aber bei einer Größe von über 1,8 Millionen Einwohnern nicht weiter verwunderlich war. Der Zuständigkeitsbereich des Polizeipräsidiums Augsburg umfasste nicht nur die Stadt selbst, sondern auch die umliegenden Landkreise Aichach-Friedberg, Augsburg-Land, Dillingen und Donau-Ries und verfügte damit über eine Einwohnerzahl von fast 900.000 Menschen, also etwas mehr als die Hälfte der Einwohner Hamburgs. Das bedeutete, dass die Hansestadt im Verhältnis immer noch mehr Drogenopfer zu beklagen hatte als die Fuggerstadt. Wie erwartet, war die Stadt Berlin trauriger Spitzenreiter im Vergleich mit den anderen deutschen Großstädten, da dort jährlich um die 170 Menschen an den Folgen von Drogenmissbrauch starben. Die Stadt Hamburg folgte mit 60 bis 70 Opfern auf Platz 2. Insgesamt starben jedes Jahr bundesweit um die 1.300 Menschen an den Folgen ihres Drogenkonsums.

Helena notierte sich die Zahlen fein säuberlich in ihr Notizbuch. Inzwischen war auch Franzi mit ihrem Bericht fertig, sodass Helena ihr von ihren Ergebnissen erzählen konnte. Franzi lauschte dem Vortrag ihrer Partnerin aufmerksam.

„Ich denke, wir können getrost davon ausgehen, dass es sich in unserem Fall um einen Drogentod ohne Fremdeinwirkung handelt", schloss Helena ihren Bericht.

Franzi nickte betrübt. „Des glaub i au. Du hasch ja g´sagt, dass der Lysander bei ihm jede Menge Einstichstellen g´funden hat." Sie deutete auf Helenas Bildschirm. „Du, i hab dir grad den Bericht g´schickt. Sei so gut und schau ihn nomml durch, ob i au nix Wichtiges vergessen hab."

Helena machte sich gleich an die Arbeit und hatte Franzis Bericht nichts hinzuzufügen. Vorbehaltlich der Ergebnisse der Obduktion war der Fall hiermit vermutlich bereits abgeschlossen. Die Angehörigen des Verstorbenen würden von den Kollegen in Donauwörth vom traurigen Schicksal des jungen Mannes unterrichtet werden.

Inzwischen war schon früher Nachmittag, aber keine der Kommissarinnen verspürte großen Hunger, sodass sie beschlossen, das Mittagessen heute ausfallen zu lassen. Helena tippte stattdessen einen Zwischenbericht über ihre Planungen zum bevorstehenden Besuch des Polizeipräsidenten und leitete ihn per Mail an ihren Chef weiter. Sie war gerade fertig damit, als ihre Bürotür aufgestoßen wurde und ein grinsender Schorsch mit Johannes im Schlepptau hereinkam.

„Stellt´s euch mal vor, ihr zwei! Der Lena ihr Hannes isch fei a richtiger Held!" Schorsch strahlte die verblüfften Kommissarinnen an, während der Gesichtsausdruck des Jugendlichen gewohnt düster war.

„Ein Held?", fragte Helena nach. „Wie das jetzt?"

Sie besann sich ihrer Manieren und lud die beiden ein, auf der Sitzgruppe Platz zu nehmen. Weil dort nur Stühle für drei Personen standen, schob sie kurzerhand ihren Bürostuhl dazu. Nachdem endlich alle vier saßen, berichtete Schorsch, was sich in der Augsburger Innenstadt zugetragen hatte.

„Also, i war grad mit meim Kollegen in der Maxstraße unterwegs, auf Patrouille, ihr versteht´s," – *Eher beim Döner essen*, schoss es Helena kurz boshaft durch den Kopf, hatte sie Schorsch doch schon einmal beim Döner holen in besagter Straße angetroffen - „als wir über Funk auf´n Rathausplatz gerufen worden sind. Und weil mer halt schon quasi um die Ecke waren, der Wolfi und i, sin mer halt schnell nüber auf´n Rathausplatz g´fahrn." Helena konnte ein Augenrollen nur mühsam unterdrücken. Dass der Schorsch aber auch immer so dermaßen ausschweifend erzählen musste! Sie war mehr als gespannt darauf, wie ausgerechnet Johannes zum Helden avanciert war. Der kräftige Streifenpolizist ließ sich jedoch alle Zeit der Welt und genoss es offensichtlich, im Mittelpunkt der Aufmerksamkeit zu stehen.

„Ja, wie mir da so ankommen, der Wolfi und i, wisst´s scho, was seh mer da?" Er schaute vergnügt in die Runde. Johannes saß unbeteiligt auf seinem Stuhl, während die Kommissarinnen den Beamten gespannt musterten.

„Mensch, Schorsch, jetzt sag scho! Was isch jetzt eigentlich passiert?"

Helena musste grinsen, als sie merkte, dass es auch Franzi, die eigentlich viel geduldiger als sie war, zu langsam ging.

„Ja", wiederholte Schorsch stur, „also mir gehn da also auf´n Rathausplatz, der Wolfi und i", Franzi rollte mit den Augen, „und da isch voll der Tumult, müsst´s ihr wissen." Triumphierend sah er die beiden Frauen an.

„Schorsch, i sag dir´s! Wenn du uns weiter auf d´ Folter spannsch ..." Franzis Stimme nahm einen bedrohlichen Unterton an.

„Ja, ja", er hob abwehrend die Hände hoch, „isch ja scho gut! Also, wo war i?" Helena und Franzi seufzten einvernehmlich. „Ein Tumult?", warf Helena helfend ein.

„Ah ja, genau, ein Tumult! Und was für einer, sag i euch! Umgestürzte Tische und Stühle lagen da rum und überall aufg´regte Leut! Und mittendrin der Hannes, der heldenhaft eine Diebin eigenhändig auf frischer Tat ertappt hat." Er hieb dem Jugendlichen mit seiner großen Pranke anerkennend auf den Rücken, was diesen beinahe von seinem Stuhl geschleudert hätte.

Den beiden Frauen blieb vor Überraschung der Mund offen stehen. Sie sahen abwechselnd sich und Johannes an, der den Blick jedoch stur auf den Boden gerichtet hielt.

„Der Hannes hat grad die Zettel verteilt, die ihr ihm gebn habt´s, als er die Diebin entdeckt und eigenhändig dingfescht g´macht hat!" Zufrieden grinsend verschränkte Schorsch die Arme vor seinem beachtlichen Bauch. „Jetzt sagt´s ´r nix mehr, geh?"

Helena sah fassungslos zu ihrem Großcousin. „Du hast was?"

Johannes sah zum ersten Mal auf. Helena erschrak, da das Auge des Jungen ein deutliches Veilchen zierte und auch seine Lippe angeschwollen war.

„Au weia! Da hasch du aber a Mordsplatschari abbekommen!" Franzi sah Helena entschuldigend an. „A blaues Aug wollt i sagen!"

Johannes schüttelte genervt den Kopf und sah wieder zu Boden. Offensichtlich wollte er nicht über den Vorfall sprechen.

„Mensch, Hannes! Des isch doch großartig!" Franzi gab ihr Bestes, um den Jungen aufzuheitern. „Am Ende hasch du uns no den Fall g´löst, an dem die Lena und i grad arbeiten! Aus dir wird ja no a richtiger Polizischt!"

Der Jugendliche sprang unvermittelt so schnell auf, dass er dabei den Stuhl umstieß, auf dem er gesessen hatte.

„Mensch, lasst mich doch alle in Ruhe!", schrie er in die erstaunten Gesichter der Beamten, bevor er das Büro verließ und die Tür hinter sich zuschleuderte.

„Ja, was war´n jetzt des?" Verwirrt kratzte sich Schorsch unter seiner Polizeimütze am Kopf.

Helena seufzte. „Denk dir nichts, Schorsch! Der Jung ist manchmal wirklich etwas seltsam!"

„Ah was! Der isch halt im beschten Teenageralter", warf Franzi gutmütig ein. „Der fängt si scho wieder!" Sie wandte sich an den Streifenpolizisten. „Und wo isch jetzt die Diebin?"

„Die sitzt unten in der U-Haft. Ihr könnt´s die glei nachher vernehmen, wenn ihr wollt´s." Schorsch erhob sich mit einem leicht gekränkten Gesichtsausdruck ächzend von seinem Stuhl. Offensichtlich war seine Geschichte nicht ausreichend gewürdigt worden. „Bis später dann, die Damen." Wie gewohnt tippte er sich an die Mütze, bevor er das Büro verließ.

„Mensch, dei Hannes macht vielleicht Sachen!" Franzi sah Helena sprachlos an.

Die zuckte mit den Schultern und hob hilflos die Hände. „Was soll ich denn tun? Der Jung ist so seltsam! Du siehst es ja selbst ..."

„Jetzt mach dir mal net so nen Kopf. Der kriegt si scho wieder ein! Am beschten, ihr fahrt's glei mal heim, ihr zwei. Der wird halt nen Schock ham und a weng Ruhe brauchen!"

„Aber die Vernehmung der Diebin?", warf Helena ein. Ihre Partnerin winkte ab. „Des kann i übernehmen. Du kümmersch di daweil um dein Bub!"

„Dazu muss ich ihn erstmal finden." Helena stand auf und suchte ihre Sachen zusammen. „Ich danke dir recht schön, Franzi!"

„Ehrensache!", kam postwendend die Antwort.

Nachdem Helena in der Poststelle und sogar in sämtlichen Herrentoiletten auf dem Gang, die zum Glück leer waren, vergeblich nach Johannes gesucht hatte, war ihr letzter Einfall ihr Auto. Und tatsächlich! Auf dem Parkdeck stand der Jugendliche mit verschränkten Armen an ihr Auto gelehnt und wartete.

„Lass uns heimfahren", sagte Helena, die merkte, wie angespannt die Stimmung war.

Wortlos stieg Johannes ein und verschwand zu Hause natürlich wieder direkt in seinem Zimmer. Helena überlegte kurz, zurück ins Präsidium zu fahren, aber da es schon nach vier Uhr war, lohnte sich das ohnehin nicht mehr wirklich. Franzi würde die Vernehmung des Mädchens längst angefangen haben und ihr morgen früh davon berichten. Also machte sich Helena ein Tasse Espresso und setzte sich mit ihrem Notizbuch an den Küchentisch. Sie vervollständigte ihre Notizen über den Vorfall mit dem Drogentoten am Vormittag und als sie damit fertig war, war es bereits Zeit für das Abendessen. Helena verspürte inzwischen einen Riesenhunger, hatte sie doch seit dem Frühstück nichts mehr gegessen. Kurzentschlossen schlüpfte sie in ihre Jacke und ging kurz zum türkischen Restaurant um die Ecke, um für sich und Johannes einen Döner zu holen. Zu Hause angekommen, deckte sie den Tisch und stellte für Johannes sogar eine Flasche Cola hin, die sie ebenfalls im Restaurant erstanden hatte.

Kurz befürchtete sie, dass der Junge sich nicht blicken lassen würde, als sie ihn zum Essen rief, aber kurze Zeit später kam Johannes tatsächlich zu ihr in die Küche. Seine Augen leuchteten kurz auf, als er die leckere Mahlzeit entdeckte, aber kein Wort des Lobes kam über seine Lippen. Vor kurzem wäre Helena deswegen noch enttäuscht gewesen, aber inzwischen hatte sie sich an die ruppige Art des Teenagers gewöhnt.

Johannes zuckte leicht zusammen, als er herzhaft in den Döner biss.

„Tut es sehr weh?", fragte Helena mitleidig und deutete auf seine geschwollene Lippe.

„Geht schon."

„Was ist mit dem Veilchen? Dein Auge ist inzwischen ganz schön zugeschwollen." Besorgt betrachtete sie die Verfärbung in Johannes Gesicht.

„Halb so schlimm."

„Sag mal, Johannes, was genau hat sich denn jetzt eigentlich zugetragen?", fragte Helena vorsichtig nach.

Er zuckte mit den Schultern und aß weiter.

„Hast du die Diebin wirklich auf frischer Tat ertappt?" Helena musste einfach wissen, was passiert war, nicht nur aus Neugier, sondern natürlich auch aus ermittlungstechnischen Gründen.

„Wenn ich es dir erzähle, gibst du dann endlich Ruhe?" Sein mürrischer Blick traf Helena, die ihm hoch und heilig versicherte, ihn anschließend nicht mehr zu behelligen. Sicherheitshalber überkreuzte sie Mittel- und Zeigefinger hinter ihrem Rücken. Sicher war sicher!

„Ihr wolltet ja, dass ich euere bescheuerten Blätter verteile, also habe ich genau das gemacht. Ich war schon beinahe fertig damit, als ich in einer Gaststätte jemanden aufgeregt „Dieb!" rufen hörte. Natürlich drehte ich mich um, als auch schon ein Mädchen volle Kanone in mich hineinrannte. Ich fiel um und begrub sie unter mir. So schnell konnte ich gar nicht schauen, wie sie mir wieder und wieder ihren Ellenbogen ins Gesicht gestoßen hat, um sich zu befreien. Aber ich konnte ja selbst nicht weg! Ich war zwischen Tischen und Stühlen eingeklemmt, die sie bei ihrer Flucht umgestoßen hat." Johannes stopfte sich seinen restlichen Döner in den Mund und spülte ihn anschließend mit einem großen Schluck Cola hinunter. Danach wischte er sich mit dem Handrücken über den Mund. Helena räusperte sich und schob ihm seine Serviette näher hin, was von dem Jugendlichen jedoch nicht weiter beachtet wurde.

„Bist du nun zufrieden?" Johannes musterte Helena düster, schob seinen Stuhl zurück und stand auf.

Ihr war inzwischen klar geworden, dass der „Held" seine sogenannte Heldentat eher zufällig vollbracht hatte und vermutete, dass seine abweisende Art daher stammte, dass es ihm peinlich war, wie er von Schorsch dafür gefeiert worden war. Also nickte die Kommissarin nur und entließ den jungen Mann zurück in sein Zimmer. Seufzend sah sie auf die Salatüberreste von Johannes Döner, die auf und neben seinem Teller verstreut waren und fing an aufzuräumen. Anschließend wählte sie Franzis Nummer im Büro, konnte aber niemanden erreichen. Zu gern hätte sie gewusst, was bei der Vernehmung der Tatverdächtigen herausgekommen war, aber das würde bis morgen warten müssen. Entweder war Franzi noch bei der Vernehmung oder, wie sie mit einem Blick auf die Uhr eher vermutete, sie war bereits zu Hause bei ihrem wohlverdienten Feierabend. Dabei wollte sie die Augsburgerin nicht mehr stören und entschied sich daher gegen einen Anruf in Göggingen, wo Franzi lebte. Der Tag war anstrengend gewesen, und ihre Partnerin hatte sich die Ruhe verdient. Morgen würde sie sowieso alles erfahren!

6.

Am nächsten Morgen schimmerte Johannes Auge in allen möglichen Regenbogenfarben. Die Schwellung seiner Lippe war jedoch zum Glück merklich zurückgegangen. Er hatte Helenas Angebot brüsk abgelehnt, zu Hause zu bleiben, um sich auszukurieren, und verschwand somit um kurz vor acht in der Poststelle des Präsidiums.

Heute war Franzi mal wieder vor Helena im Büro. Nachdem sich die beiden begrüßt hatten, sah Franzi Helena besorgt an: „Sag mal, Lena, wie geht´s denn deinem Bub?"

„Ach, dem geht es ganz gut! Mach dir keine Sorgen." Kurz setzte sie Franzi über das ins Bild, was Johannes ihr über die Ereignisse des Vortages mitgeteilt hatte.

„Wenigschtens hasch du was aus ihm rausbekommen!", seufzte Franzi anschließend. „Des Mädel isch ein härterer Brocken. Die hat einfach gar nix g´sagt! Einfach auf stur g´schtellt!"

„Haben wir wenigstens einen Namen?", fragte Helena nach.

„Nix!", frustriert schüttelte Franzi den Kopf. „I hab scho die Jugendbehörden verschtändigt. Die holn´s heut no ab. I schlag vor, dass mir zwei vorher in die Arrestzelle nuntergehn und sie uns nomml vorknöpfen.

Vielleicht hat die Nacht hinter Gittern ja was bei ihr bewirkt ..."

Helena stimmte ihrer Kollegin zu und folgte ihr anschließend in das Untergeschoss des Präsidiums. Im Gang stießen sie auf Johannes, der einen kleinen Rollwagen mit einem vollen gelben Postkorb vor sich herschob.

„Grüß di, Hannes. Mei, du hascht aber fei echt a g´höriges Platschari, mein Lieber! Pfiat di Gott, kannsch du mit dem Aug überhaupt no was seh'n?"

Johannes nickte Franzi freundlich zu, wie Helena überrascht feststellte. *Franzi-Magie!*, dachte sie nicht zum ersten Mal erstaunt.

„Was ist eigentlich dieses Wort, das du immer sagst?", fragte Johannes nach. Helena blieb vor Überraschung beinahe der Mund offen stehen. *Es spricht?*

„Du bisch ja genau wie die Lena!" Franzi lachte glucksend. Der Blick, den Johannes seiner Großcousine zuwarf, sprach Bände. Er würde nie im Leben so sein wie die spießige Helena! „Welches Wort genau meinsch jetzt du?"

„Das mit Platsch. Das hast du gestern schon gesagt", antwortete der Jugendliche.

„Ach das!" Wieder lachte die Augsburger Kommissarin laut auf. „Pla – tscha -ri", sagte sie ganz langsam und deutlich.

„Und was soll das sein?" Johannes hatte das Wort noch nie in seinem Leben gehört und seiner Großcousine ging es da nicht viel besser, wie man deren fragenden Gesichtsausdruck deutlich entnehmen konnte.

„Hm, wie soll ich das jetzt erklärn?" Franzi fuhr sich mit der Hand durch die Locken und dachte nach. „Also, ein Platschari ist so ein Dings, du weißsch scho, so ein Aua, wenn man sich halt weh tut.“

„Meinst du eine Wunde?“

„Net wirklich Wunde ... Also ein Platschari kann eigentlich viel sein, ne Schwellung, ein blauer Fleck, also alles Mögliche halt. Sogar zu nem großen Bienenstich kann man des sagn. Und wenn´s ne größere Verletzung isch, dann sagt ma halt Mordsplatschari, so wie in: Du hasch da aber ein Mordsplatschari.“ Mit sich und ihrer Erklärung zufrieden lächelte Franzi die beiden Nordlichter an. „Kapiert?“

„Ich denke schon, danke.“ Johannes zuckte mit den Schultern. „Was macht ihr beiden eigentlich hier unten?“, fragte er auf einmal mit misstrauischem Gesichtsausdruck. „Seid ihr mir etwa gefolgt?“

Helena lachte. „Wo kämen wir denn da hin, wenn wir dir den ganzen Tag nachlaufen würden?“

Ihre Partnerin grinste ebenfalls. „Ne, weißsch, Hannes, wir wolln des Mädel von geschtern nomml vernehmen.“

Sein Gesichtsausdruck veränderte sich. Auf einmal wirkte er beinahe ängstlich.

„Ist die etwa hier unten?“ Suchend blickte er sich um.

„Ja, glei hinter der Tür da.“ Franzi deutete hinter Johannes.

„Wir müssen dann mal nei, damit wir, bevor die Jugendschutzbehörde kommt, no was von dem Mädel erfahren. Pfüat di, Bub!“ Franzi hob die Hand und öffnete mit einem Schlüssel die schwere Tür.

Als die Kommissarinnen den karg eingerichteten Raum betraten, rührte sich das auf der Bettstatt sitzende Mädchen kaum. Erst als Helena sie begrüßte, sah sie kurz auf. Auf einmal schnellte sie hoch und sprang an den verblüfften Frauen vorbei. Sie hatte Johannes erspäht, der immer noch im Gang stand und ging mit erhobenen Fäusten auf ihn los. Der Jugendliche blieb hilflos stehen, während die kleine Raubkatze ihn schreiend mit ihren Fäusten bearbeitete. Er war viel größer als sie, sodass sie ihm nur gegen die Brust trommeln konnte, rührte sich aber nicht vom Fleck.

„Deine Schuld!", war das Einzige, was man bei ihrem Geschrei verstehen konnte.

Helena erwachte aus ihrer Starre und schaffte es mit Franzis Hilfe, das wild gewordene Mädchen von Johannes zu lösen. Sie zogen sie mit vereinten Kräften zu dem Tisch und drückten sie auf einen der Stühle. Plötzlich erlahmte der Widerstand des Mädchens, und sie fing zu weinen an.

Johannes stand mit einem derart hilflosen Gesichtsausdruck in der Tür, dass Helena Mitleid mit ihm bekam.

„Alles in Ordnung, Johannes?" Sie bezweifelte zwar, dass das Mädchen mit seinen kleinen Fäusten ihm ernsthaft wehgetan hatte, wollte aber sichergehen.

Johannes nickte nur, seine Augen fest auf das schluchzende Mädchen gerichtet.

„Willst du deine Runde nicht weitermachen?", fragte Helena ihn sanft und deutete auf den kleinen Wagen.

Irritiert sah der Jugendliche auf den Postwagen, als würde ihm erst jetzt wieder einfallen, warum er überhaupt hier war. Er nahm den Griff in beide Hände und machte sich nach einem letzten Blick auf das Mädchen davon. Helena sah ihm nachdenklich hinterher und schloss schließlich die Tür hinter sich. Die Kleine sollte sie nicht noch einmal überrumpeln!

Franzi saß inzwischen dem Mädchen gegenüber und Helena nahm den Platz neben ihrer Kollegin ein.

„Sag a mal, Mädel, was war´n des jetzt?" Franzi blickte das junge Ding kopfschüttelnd an.

„Was meintest du mit: deine Schuld?", wollte Helena wissen. Das Mädchen schniefte leise vor sich hin. Das angebotene Taschentuch lehnte sie ab, stattdessen wischte sie sich die Nase am Ärmel ab.

Nachdem sie weitere zehn Minuten versucht hatten, das Mädchen, dessen Alter aufgrund seiner geringen Körpergröße nur schwer einzuschätzen war, zu befragen, waren die Kommissarinnen drauf und dran, aufzugeben.

„Es ist wirklich schade, dass du uns nicht weiterhilfst", versuchte es Helena ein letztes Mal. „Das könnte sich durchaus strafmildernd auswirken. Vielleicht bliebe dir sogar der Jugendarrest erspart." Helena zuckte bedauernd mit den Schultern und stand auf.

„Jugendarrest?" Zum ersten Mal sprach das Mädchen. Sie rollte das r eigentümlich, sprach ansonsten aber klar und deutlich.

Die Kommissarinnen sahen sich an und Helena setzte sich wieder.

„Ja, weißt du, du hast dir ganz schön was zuschulden kommen lassen! Die Beweislage gegen dich ist wirklich erdrückend. Wir haben einen Stadtplan bei dir gefunden und die Zeugen werden dich mit Sicherheit identifizieren können."

„Aber ich kann nix gehen in Gefängnis!", flüsterte das Mädchen entsetzt. „Dann niemand hilft Bo!"

„Wer ist denn Bo?", hakte Helena vorsichtig nach.

„Mein Bruder. Ist krank! Braucht mich!" Eindringlich sah das Mädchen die Kommissarinnen an. „Bitte, ich kann nix in Gefängnis! Sonst Bo ist tot!" Tränen kullerten über ihre Wangen.

„Wir wollen dir doch helfen. Sag uns, wo wir deinen Bruder finden, dann kümmern wir uns um ihn!"

Ihr Gesichtsausdruck wurde auf einmal hart. „Ihr nix helfen! Nur Ärger machen!"

„Sag uns doch erstmal deinen Namen, damit wir dir helfen können." Doch so sehr Helena und Franzi es auch versuchten, sie konnten aus dem Mädchen nichts mehr herauskriegen.

Eine Viertelstunde später klopfte es und eine Dame vom Jugendamt erschien mit zwei Beamten. Sie würde das Mädchen vorerst in einem Heim unterbringen, bis die Ermittlungen abgeschlossen waren. Helena und Franzi sahen der kleinen Gruppe um das Mädchen, das mit hängenden Schultern in ihrer Mitte lief, hinterher, als sie den Gang hinunterging.

„So a stures Mädel!", ärgerte Franzi sich. „Dass die nie kapieren, dass wir ihnen nur helfen wolln!"

„Vielleicht hat sie schon schlechte Erfahrungen mit der Polizei gemacht", antwortete Helena nachdenklich. „Ich frage mich, wer dieser Bo ist und wie wir ihn finden können."

„Des könn ma erscht, wenn die Kleine was sagt!", erwiderte Franzi mürrisch. „Sonscht ham mir kei Chance." Nachdenklich gingen die beiden Kommissarinnen in ihr Büro zurück.

„Damit wird die Betrugssache wohl abgeschlossen sein“, sagte Helena, nachdem sie sich auf ihren Bürostuhl niedergelassen hatte. „Um den Rest müssen sich das Jugendamt und das Jugendgericht kümmern.“

Franzi nickte nachdenklich. „Vielleicht öffnet sich des Mädel ja im Heim und vertraut sich seinen Betreuern dort an. Mir können nur hoffen!“

Die nächsten zwei Stunden schrieben die beiden Kommissarinnen den abschließenden Bericht.

Schließlich lehnte sich Helena seufzend zurück. „Ich bin fertig.“ Sie hatte die Vorgänge zusammengefasst, während Franzi die Verhöre dokumentierte.

„I hab´s au glei.“ Sie tippte noch ein paar letzte Sätze in den Computer. „So. Fertig.“

„Prima!“, freute sich Helena. „Dann könnten wir ja wieder mal zusammen in die Stadt zum Mittagessen. Was meinst du? Ich will unbedingt rausgehen, bei dem schönen Wetter.“ Helena sah sehnsüchtig durch das Bürofenster, durch das die Sonne vom wolkenlosen, blauen Himmel hereinstrahlte.

„Du, i kann heut leider net. I muss zum Waschtl heimradeln, weil i dem sei Medikament pünktlich geben muss.“

Helena sah sie fragend an.

„Nix Schlimmes! Nur zum Entwurmen“, winkte ihre Partnerin ab und schnappte sich ihren Fahrradhelm. „Heut früh hat er´s net nehmen wollen, drum hab i vorher beim Metzger no schnell ne Scheibe Leberkäs gekauft. Da schmuggel i ihm die Tablette nei.“ Sie grinste verschmitzt.

„Schade!“ Enttäuscht verfolgte Helena, wie Franzi zur Tür lief.

„Du, geh doch allein. Dann kannsch du das schöne Wetter genießen und kommsch aus dem miefigen Gebäude hier mal raus", wandte sich Franzi an sie.

Entschlossen stand Helena auf. „Du hast vollkommen recht! Was soll ich hier herumhocken, wenn ich meine Mittagspause auch draußen verbringen kann?"

Sie verabschiedeten sich voneinander und während Franzi mit ihrem quietschgrünen Fahrrad in Richtung Göggingen, im Augsburger Süden, davonradelte, machte sich Helena in die Innenstadt auf. Ihr Weg führte sie abermals auf den Stadtmarkt. Die Pasta, die Franzi beim letzten Mal gegessen hatte, hatte so einladend ausgesehen, dass sie sie unbedingt auch mal probieren wollte.

Die laue Luft war herrlich. Ein Versprechen nach langen, warmen Sommernächten, Freibadbesuchen und Picknicks im Grünen lag in der Luft. Spontan beschloss die Kommissarin, einen kurzen Abstecher bei Nick Beck zu machen. Er war gerade in ein Gespräch mit seiner Tante vertieft, als Helena den Laden betrat. Als er sie erblickte, zwinkerte ihr der junge Mann kurz zu, beendete das Gespräch und trat um den Tresen herum.

„Helena!" Die junge Frau errötete. Es war so schön, ihren vollen Namen aus seinem Mund zu hören! „Was verschafft mir die Freude?"

„Ich wollte fragen, ob du die Tasche gefunden hast, die ich dir über die Türklinke gehängt habe." Nick musterte Helena. „Na, ich meine die Tasche, die du mir neulich geliehen hast", schob sie erklärend hinterher.

„Klar, hab ich die gefunden." Er grinste sie an. „Ich fand es nur schade, dass du nicht geklingelt hast, um mir die Tasche persönlich zu geben."

Ertappt! Helena errötete. Sie hatte sich nicht zu klingeln getraut, und die Tasche deswegen nur feige über die Türklinke gehängt.

„Aber umso schöner, dass wir uns hier wiedersehen!" Nick schien sich tatsächlich aufrichtig zu freuen. „Bist du wieder mit deiner Kollegin hier?" Suchend sah er sich um.

„Nein, die hatte heute leider keine Zeit. Ich bin alleine unterwegs."

„Weißt du was, ich hätte zufällig auch Zeit." Nick drehte sich um. „Ist das in Ordnung, wenn ich jetzt Mittag mache, Tante Lisa?", fragte er seine Tante.

„Geh nur, Jung! Viel Spaß!" Die alte Dame sah vielsagend in Helenas Richtung.

Die Kommissarin wusste gar nicht, wie ihr geschah. Damit hatte sie nun wirklich nicht gerechnet!

„Kannst du mir vielleicht etwas empfehlen?", fragte Nick kurze Zeit später in der Fleischhalle und sah sich suchend um. „Hier gibt es so viele verschiedene Gerichte zur Auswahl! Wie soll man sich da nur entscheiden?"

„Am besten, du probierst einfach alle durch." Helena lachte, als sie Nicks zweifelnden Gesichtsausdruck bemerkte.

„Ich wollte heute mal Pasta essen. Die hatte Franzi neulich und hat mir ewig davon vorgeschwärmt."

„Klingt gut", sagte Nick, der offensichtlich erleichtert war, dass ihm die Entscheidung abgenommen wurde. „Die nehme ich auch." Gemeinsam liefen sie zum italienischen Imbiss und bestellten ihre Gerichte.

„Macht jeweils 5,50€", sagte die kleine Imbissverkäuferin und stellte die dampfenden Teller auf den Tresen.

Helena fischte ihren Geldbeutel aus der Tasche und öffnete ihn. Leer! Sie erschrak fürchterlich. Der Geldbeutel war bis auf ein paar kleinere Münzen leer! Sie hätte schwören können, dass sie erst gestern noch einen Fünfzigeuroschein in ihrem Portemonnaie hatte! Wie peinlich!

„Kann ich vielleicht mit Karte zahlen?"

Die Imbissverkäuferin deutete auf ein Schild neben der Kasse: *Nur Barzahlung.*

„Das übernehme ich." Nick drückte der Verkäuferin das gewünschte Geld in die Hand und nahm seinen Teller. Die zutiefst beschämte Helena tat es ihm gleich und lief gemeinsam mit ihm durch die Fleischhalle, um sich einen Platz zu suchen. Sie hatten Glück und bekamen sogar zwei der rar gesäten Sitzplätze.

„Das ist mir jetzt aber unangenehm!" Helena sah Nick beschämt an. „Ich zahle dir das Geld gleich nachher zurück! Vor der Fleischhalle ist ein Geldautomat."

„Kommt gar nicht in Frage!", lehnte er ihr Angebot entschieden ab. „Du bist natürlich eingeladen!"

Helena wollte entrüstet ablehnen, als sie seinen entschlossenen Gesichtsausdruck bemerkte.

„Dann zahle ich aber nächstes Mal!"

„Ich freue mich darauf!" Grinsend stieß er seine Gabel durch die dicke Käsedecke. „Guten Appetit!"

Hatte sie ihn etwa gerade um eine weitere Verabredung gebeten? Helena schüttelte innerlich den Kopf über sich. Sie war so ein Trampel!

„Du hast ja noch gar nichts gegessen!" Ein prüfender Blick aus haselnussbraunen Augen musterte Helena. „Die Nudeln sind wirklich großartig!"

Helena nahm ihre Gabel und aß folgsam ein paar Bissen. Sie musste Nick zustimmen. Das Essen war unglaublich lecker! „Kommst du öfter hierher?", fragte Nick neugierig, während er sich die Pasta schmecken ließ.

„Wann immer es sich einrichten lässt", gab Helena zu. „Ich liebe den Stadtmarkt! Die bunten Farben, die Auslagen, die Gerüche, die Vielfalt – einfach alles!" Ihr schwärmerischer Gesichtsausdruck brachte Nick zum Lachen.

„Und unseren Laden nicht zu vergessen!", mahnte er spielerisch.

„Natürlich nicht! Wie könnte ich!", neckte Helena zurück. Dann sah sie ihn forschend an. „Hast du dich inzwischen gut eingelebt?"

„Ich fühle mich hier in Augsburg sehr wohl." Nick nahm noch einen Bissen Pasta. „Weißt du, ich finde, die Stadt hat genau die richtige Größe."

Helena stimmte aus ganzem Herzen zu. „Das finde ich auch! Man hat alle Geschäfte in Reichweite und kann die Innenstadt problemlos zu Fuß erkunden."

Ihr Gegenüber nickte zustimmend. „Und wenn einen doch mal die Sehnsucht nach einer Großstadt packt, ist man ja in kürzester Zeit in München."

„Das stimmt! Mit dem Zug braucht man gerade mal eine halbe Stunde."

Helena hatte vor einiger Zeit einen Ausflug nach München gemacht, um sich die bayerische Hauptstadt anzusehen. Obwohl sie die Stadt wirklich schön fand, war sie doch froh, als sie wieder in die Fuggerstadt zurückkam. In München wimmelte es von Menschen, Touristen gleichsam wie Einheimische. Ein ruhiger, entspannter Stadtbummel in der Augsburger Innenstadt war ihr da doch bedeutend lieber, auch wenn sie zugeben musste, dass das Bier auf dem Münchner Viktualienmarkt, das sie sich zur Mittagspause gegönnt hatte, wirklich süffig gewesen war … Natürlich hatte Helena an einem Tag nur einen Bruchteil Münchens sehen können und würde sicher noch öfter hinfahren, um die vielen Sehenswürdigkeiten zu bestaunen.

Nachdem die letzten Nudeln aufgegessen waren, saßen Nick und Helena noch eine Weile schweigend nebeneinander und beobachteten die Leute, die durch die Fleischhalle liefen: Handwerker in Blaumännern, Businessmänner in Anzügen, schicke Damen neben Müttern mit Kinderwagen. Helena fühlte sich pudelwohl. Zu keinem Zeitpunkt hatte sie das Gefühl, dass sie irgendetwas sagen musste, um das Schweigen zu unterbrechen. Sie genoss es einfach, an Nicks Seite ihre Mittagspause zu verbringen. Schließlich fiel ihr Blick auf die große Uhr in der Mitte der Halle. Helena erschrak.

„So spät schon? Ich muss los!" Sie hängte sich ihre Tasche über die Schulter, stand auf und nahm ihr Tablett auf.

„Ich habe gar nicht gemerkt, dass die Zeit so schnell vergangen ist!", bemerkte auch Nick verwundert und folgte Helena zu dem Geschirrwagen, um auch sein Tablett zu verstauen.

Gemeinsam verließen die beiden die Fleischhalle. Das helle Sonnenlicht blendete Helena, als sie das Dunkel der Halle verließen und hinaus auf den freien Vorplatz traten.

Sie wandte sich an Nick. „Ich muss gleich los, sonst komme ich zu spät ins Präsidium. Vielen Dank nochmal für das Essen!"

Nick winkte ab. „War mir ein Vergnügen! Ich habe die Zeit auch vergessen, aber Tante Lisa wird schon nicht schimpfen. Erst neulich hab ich ein Zitat eines österreichischen Lyrikers namens Ernst Ferstl gelesen: Zeit, die wir uns nehmen, ist Zeit, die uns etwas gibt." Er nahm Helenas Hand in seine und sah ihr tief in die Augen. „Und die Zeit mit dir, liebe Helena, hat mir viel gegeben." Ihr Herz schlug schneller und sie hoffte, äußerlich einen wesentlich gelasseneren Eindruck zu machen, als ihr innerlich zumute war.

„Bis bald." Schüchtern lächelte sie ihn an und entzog ihm schließlich bedauernd ihre Hand.

„Das will ich doch hoffen", sagte er grinsend, bevor er um die Ecke zu seinem Laden verschwand.

Helena blieb noch einen Moment stehen und sah ihm nach, obwohl doch schon längst nichts mehr von ihm zu sehen war. Was für ein toller Mann! Nachdenklich lief sie zu ihrem Auto. Natürlich hatte sie schon einige Freunde in ihrem Leben gehabt, aber nichts wirklich Ernsthaftes. Die anderen Männer, mit denen sie ausgegangen war, hatten irgendwie nicht so erwachsen gewirkt wie Nick. Vielleicht fühlten sie eine besondere Verbindung zueinander, weil sie beide fremd hier im tiefen Süden Deutschlands waren. Helena bezahlte ihren Parkschein und fuhr ihren Wagen aus der Tiefgarage. Auf dem Weg zum Präsidium wollten ihr seine schönen, braunen Augen einfach nicht mehr aus dem Kopf gehen.

„Na, du hasch wohl ne schöne Zeit gehabt, Lena!",
empfing Franzi sie grinsend in ihrem Büro, nachdem
sie einen Blick auf Helenas verträumten Gesichtsausdruck geworfen hatte. Natürlich wurde ihre Partnerin
prompt wieder rot. „Ja, das stimmt. Meine Pause war
wirklich schön." Helena setzte sich an ihren Schreibtisch und schaltete den PC an.

„Ja und weiter?", bohrte Franzi nach.

„Nichts weiter." Ungerührt fing Helena an, auf ihrer
Tastatur zu tippen und ignorierte den neugierigen
Blick ihrer Kollegin. Die ließ sich das nicht gefallen und
lief um den Schreibtisch herum, wo sie Helenas Stuhl
in ihre Richtung drehte, sodass ihre Partnerin sie unweigerlich ansehen musste.

„Hallo! Erde an Frau Hansen! Du sagsch mir jetzt sofort, was dieser Gesichtsausdruck zu bedeuten hat!"

Franzi kam Helena bei ihrer Erkundung so nah, dass
diese von deren roten Locken im Gesicht gekitzelt
wurde.

Helena musste lachen. Sie hob beide Arme in die Luft.
„Ist ja schon gut, Frau Kommissarin! Ich gestehe!"

Zufrieden verschränkte Franzi die Arme vor der
Brust, setzte sich auf die Schreibtischkante und musterte ihre Partnerin. „Also, ich höre!"

„Ich war wieder auf dem Stadtmarkt essen."

„Und?"

„Und die Pasta hat genauso gut geschmeckt, wie du
gesagt hast."

Glucksendes Lachen antwortete ihr. „Du glaubsch
doch net, dass i dir glaub, dass du nur wegs ein paar Nudeln so nen verträumten Gesichtsausdruck zur Schau
trägsch!"

Helena, die Franzis ausgezeichneten Spürsinn zur Genüge kannte, gab nach. „Na gut! Ich war nicht allein essen."

Franzi schmunzelte. „Und weiter?"

„Rein zufällig habe ich Nick getroffen und dann waren wir eben zusammen Mittagessen. Zufrieden?"

„Rein zufällig, also?" Das Grinsen im Gesicht der Augsburger Kommissarin vertiefte sich.

„Ja, genau", verteidigte sich Helena. „Was kann ich denn dafür, dass Nick auf dem Stadtmarkt arbeitet und mir dort über den Weg läuft?" Sie versuchte, ein Pokerface aufzusetzen, um ihre Lüge nicht allzu offenkundig werden zu lassen. Ein Blick ins Gesicht ihrer Kollegin sagte ihr jedoch, dass ihr das gründlich misslungen war.

„Und weiter?", ließ Franzi nicht locker.

„Was weiter?"

„Na, wie war euer Date?"

„Das war doch kein Date!" Empört sah Helena zu Franzi auf. „Das war nur ein Mittagessen! Weiter nichts!"

„Scho gut, scho gut!" Lachend hob Franzi die Hände hoch, um Helenas grantigen Blick abzuwehren. „Jetzt sei halt net glei bös! I bin halt a weng neugierig, des is alles!"

„Ein wenig? ... Na ja ..." Zweifelnd hob Helena eine Augenbraue. Franzi konnte wirklich überaus neugierig sein.

„I freu mi halt, dass du ne schöne Zeit g'habt hasch! Lass mi doch!" Franzi lief wieder zu ihrem Platz zurück und setzte sich grinsend.

„Ja, ich weiß. Ich bin dir ja auch nicht böse."

Die beiden Kommissarinnen grinsten sich über den Schreibtisch hinweg an, bevor sie sich wieder an ihre Arbeit machten.

Kurze Zeit später klingelte das Telefon.

„Danner?", meldete sich Franzi. „Ah, Grüß Gott, Herr Doktor Lysander." Sie lauschte ins Telefon. „Aha ... Ja, sowas ... Ja, vielen Dank auch, Herr Doktor. ... Auf Wiederhören!"

Helena sah interessiert zu ihrer Kollegin. „Und? Was hat Dr. Lysander Interessantes berichtet?"

Franzi beendete gerade die Notizen, die sie sich während des Telefonats gemacht hatte, und kratzte sich mit dem Stift am Kopf, was den Effekt hatte, dass ihre roten Locken noch wilder abstanden als sonst.

„Stell dir vor, der Doc hat die Autopsie schon beendet."

„Wow! Das ging aber schnell!", stellte Helena anerkennend fest.

„Der Tote", sie sah auf ihre Notizen, „Mark Blech, isch tatsächlich an einer Überdosis Heroin verstorben. Dr. Lysanders Vermutung mit dem goldenen Schuss war also richtig."

Helena seufzte. „Wieder mal ein junges Leben sinnlos beendet!"

Franzi stimmte ihr zu. „Da hasch du vollkommen recht! Aber hör mal, des war fei no net alles."

Interessiert sah Helena ihre Partnerin an.

„Herr Blech hatte zahlreiche Blessuren am Körper. Frische Hämatome am ganzen Körper sowie ein paar schlecht verheilte Knochenbrüche, vor allem an den Rippen und an den Armen."

„Wo er die wohl her hat?" Nachdenklich kaute Helena an ihrem Stift, eine alte Angewohnheit, für die sie schon in der Schule gerügt worden war.

„Des werd mer wohl rausfinden müssen." Franzi zuckte mit den Schultern.

Es klopfte an der Tür und ein junger Beamter streckte den Kopf herein.

„Frau Hansen?" Er sah Franzi an, die jedoch mit dem Kopf schüttelte und auf Helena deutete, woraufhin er in Helenas Richtung sah.

„Frau Hansen, Sie möchten bitte zu Herrn Hauptkommissar Meier kommen." Er nickte ihr grüßend zu, bevor er das Büro verließ.

„Ausgerechnet jetzt! Was der wohl wieder von mir will?", schimpfte Helena und stand von ihrem Stuhl auf.

„Mach dir kein Kopf, Lena! I ruf daweil mal bei den Kollegen in Donauwörth an und frag die, was se über unsren Mark Blech wissen."

„Mach das. Ich bin gleich zurück."

Helena verließ das Zimmer und lief den Gang entlang, um zum Büro ihres Chefs zu gelangen. Unterwegs lief sie Oberwachtmeister Wamser über den Weg, der mit einem vollbeladenen Postwagen um die Ecke bog.

„Ah, Frau Hansen, wie gut, dass ich Sie treffe. Wie geht´s denn dem Johannes?"

Irritiert sah Helena den kleinen Polizeibeamten an.

„Wie jetzt?"

„Na, wegen seiner Verletzung, mein ich. Geht´s ihm denn wieder besser, weil er doch hat heimgehen müssen, wegen den Schmerzen und so?"

Helena schwante Schlimmes. Johannes war also einfach, ohne ihr Bescheid zu sagen, heimgegangen! Na, der würde was erleben!

„Bestimmt geht es ihm morgen wieder besser", teilte sie Herrn Wamser mit. „Ich werde ihm ausrichten, dass Sie nach ihm gefragt haben."

„Tun Sie das! Wenn der Bub fei no Zeit braucht, sich auszukurieren, isch des fei kein Problem!"

Helena dankte dem gutmütigen Polizisten und antwortete bestimmt: „Ich bin mir sicher, dass Johannes ab morgen wieder voll zur Verfügung steht." Dafür würde sie schon sorgen!

Nach einem Gruß wandte sich Helena kopfschüttelnd nach rechts und stand schon nach kurzer Zeit vor der Bürotür von Kriminalhauptkommissar Meier. Sie atmete noch einmal tief durch und versuchte, die Gedanken an Johannes aus ihrem Kopf zu verbannen, um sich auf das anstehende Gespräch zu konzentrieren. Als sie gerade klopfen wollte, öffnete sich die Tür und die Sekretärin des Chefs trat heraus.

„Ah, Frau Hansen, gehn´S ruhig durch. Der Chef wartet bereits auf Sie." Sie nickte der Kommissarin zu und lief den Gang hinunter. Mit ihrem blauen Kostüm und dem strengen Dutt sah sie adrett wie immer aus.

Helena lief durch das Vorzimmer und klopfte an die Tür von Herrn Meier.

„Herein", ertönte seine sonore Stimme. „Da sind Sie ja, Frau Hansen." Herr Meier deutete auf einen Stuhl vor seinem Schreibtisch. „Setzen Sie sich."

Nervös setzte sich Helena und legte die Hände ineinander, damit ihr Chef ihr Zittern nicht bemerkte. Dass sie aber auch immer derart unsicher sein musste, wenn sie mit Herrn Meier zu tun hatte! Helena wünschte sich sehnlichst, so unbekümmert wie Franzi mit ihrem Chef umgehen zu können, aber irgendwie entsprach das einfach nicht ihrer Art. Ihr Ehrgeiz, immer alles richtig zu machen, hinderte sie daran. Plötzlich kam ihr ein Gedanke. Vielleicht ging es gar nicht um sie! Möglicherweise hatte Johannes etwas angestellt?

„Ich wollte Sie nur nach den Vorbereitungen für den Besuch des Polizeipräsidenten fragen", erklärte ihr Chef gleich darauf, warum er sie hergebeten hatte. Helena atmete auf, obwohl sie ihr schlechtes Gewissen ein klein wenig drückte, hatte sie doch heute noch gar nicht an den wichtigen Besuch gedacht.

„Ich entnehme Ihrer Mail ...", er kruschtelte auf seinem Schreibtisch herum und zog schließlich ein etwas zerknittertes Papier hervor, das er mit seiner Hand zu glätten versuchte, „... dass Sie die Vorbereitungen für das Buffet bereits getroffen haben."

Helena nickte eifrig und dankte in Gedanken Schorsch.

„Was haben Sie denn bestellt?"

Eiskalt lief es ihr den Rücken hinunter. Sie hatte keine Ahnung, was Schorsch bestellt hatte! Nachdem sie ihm die Mail mit der Personenanzahl geschickt hatte, war von ihm lediglich ein knappes *Erledigt!* zurückgekommen.

„Ja, das mit dem Essen ..." Helena überlegte fieberhaft, was sie sagen sollte. Sie konnte ja schlecht zugeben, dass sie ihre Aufgabe weiterdelegiert hatte. Was würde Herr Meier dann von ihr halten?

„Wissen Sie, das soll eine Überraschung sein." Helena hielt die Luft an. Was, wenn Herr Meier nichts von Überraschungen hielt?

Fragend musterte der Kriminalhauptkommissar seine Mitarbeiterin, dann zuckte er schließlich mit den Schultern und meinte: „Na, dann überraschen Sie uns halt."

Eine Welle der Erleichterung durchflutete Helena. Das war gerade noch mal gutgegangen!

Herr Meier hatte noch ein paar Fragen zur geplanten Führung, war jedoch mit Helenas vorgeschlagener Route im Großen und Ganzen zufrieden.

„Es scheint so, als hätten Sie wirklich alles im Griff, Frau Hansen. Alle Achtung!"

Helena freute sich über das Kompliment ihres Chefs.

„Ich denke, ich muss Ihnen nicht sagen, wie wichtig der Besuch des Landespolizeipräsidenten für uns ist?" Ernst sah er ihr in die Augen.

Helena schüttelte den Kopf. „Selbstverständlich nicht, Herr Meier. Sie können sich ganz auf mich verlassen!"

Beruhigt nickte der Kriminalhauptkommissar mit dem Kopf. „Das freut mich. Geben Sie bitte Bescheid, wenn Sie bei Ihren Vorbereitungen Hilfe benötigen."

Helena bedankte sich und verließ das Büro, nachdem sie sich von ihrem Chef verabschiedet hatte. Auf dem Gang ließ sie sich das Gespräch nochmal durch den Kopf gehen. Sie kam zu dem Entschluss, dass sie sich eigentlich ganz gut geschlagen hatte.

Zurück im Büro ließ sich Franzi, natürlich neugierig wie eh und je, jede Einzelheit des Gesprächs von Helena erzählen.

„Also, über´s Essen mußsch dir fei keine Gedanken net machen! Auf unsren Schorsch isch Verlass!"

Helena hoffte von ganzem Herzen, dass ihre Kollegin recht hatte. Als sie Franzi gestand, dass sie noch keine Ahnung hatte, was sie in ihrer Rede sagen sollte, meinte die nur: „Kei Sorge! Bis dahin fällt dir scho no was ein! Hasch doch no Zeit!"

Hoffentlich!, dachte Helena. Vielleicht würde sie ja tatsächlich so etwas wie eine Eingebung haben.

„Franzi, stell dir vor, ich bin gerade dem Wamser über den Weg gelaufen", brachte Helena das Gespräch auf eine weitere Sorge, „und der hat mir gesagt, dass Johannes heute vorzeitig nach Hause gegangen ist." Franzi blickte interessiert auf. „Angeblich hat er *Schmerzen*, du weißt schon, wegen dem Vorfall in der Stadt."

„Kann doch sein, dass der Bub Schmerzen hat", nahm Franzi den Jungen in Schutz.

„Heute früh meinte er aber, dass alles in Ordnung sei und ganz so schlimm kann es ja eigentlich gar nicht sein. Immerhin ist er ein riesengroßer Kerl für sein Alter!" Helena setzte sich seufzend auf ihren Bürostuhl.

„Lena, jetzt lass den Buben doch mal! Für ihn isch doch alles neu hier und dann noch der Vorfall mit dem Mädel ... Der braucht halt einfach Zeit für sich!"

Helena sah Franzi zweifelnd an.

„Meinst du wirklich?"

„Klaro!" Eifrig nickte die Augsburger Kommissarin. „Wirsch scho sehen, der isch mir nix, dir nix wieder ganz der Alte!"

„Dein Wort in Gottes Ohr!" Helena strich sich eine verirrte Haarsträhne, die sich aus ihrem Pferdeschwanz gelöst hatte, hinter das Ohr. „Aber er hätte wenigstens Bescheid sagen können, als er gegangen ist“, sagte sie schmollend.

Franzi winkte ab. „Jungs in dem Alter! Die sin halt so!“

Sie wandte sich wieder ihrem Bildschirm zu. Als Helena hereingekommen war, war sie gerade dabei gewesen, auf dem PC zu schreiben.

Helena musste schmunzeln, als sie ihre Kollegin betrachtete. Die leicht kurzsichtige Franzi saß so nah vor dem Monitor, dass es eigentlich ein Wunder war, dass sie sich noch nie den Kopf daran gestoßen hatte. Eine Lesebrille lehnte sie jedoch kategorisch ab, war sie mit Mitte dreißig doch noch viel zu jung für so „einen Schmarrn“. Sie hatte ihre rot-blonde Lockenmähne in einen lockeren Knoten gedreht, der ein wenig an ein Vogelnest erinnerte. Inmitten des Dutts steckte ein Stift, was tatsächlich etwas seltsam aussah. Franzi hatte Helena mal erklärt, dass sie das gerne machte, um immer etwas zum Schreiben parat zu haben.

„Isch halt praktisch!“, war ihre Erklärung gewesen.

Für Franzi war *praktisch* wesentlich wichtiger als *modisch*. Die Augsburgerin hatte einen sehr eigenen Stil, was ihre Kleidung betraf. Als Helena sie kennengelernt hatte, hatte Franzi eine Latzhose mit Birkenstocks getragen. Heute trug sie einen wadenlagen Rock mit indisch anmutendem Muster und ein weißes Schlabbershirt mit der schwarzen Aufschrift „Chabeso“ auf rotem Hintergrund. Helena wusste, dass Franzi ein Fan dieser regionalen Limonadenmarke war. Als sie einmal bei Franzi zu Besuch gewesen war, hatte sie sich von ihr überreden lassen, ein Glas davon zu probieren, obwohl Helena eigentlich gar nicht auf Limonade stand. Der

Geschmack war mehr als eigentümlich gewesen und hatte nicht im entferntesten nach dem geschmeckt, was Helena bislang mit Limonade in Verbindung gebracht hatte! Franzi Erklärung war, dass es sich bei Chabeso um eine besondere Art von Limonade handelte, welche schon seit der Jahrhundertwende auf Basis von rechtsdrehender Milchsäure produziert wurde. Das erklärte den leicht säuerlichen Geschmack. Helena war froh gewesen, als sie ihr Glas geleert hatte und hatte dankend auf ein zweites verzichtet. Franzi jedoch liebte dieses ungewöhnliche Getränk sehr. Sie fand es äußerst erfrischend.

Das seltsame Ensemble, das Franzi trug, wurde durch grüne Converse-Schuhe abgerundet, die möglicherweise auch um die Jahrhundertwende hergestellt worden waren, wenn man ihren Zustand genauer betrachtete. Die Augsburgerin hatte aber nun mal einen eigenen Geschmack und Helena hatte sich längst an ihre unkonventionelle Art, sich zu kleiden, gewöhnt. Sie fand sogar, dass das perfekt zu Franzis fröhlicher, unbekümmerter Art passte und war eigentlich ein klein wenig neidisch auf die Sorglosigkeit ihrer Kollegin. Helena achtete sehr darauf, was sie im Büro anzog und gab leider viel zu viel auf die Meinung anderer Leute. Das war ihr bewusst und sie hätte es gerne ändern wollen, was ihr aber sehr schwerfiel. An Franzi konnte sie sehen, dass die Menschen einen akzeptierten, egal, wie man aussah, ganz egal, was man anhatte. Niemand guckte komisch, wenn er Franzi mit Stiften im Dutt begegnete. Niemand lästerte hinter ihrem Rücken über ihr willkürlich zusammengestelltes Outfit. Die Menschen in ihrer Umgebung liebten die herzensgute, quirlige Augsburgerin und akzeptierten sie so, wie sie war. Davon konnte sich Helena eine große Scheibe abschneiden! Sei authentisch, sei, wie du bist und die Leute werden dich trotzdem oder gerade deswegen mögen! Aber das Ganze war natürlich ein Prozess, der nicht von heute auf morgen ablief. Helena war von Haus aus ein eher schüchterner, zurückhaltender Mensch, der erst lernen musste, auf andere zuzugehen. An Franzis Beispiel sah sie, wie gut diese offene Art bei deren Mitmenschen ankam. Die Menschen in Franzis Umgebung waren wesentlich lockerer und gelöster und damit auch zugänglicher. Somit kam jemand wie Franzi sehr viel leichter mit allem ans Ziel.

Gerade zog Franzi geistesabwesend ihren Stift aus dem Dutt und steckte ihn in den Mund. Sie hatte die Augen leicht zusammengekniffen, um das Geschriebene auf dem Monitor besser lesen zu können. Helena hatte ein warmes Gefühl in der Brust, während sie ihre Partnerin beobachtete. Franzi war ihr eine richtig gute Freundin geworden und noch dazu ein echtes Vorbild.

„Was gugsch du denn so?" Die Augsburgerin war auf Helenas forschenden Blick aufmerksam geworden.

„Sag mal, Franzi", sagte Helena vorsichtig, „wie wäre es denn, wenn wir zwei mal in die Stadt zum Optiker gehen würden?"

Franzi legte den Kopf schief und grinste. „Wieso? Brauchsch du vielleicht ne Brille?"

Helena musste lachen. „Du weißt genau, weshalb!"

Franzi schaute so unschuldig drein, wie sie nur konnte.

„Liebe Lena, i hab echt kei Ahnung, worauf du anspielsch."

Helena seufzte gespielt laut. „Mit dir macht man was mit!"

Glucksendes Lachen antwortete ihr. „Mir zwei sind doch a tolles Team, gell Lena? Ohne mi würdsch du dich doch hier gar net z'recht finden. Allein scho wegs der Sprache!"

Helena stimmte ihr von Herzen zu. „Du hast mich tatsächlich schon häufig aus brenzligen Situationen gerettet!" Die Kommissarinnen grinsten sich an. Sie empfanden es beide als großes Glück, dass sie sich privat wie beruflich so gut verstanden. Da ging man doch gleich viel lieber in die Arbeit!

Helena erinnerte sich an das Gespräch, das sie mit Franzi geführt hatte, bevor sie das Büro verlassen hatte, und fragte interessiert: „Sag mal, hast du eigentlich jemanden in Donauwörth erreichen können bezüglich Herrn Blech?"

Franzi nickte eifrig.

„I hab sogar mit dem Kollegen sprechen können, der den Eltern die Nachricht vom Ableben ihres Sohnes überbracht hat."

Sie wartete kurz mit ihrem Bericht, als sie sah, dass Helena ihr Notizbuch aufklappte und nach einem Stift kramte. Als sie bereit war, fuhr sie fort: „Also, der Kollege hat berichtet, dass der Vater eher g'fasst auf die Nachricht reagiert hat, so als hätt er mit sowas scho g'rechnet. Die Mutter isch aber wohl völlig zsammgebrochen, sodass der Kollege vorsichtshalber den Notarzt kommen lassen hat, um sie zu versorgen. Der hat ihr dann a Beruhigungsmittel 'geben."

Helena machte sich eifrig Notizen und schüttelte traurig den Kopf. Sie hatte keine Kinder, konnte sich aber durchaus vorstellen, dass es für Eltern das Schrecklichste auf der Welt war, ein Kind zu verlieren!

„Der Kollege hat sich dann z'rückgezogen, hat er gsagt. Herr Blech musste sich ja schließlich um sei Frau kümmern."

„Hatte Mark irgendwelche Einträge in der Akte?"

„Des Übliche. Er isch öfter mal beim Drogenkonsumieren erwischt worden. Der erschte Eintrag isch aus'm Jahr 2006, da war Mark grad mal 13 Jahre alt. Da hat er auf'm Schulgelände mit'n paar Freunden nen Joint g'raucht. Mit 16 hat er die Schule abgebrochen. Zwischenzeitlich hat er in betreuten Wohngruppen g'wohnt, wo man versucht hat, ihn in 'ner Lehre unterzubringen. Die hat er aber nach weniger als zwei Monaten hing'schmissen." Franzi schüttelte betrübt den Kopf. „Seine Eltern ham ihn mehrfach in Einrichtungen untergebracht, die ihm beim Drogenentzug helfen sollten. Aber letztlich isch er dann vor neun Jahren, als er volljährig 'worden isch, ganz unter'taucht."

„Hatten die Eltern seitdem keinen Kontakt mehr zu ihrem Sohn?", fragte Helena nach.

„Des konnte mir der Kollege leider net genau sagen. Wie g'sagt, er hat gehen müssen, nachdem der Notarzt da war. Er hat mi aber g'fragt, ob er nomml hinfahrn soll." Franzi sah von ihren Notizen auf. „Was meinsch du?"

„Hm …", sagte Helena nachdenklich. „Ich denke, es wäre besser, wenn wir selbst hinfahren würden, um uns ein Bild zu machen."

Ihre Partnerin nickte zustimmend. „Find i au."

„Gut, dann rufen wir dort an und machen am besten gleich für morgen einen Termin aus."

Sie vereinbarten mit Herrn Blech einen Gesprächstermin für den morgigen Freitag um zehn Uhr vormittags. Der Herr hatte am Telefon äußerst reserviert geklungen und zuerst die Notwenigkeit eines weiteren Polizeibesuches nicht einsehen wollen. Helena hatte jedoch nicht locker gelassen und auf dem Termin bestanden.

„Also, dann treff mer uns morgen wie gwohnt im Büro und fahrn dann zsamm nach Donauwörth naus, ok?", sagte Franzi, während sie ihre Sachen zusammenpackte. „I fahr jetzt heim und mach no nen schönen Spaziergang mit meim Waschtl. Was hasch du heut no so vor?"

Helena packte ebenfalls zusammen. „Ich knöpfe mir zuerst mal Johannes vor."

Franzi hob spielerisch den Zeigefinger.

„Aber sei mir fei net so streng mit dem Bub!"

Helena seufzte. „Wird schon schief gehen. Und wenn ich dann noch Lust darauf habe, gehe ich noch ein wenig joggen." Sie sah aus dem Fenster. „Das Wetter lädt einen ja geradezu dazu ein."

„Des machsch!" Franzi ging zur Tür. „Also dann, mach´s gut, Lena und viel Spaß beim Joggen!"

Helena winkte ihr zu, bis die Tür hinter ihrer Kollegin ins Schloss fiel. Auf dem Nachhauseweg im Auto spielte Helena sämtliche Möglichkeiten des bevorstehenden Gesprächs mit Johannes im Kopf durch. Sie wollte einerseits streng sein und ihm klarmachen, dass er nicht tun und lassen konnte, was ihm gerade so in den Sinn kam. Andererseits wollte sie ihn nicht vergraulen. Sie nahm sich vor, sich mit dem Kinder kriegen noch lange Zeit zu lassen. Diese Sache überforderte sie eindeutig ...

Kurz darauf sperrte sie die Tür zu ihrer Wohnung auf, schmiss ihre Schlüssel in das bereitstehende Schüsselchen und klopfte an Johannes Zimmer. Keine Reaktion. Sie klopfte etwas energischer. Immer noch kein Erfolg. Vermutlich hörte er wieder mal Musik mit seinen Kopfhörern und bekam von der Welt um ihn herum nichts mit.

Vorsichtig drückte sie die Klinke herunter.

„Johannes?"

Sie streckte den Kopf zur Tür herein.

Das Zimmer war leer. Helena betrat den Raum und schüttelte verärgert den Kopf. Wo war der Junge? Erst schwänzte er die Arbeit und dann war er nicht mal zu Hause! Und all das, ohne ihr Bescheid zu geben! Der Zustand des Zimmers machte sie ebenfalls wütend. Das ungemachte Bett, die überall auf dem Boden verstreuten Klamotten und das Geschirr, das sich auf dem Teppichboden stapelte. Kein Wunder, dass sie in der Küche kaum noch Teller hatte! Als sie die verkrusteten Teller aufhob, bemerkte sie große Flecken auf ihrem Teppichboden. Das durfte echt nicht wahr sein! Verärgert brachte Helena das schmutzige Geschirr in die Küche und weichte es erstmal in der Spüle ein. Dann nahm sie einen Eimer, zog sich Handschuhe über, gab Gallseife in warmes Wasser und lief zurück in Johannes Zimmer, wo sie sich auf alle viere niederließ, um die Flecken energisch mit einer Bürste zu bearbeiten. So hatte sie sich ihren Feierabend wirklich nicht vorgestellt!

„Was machst du in meinem Zimmer?"

Johannes stand in der Tür und starrte wütend auf Helena herab. Diese war so mit Schrubben und vor sich hin Schimpfen beschäftigt gewesen, dass sie ihn nicht hatte kommen hören. Flink stand sie auf und fuhr ihn an: „Was ich in *deinem* Zimmer mache?" Sie ging einen Schritt auf Johannes zu, der jedoch unbeeindruckt stehen blieb. „Ich versuche, *deinen* Dreck wegzumachen! Das mache ich in *deinem* Zimmer, das übrigens *mir* gehört!"

Ein kühler Blick antwortete ihr. „Schon mal was von Privatsphäre gehört?"

Helena blieb die Spucke weg. Das war ja wohl die Höhe! So eine Unverschämtheit. Sie zog die Handschuhe aus und pfefferte sie in den Eimer, so dass das Wasser nach allen Seiten spritze.

„Dann mach doch deinen Dreck selbst weg!"

Johannes zuckte mit den Schultern und deutete mit der Hand auf den Boden.

„Ich finde, du machst aus einer Mücke einen Elefanten! Die Flecken sieht man doch kaum."

„Weil ich sie seit einer Viertelstunde bearbeitet habe!"

Helena war so wütend, dass sie zitterte. Ihr war bewusst, dass sie in dem Zustand nichts erreichen würde.

„Ich erwarte von dir, dass du das Zimmer picobello aufräumst, hast du verstanden?" Sie lief an ihm vorbei durch die Tür. „In einer Viertelstunde möchte ich dich sprechen und dann ist das Zimmer sauber."

Johannes schnaubte durch die Nase, erwiderte jedoch nichts. Nur die Tür hinter ihm fiel etwas lauter als gewöhnlich ins Schloss.

Helena ging in die Küche und lief auf und ab. Was hatte sich ihre Mutter nur dabei gedacht, sie in so eine

Situation zu bringen? Sie fuhr sich durch die Haare und beschloss, erstmal eine Tasse Tee zu trinken. Melisse würde ihr jetzt guttun. Zum Glück hatte sie noch getrocknete Blätter aus dem Kräutergärtlein vorrätig. Die gewohnten Handgriffe halfen Helena dabei, sich zu beruhigen. Als sie den Tee aufbrühte, sog sie tief das zitronige Aroma der Kräuter ein. Mit der großen Tasse in der Hand begab sich Helena auf ihren Balkon. Es war schon etwas kühl, auch wenn die Junisonne tagsüber bereits kräftig wärmte. Dennoch brauchte sie jetzt dringend frische Luft, um einen klaren Kopf zu bekommen. Kurzentschlossen setzte sie sich auf den Korbsessel, den sie von ihrer Mutter zum Geburtstag bekommen hatte und legte sich eine Decke über die Knie. Ihre Hände wärmte sie an der warmen Tasse.

Was ging nur in dem Jungen vor? Wie sollte sie zu ihm durchdringen? War das überhaupt möglich? Helena nippte vorsichtig an dem heißen Getränk. Sie schloss genießerisch die Augen. Tat das gut! Nach ein paar weiteren Schlucken und dank der klaren Luft ging es Helena bereits viel besser. Auf einmal sah die Welt gar nicht mehr so düster aus. Sie musste auch an Jenny denken und wie verzweifelt sie am Telefon geklungen hatte. Fast schämte sie sich, dass sie so schnell aufgab! Hatte sie ihrer Cousine nicht versprochen, dass sie das hinbekommen würde?

„Das Zimmer ist jetzt fertig.“
Johannes trat durch die Balkontür und lehnte sich an das Geländer, den Rücken seiner Großcousine zugewandt.

„Freut mich", sagte Helena versöhnlich und musterte den großgewachsenen Teenager, dessen lange blonde Haare in wilden Strähnen über die Schultern fielen.

„Setz dich doch bitte kurz zu mir." Sie deutete auf einen der freien Klappstühle, die um den kleinen Tisch standen.

Widerwillig löste sich Johannes von der Brüstung und setzte sich. Der zierliche Stuhl wirkte lächerlich klein unter dem großgewachsenen Jugendlichen.

„Soll ich dir auch einen Tee machen?"

Johannes schüttelte stumm den Kopf. Er hatte die Hände im Schoß verschränkt und starrte vor sich hin.

„Gefällt es dir hier nicht?", fragte Helena geradeheraus.

Überrascht sah der Teenager hoch. „Wie kommst du denn darauf?"

„Na, ich habe wirklich nicht den Eindruck, dass du dich hier bei mir besonders wohlfühlst."

Johannes schüttelte den Kopf. „Ist schon in Ordnung hier." Er sah kurz auf und Helena vermeinte tatsächlich ein kleines Grinsen wahrzunehmen. „Bis auf die fehlende Cola."

Helena musste lachen. Eigentlich hatte sie sich ja vorgenommen, Johannes zuliebe ihre Colavorräte aufzustocken, hatte es jedoch immer wieder vergessen.

„Was ist mit dem Praktikum?", hakte sie nach.

„Was soll damit sein?"

Ah, da war er wieder, der mürrische Jugendliche. *Willkommen zurück*, dachte Helena innerlich seufzend. „Gefällt dir das Praktikum?", ließ sie nicht locker.

„Passt schon." Er zuckte erneut mit den Schultern.

„Verstehst du dich mit Herrn Wamser?"

„Der Alte ist schon in Ordnung.“

Herr Wamser war mitnichten alt. Helena schätzte ihn auf Anfang 50, verzichtete jedoch, Johannes darauf hinzuweisen, um keinen neuen Streit zu provozieren.

„Wieso bist du heute früher gegangen?“ Ernst musterte Helena den Jungen.

„Ist doch keine große Sache!“ Konsequent vermied es Johannes, Helena anzusehen.

„Ich finde schon, dass das eine *große Sache* ist! Du hättest mir wenigstens Bescheid geben können!“

Johannes sah genervt auf. „Mensch, Helena! Immer machst du so ein Theater um nichts und wieder nichts! Chill halt mal ein bisschen!“

Helena starrte ihn entgeistert an. „Du bist einfach gegangen! Und das soll *nichts* sein? Ich bin für dich verantwortlich!“

„Mann, ich hatte halt Schmerzen wegen gestern! Na und?“ Trotzig starrte er auf seine Füße.

„Warum bist du dann nicht nach Hause gegangen und hast dich hingelegt?“, fragte sie scharf.

Er gab keine Antwort. „Wo warst du heute Nachmittag?“

„Das geht dich überhaupt nichts an!“

Ein wütendes Funkeln in den Augen zeigte ihr deutlich, dass er keine Lust mehr hatte, ihre Befragung weiter über sich ergehen zu lassen.

Helena atmete tief durch. Sie musste unbedingt vermeiden, dass die Situation wieder eskalierte.

„Johannes, ich habe dir doch gerade eben schon gesagt, dass ich für dich verantwortlich bin. Also muss ich auch wissen, wo du dich herumtreibst!“

„Ich war in der Stadt! Zufrieden?" Johannes stand auf und stemmte die Hände in die Hüfte, jeder Zoll der wütende Teenager, der er war.

„Was hast du dort gemacht?"

Genervt strich sich Johannes die Strähnen aus dem Gesicht, die immer wieder hineinfielen.

„Ich war spazieren! Reicht das jetzt?"

Helena glaubte nicht, dass sie mit ihrer Befragung noch weiterkam, daher nickte sie knapp. Postwendend drehte Johannes ab und verließ die Terrasse.

Helena trank nachdenklich den Rest des inzwischen schon fast zu kalten Tees. Die Dämmerung tauchte die gegenüberliegenden Häuserdächer in rotgoldenes Licht. Langsam aber sicher wurde es ihr zu kalt, also ging Helena in die Küche und bereitete das Abendessen vor. Kurz bedauerte sie, dass aus dem Joggen heute nichts geworden war, immerhin hatte sie ja zu Mittag eine Riesenportion Pasta verdrückt. Unmittelbar schoben sich haselnussbraune Augen in ihr Gedächtnis. Das Mittagessen mit Nick war wirklich nett gewesen! Ob er wohl schon zu Hause war? Der Stadtmarkt hatte ja bereits seit einer Stunde zu. Kopfschüttelnd über sich und die Tatsache, dass sie schon wieder an ihren attraktiven Nachbarn gedacht hatte, schob Helena für Johannes eine Tiefkühlpizza in den Backofen und machte für sich nur einen Salat. Sie hatte sowieso kaum Hunger.

Ihr Handy leuchtete auf. Helena hatte es seit der Arbeit noch auf lautlos und vergessen, den Ton anzustellen. Ein Blick auf das Display zeigte ihr, dass ihre Mutter anrief.

„Hallo Mama."

„Hallo Helena, wie geht es dir denn? Und wie geht es vor allem deinem Besucher, unserem Johannes?", ertönte die fröhliche Stimme ihrer Mutter.

Helena zögerte. Sollte sie die Wahrheit erzählen? Sollte sie eingestehen, dass sie mit der Betreuung des Jugendlichen heillos überfordert war?

„Alles in Ordnung, Mama", sagte sie schließlich.

„Wirklich? Oh, das freut mich, Lenchen! Siehst du, ich habe dir doch gesagt, dass du das hinbekommst!"

Helena verdrehte die Augen. Und wie sie das hinbekam …

„Ich habe doch gewusst, dass auf dich Verlass ist! Und die Jenny ist ja auch richtig erleichtert!"

Schuldbewusst dachte Helena an ihre Cousine, die am Telefon so verzweifelt geklungen hatte.

„Klar kriegen wir das hin, der Johannes und ich. Sag der Jenny, sie soll sich keine Sorgen machen!", sagte sie mit fester Stimme.

Ihre Mutter war zufrieden und nachdem sie Helena noch von ihrem letzten Besuch bei Tante Linda, Jennys Mutter, erzählt hatte, beendeten sie das Gespräch. Helena hatte ein schlechtes Gewissen, weil sie ihrer Mutter nicht die Wahrheit gesagt hatte, aber sie nahm sich fest vor, die Familie nicht hängen zu lassen.

Inzwischen war die Pizza fertig. Nach dem Essen, dass Helena und Johannes wieder mal größtenteils schweigend in der Küche zu sich genommen hatten, ging Helena noch sorgsam ihre Notizen der vergangenen Tage durch und machte sich Gedanken darüber, was sie die Eltern von Mark Blech morgen fragen könnte.

Als sie sich schließlich gähnend streckte, stellte sie zu ihrem Erstaunen fest, dass es schon beinahe 22 Uhr war. Entschlossen klappte Helena ihr Notizbuch zu und machte sich bettfertig. Um halb 11 war sie schon tief und fest auf ihrer Couch eingeschlafen.

7.

Am nächsten Morgen machten sich die beiden unfreiwilligen Mitbewohner auf den Weg ins Präsidium. Nachdem Johannes hinter der Tür des Postbüros verschwunden war, ging Helena das letzte Stückchen zu ihrem Büro. Sie kam zeitgleich mit Franzi an, die, den Fahrradhelm auf dem Kopf balancierend, gerade um die Ecke bog.

„Grüß di, Lena", begrüßte Franzi sie strahlend. Wie immer war sie bestens gelaunt.

„Was für ein schöner Tag heute! Herrliches Wetter zum Radfahren!" Sie zog die Tür zum Büro auf und hielt sie Helena grinsend auf. „Alter vor Schönheit!"

Helena verzichtete darauf, Franzi darauf hinzuweisen, dass sie einige Jährchen jünger als ihre Kollegin war und schritt folgsam an Franzi vorbei ins Büro. Dort legten die beiden Frauen ihre Garderobe ab und setzten sich an ihre Schreibtische, da sie noch eine gute Stunde Zeit hatten, bevor sie nach Donauwörth aufbrechen mussten. Helena berichtete Franzi zunächst von ihrem Gespräch mit Johannes.

„Na, siehsch du! Des kommt scho alles wieder ins Lot", meinte die Augsburgerin zufrieden, nachdem Helena ihren Bericht beendet hatte.

Helena hatte da noch so ihre Zweifel, hoffte aber, dass Franzi recht behalten würde. Sie kramte ihr Notizbuch aus der Tasche und erzählte ihrer Partnerin von ihren Überlegungen bezüglich der Befragung der Eltern von Mark Blech.

Franzi nickte zustimmend. „So ähnlich hab i mir des au vorg´schtellt. Mir müssen auf alle Fälle behutsam vorgeh´n, wo die Mutter doch so labil isch!"

Sie beratschlagten noch eine Weile über ihre Taktik, bevor sie wie gewohnt in Helenas Auto aufbrachen, da Franzi ja keines hatte.

„Jetzt kommsch du endlich mal in den Norden vom Augschburger Umland, ins schöne Donauwörth", sagte Franzi begeistert. Schau mal, wie grün hier alles isch!" Tatsächlich breiteten sich, kaum dass sie die unmittelbare Stadt hinter sich gelassen hatten, weite Felder vor ihren Augen aus.

„Wirklich wunderschön hier!", musste Helena neidlos zugestehen. Sie war zwar unbestritten Stadtkind durch und durch, dennoch war sie in der Lage, die Schönheit des Landes zu genießen.

„Was ist denn das große weiße Gebäude dort drüben?", fragte sie interessiert und deutete auf eine Hügelkuppe, die sich linker Hand der Bundesstraße erstreckte und von tiefgrünen Wäldern bedeckt waren.

Franzi reckte den Kopf, um zu sehen, was Helenas Aufmerksamkeit erweckt haben mochte.

„Ach des! Des isch Kloschter Holzen. Des isch fei echt total schee da! Da müss mer unbedingt mal hin! Da gibt´s nen tollen Biergarten!"

Na klar, wenn in Bayern was schön war, gab´s da auch einen Biergarten. Helena musste schmunzeln. Aber um ehrlich zu sein, diese bayerische Tradition war ihr inzwischen auch ans Herz gewachsen.

Zwanzig Minuten später bogen die beiden Kommissarinnen endlich in die Kreisstadt Donauwörth ab, die über 40 Kilometer nördlich von Augsburg lag. Franzi hatte Helena erzählt, dass Donauwörth, genau wie ihr geliebtes „Augschburg", im Mittelalter eine freie Reichsstadt gewesen war. Heute hatte die Stadt knapp 20.000 Einwohner und lag idyllisch inmitten grüner Hügel eingebettet.

Das Haus von Familie Blech befand sich in einer ruhig gelegenen Straße am Rande der Kreisstadt. Als die beiden Kommissarinnen vor dem Haus anhielten, zeigt die Uhr fünf Minuten vor zehn. Die Tür des Hauses öffnete sich und ein großgewachsener, leicht fülliger Mann mit Halbglatze trat heraus. Er blieb in der Tür stehen.

„I glaub, mir werdn scho erwartet", bemerkte Franzi. Die beiden Beamtinnen stiegen aus dem Auto aus und schritten auf das Einfamilienhaus zu, das von einem großzügigen, sehr gepflegt wirkenden Garten umgeben war.

„Herr Blech?"

Der Mann nickte knapp. Helena und Franzi öffneten das Gartentürchen und traten ein.

„Wenn ich Sie auf die Terrasse bitten dürfte?" Herr Blech wies mit der Hand um das Haus herum. „Dort stören wir meine Frau nicht."

Helena und Franzi folgten seiner Aufforderung und fanden sich gleich darauf auf einer geräumigen Terrasse wieder. Sie nahmen auf der großzügigen Sitzgruppe Platz. Auf dem Tisch standen eine Flasche Wasser und Gläser.

„Bitte bedienen Sie sich."

Helena nickte dankend, und Franzi schenkte ihnen ein.

„Herr Blech", begann Helena währenddessen das Gespräch. Zunächst möchten wir Ihnen unser aufrichtiges Beileid zum Tod Ihres Sohnes aussprechen."

Der Mann nickte kaum merklich.

„Wir hätten noch ein paar Fragen an Sie und wären Ihnen sehr verbunden, wenn Sie sie uns beantworten könnten."

„Mir bleibt ja wohl nichts anderes übrig", brummte ihr Gegenüber. Helena und Franzi wechselten einen vielsagenden Blick miteinander. Das Gespräch versprach, nicht einfach zu werden.

„Wie geht es Ihrer Frau?", erkundigte sich Franzi höflich.

„Wie es einer Mutter halt geht, die gerade ihr einziges Kind verloren hat!"

Genervt sah Herr Blech die Kommissarinnen an.

„Hören Sie, ich weiß wirklich nicht, was das noch soll! Unser Mark ist tot, und er wird auch nicht wieder lebendig!"

Beschwichtigend hob Helena die Hände. „Wir wollen doch nur helfen, Herr Blech."

„Wie können Sie noch helfen? Haben Sie nicht verstanden? Unser Sohn ist tot!"

Herr Blech hatte seine Stimme erhoben und die Hände zu Fäusten geballt.

„Horst, was ist denn hier los? Warum schreist du so?"

In der Terrassentür stand eine kleine, zierliche Frau mit auffallend dunklen Augenringen. Sie trug ein schwarzes Kleid und hielt ein geblümtes Stofftaschentuch fest in der Hand.

Herr Blech sprang erschrocken auf. „Hab ich dich geweckt, Schatz?" Er lief zu seiner Frau und legte ihr behutsam den Arm um die schmalen Schultern.

„Komm, ich bring dich wieder rein! Du sollst dich doch ausruhen, hat der Herr Doktor gesagt!", sagte er zärtlich und versuchte, seine Frau wieder ins Haus zu bugsieren. Doch die blieb beharrlich stehen. „Haben wir Besuch?"

Franzi und Helena standen auf, um sich vorzustellen, doch Herr Blech kam ihnen zuvor.

„Nicht der Rede wert, Liebling! Ich kümmere mich drum. Geh du nur wieder rein und leg dich hin, ja?"

Frau Blech beachtete ihren Mann gar nicht. Sie wandte sich an die Kommissarinnen. „Sie sind wegen Mark hier, nicht wahr?"

Helena und Franzi nickten und stellten sich vor. Die Proteste ihres Mannes ignorierend setzte sich Frau Blech zu ihnen an den Tisch und sah die beiden Frauen herausfordernd an.

„Was können wir für Sie tun?"

„Aber Schatz, bitte, lass doch! Ich regle das schon! Leg dich bitte wieder hin!", bat Herr Blech seine Frau eindringlich.

Sie wandte sich ihm zu: „Nein, Horst, hier geht es um unseren Sohn. Ich werde mich ganz sicher nicht einfach wieder hinlegen."

Helena fand die Kraft der trauernden Mutter einfach bewundernswert.

„Also? Was können wir für Sie tun?"

„Frau Blech, wir möchten zunächst auch Ihnen unser aufrichtiges Beileid aussprechen."

Die Frau nickte gefasst. Helena öffnete ihr Notizbuch und blätterte auf die richtige Seite.

„Zunächst einmal würden wir gerne wissen, wann Sie Ihren Sohn zum letzten Mal gesehen haben."

„Das ist mindestens zwei Jahre her!", winkte Herr Blech ab. „Wir hatten keinen Kontakt mehr zu Mark, seit er wieder mit den Drogen angefangen hatte."

Eine leise Stimme unterbrach ihn. „Das ist so nicht ganz richtig."

Erstaunt sah Herr Blech seine Frau an, die mit zitternder Stimme zu erzählen fortfuhr.

„Ich habe Mark vor fast genau einem Monat das letzte Mal gesehen."

„Bitte was?" Herr Blech sprang von seinem Stuhl auf. „Du hast was?", fuhr er seine Frau entgeistert an. „Warum weiß ich davon denn nichts?"

„Bitte beruhige dich, Horst!" Sie sah ihm fest in die Augen und ergriff seine Hand, mit der er sich auf der Tischkante aufstützte.

„Ich konnte es dir nicht sagen! Du hättest es mir doch nie und nimmer erlaubt!"

Entgeistert ließ sich ihr Mann wieder auf seinen Stuhl fallen und starrte seine Frau fassungslos an.

„Frau Blech," fuhr Helena mit der Befragung fort, „erzählen Sie uns bitte von Ihrem letzten Treffen mit Ihrem Sohn."

Eine dicke Träne quoll aus dem rechten Auge der Frau und suchte sich seinen Weg ihre Wange hinab. Energisch wischte sie sie mit dem Taschentuch weg.

„Ich habe Mark regelmäßig besucht. Nachdem er sich mit meinem Mann zerstritten hatte, habe ich per Handy Kontakt mit ihm aufgenommen und so konnten wir uns alle paar Monate sehen." Entschuldigend blickte sie ihren Mann an. „Du musst das verstehen, Liebling. Er war doch mein einziges Kind!"

Ihr Mann saß immer noch wie versteinert da, unfähig, etwas zu sagen. Offensichtlich fiel es ihm schwer, das eben Gehörte zu verkraften.

„Jedenfalls bin ich vor einem Monat wieder einmal nach Augsburg gefahren", fuhr die Frau mit ihrem Bericht fort. „Wir trafen uns meistens an einer Parkbank am Wertachufer. Mark wollte nicht, dass ich in seine Wohnung kam. Er sagte mir, sein Vermieter dulde keinen Besuch."

Franzi und Helena sahen sich an. Offenbar hatte Mark seiner Mutter nicht ganz die Wahrheit gesagt.

„Er war ganz blass und sah schlecht aus." Ihr Ton wurde leiser und ihr Blick war in die Ferne gerichtet, als sähe sie wieder ihren Sohn neben sich auf der Bank sitzen. „Er hatte einen Verband um die Hand gewickelt und meinte, er hätte einen Fahrradunfall gehabt."

Wieder wechselten die Kommissarinnen einen Blick. Mark Blech hatte mit Sicherheit kein Fahrrad besessen. Der Bericht des Pathologen hatte von schlecht verheilten Verletzungen des Toten berichtet. Konnten diese tatsächlich von einem Fahrradunfall stammen? Helena machte sich eine Notiz in ihren Kalender.

„Er war sehr dünn, richtiggehend mager. Mark hat mir gesagt, dass er nur wenig Appetit zur Zeit habe." Sie betupfte sich wieder die Augen.

„Wie lange sind Sie bei ihm geblieben?", fragte Franzi nach.

„Ich war meistens eine Stunde bei ihm, bevor ich wieder fahren musste. Ich wollte ja nicht, dass mein Mann etwas davon merkt." Wieder warf sie ihm einen entschuldigenden Blick zu.

„Hat er Ihnen sonst noch was erzählt?", wollte Helena wissen.

„Na ja, er meinte, seine Karriere als Schriftsteller würde bald so richtig Fahrt aufnehmen!"

Herr Blech verdrehte die Augen.

„Nein, Horst, wirklich! Er meinte, er sei gerade dabei, seinen ersten Roman zu vollenden."

Helena runzelte die Stirn. Auf einmal fiel ihr etwas ein und sie blätterte ein paar Seiten zurück.

„Wir haben ein vollgeschriebenes Notizbuch bei Ihrem Sohn gefunden."

Das Gesicht von Frau Blech hellte sich auf.

„Das muss es sein!" Sie wandte sich an ihren Mann. „Siehst du, Horst, ich wusste doch, dass er die Wahrheit gesagt hat."

„Haben Sie sonst noch etwas erfahren?", lenkte Helena die Aufmerksamkeit von Frau Blech zurück auf das letzte Treffen mit ihrem Sohn.

„Leider nicht viel. Mark war nicht besonders gesprächig, müssen Sie wissen. Er hat gefragt, was wir zu Hause so machen, wie es seinem Vater geht und so weiter. Das hat ihn immer sehr beschäftigt."

„Er wollte wissen, wie es mir geht?", flüsterte Herr Blech.

„Ach Horst, er hat immerzu nach dir gefragt! Du warst ihm unglaublich wichtig, trotz allem, was zwischen euch vorgefallen ist. Wenn ihr beide euch doch nicht so ähnlich gewesen wärt! Aber ihr seid genau die gleichen Sturköpfe!" Sie ergriff wieder seine Hand und diesmal drückte er sie fest. Auch ihm liefen nun Tränen über die Wangen, die seine Frau liebevoll abtupfte.

„Frau Blech, haben Sie mit Ihrem Sohn auch über seine Sucht gesprochen?", fragte Helena vorsichtig nach.

Die Frau wandte sich ihr zu. „Wissen Sie, Frau Kommissarin, mein Sohn hatte seit vielen Jahren Probleme mit Drogen. Wir haben alles getan, um ihn davon wegzubringen, leider erfolglos. Nun hatte ich die Wahl, meinen Sohn ganz zu verlieren oder ihn seinen Weg gehen zu lassen." Sie weinte wieder lautlos. „Leider habe ich ihn nun auch so ganz verloren."

„Also ham Sie net drüber g´sprochen?", schlussfolgerte Franzi.

Frau Blech nickte. „Nein, um ehrlich zu sein, habe ich das Thema bewusst vermieden. Es war alles dazu gesagt, verstehen Sie? Mark wusste, dass ich ihm helfen würde, wenn er es ernsthaft wollte."

„War bei Ihrem letzten Treffen etwas anders als sonst?", fragte Helena.

Frau Blech dachte nach. „Wie gesagt, Mark wirkte stiller als gewöhnlich. Ich habe mir große Sorgen gemacht. Außerdem hat er mich um Geld gebeten."

Ihr Mann sah auf. „Und du hast es ihm gegeben?"

„Was hätte ich denn tun sollen, Horst? Er war so verzweifelt! Er hat mich noch niemals zuvor nach Geld gefragt! Ich hab ihm immer fünfzig Euro in die Hand gedrückt, aber diesmal brauchte er mehr."

„Um welche Summe hat Sie Ihr Sohn gebeten?", fragte Franzi.

„Er wollte 500 Euro." Sie ließ den Kopf hängen. „Er meinte, er wäre in Schwierigkeiten geraten und käme da alleine nicht mehr raus. Also bin ich zum Bankautomaten gefahren und hab das Geld abgehoben und es ihm gebracht."

Verzweifelt sah sie die Kommissarinnen an.

„Was hätten Sie denn an meiner Stelle getan? Ich hab ihn angefleht, heimzukommen, aber wie gesagt, er war genauso stur wie sein Vater ..."

Sie vergrub das Gesicht in ihrem Taschentuch und schluchzte leise.

„Ich vermisse meinen Sohn! Ich vermisse ihn so sehr!"

Ihr Mann legte ihr den Arm um die Schulter und zog seine weinende Frau an sich. Behutsam strich er ihr mit seiner großen Hand über das graumelierte Haar.

„Ich vermisse ihn auch, Schatz. Er war doch auch mein Sohn."

Sie legte ihren anderen Arm um seinen Hals und vergrub ihr tränennasses Gesicht in seinem Hemd.

Franzi und Helena standen auf und verabschiedeten sich leise. Sie wollten das Elternpaar nicht weiter in seiner Trauer stören, zumal sie das Gefühl hatten, dass hier gleich eine dringend benötigte Aussprache stattfinden würde.

Herr Blech nickte ihnen zu, blieb jedoch bei seiner Frau sitzen und hielt sie fest mit seinen Armen umfangen.

„Wir werden Ihnen natürlich mitteilen, wenn wir Neues erfahren haben. Auf Wiedersehen!"

Helena und Franzi waren beinahe um die Ecke gebogen, als sie die leise Stimme von Frau Blech hörten.

„Meinen Sie, ich könnte vielleicht das Buch von meinem Mark haben?", fragte sie.

„Natürlich, Frau Blech", versicherte ihr Helena. „Wir kümmern uns darum, dass es Ihnen baldmöglichst zugestellt wird."

Anschließend verabschiedeten sich die Beamtinnen ein weiteres Mal und verließen das Grundstück.

Die Heimfahrt verlief weitgehend schweigend. Jede der beiden Kommissarinnen ließ sich das Gespräch nochmal durch den Kopf gehen. So ein Besuch fiel selbst erfahrenen Polizeibeamten nicht leicht. Trauernden Eltern gegenüberzustehen und mit ihnen über ihr totes Kind zu sprechen, war eine der schwierigsten Aufgaben in ihrem Beruf. Da half auch das Training mit dem Polizeipsychologen nicht viel, das natürlich Teil der Ausbildung war. Solche Gespräche gingen einem oft monatelang nicht aus dem Kopf.

Im Präsidium verfassten die Kommissarinnen gemeinsam einen Bericht über den Besuch bei Familie Blech. Anschließend rief Helena bei Herrn Dr. Lysander an, um nachzufragen, ob die Verletzungen von Mark Blech möglicherweise von einem Fahrradsturz herrühren konnten, was dieser jedoch entschieden verneinte. Danach telefonierte sie noch im Präsidium herum, um herauszubekommen, wo das Notizbuch von Mark Blech abgeblieben war. Zwei Stunden später lag es in einer durchsichtigen Plastiktüte auf ihrem Schreibtisch. Vorsichtig nahm Helena das ramponierte Notizbuch aus der Tüte und blätterte darin. Eng bekritzelte Seiten füllten fast das gesamte Buch. Als Helena zum Anfang zurückblätterte, fiel ihr Blick auf die Überschrift. In fein säuberlicher Handschrift stand dort nur ein Wort: Wunschbaum. Helena vertiefte sich in das

Büchlein und war eigentümlich berührt von der Geschichte des jungen Mannes. Sie handelte von einem Jungen namens Will, der ein einfaches Leben führt, aber eines Tages einen seltsamen Baum mitten im Wald findet. Er schläft unter dem Baum ein und träumt von einer opulenten Mahlzeit, hat er doch schon seit Tagen nichts zu essen bekommen. Als Will aufwacht, stehen um ihn herum im Gras die Speisen aus seinem Traum, und er kann sich zum ersten Mal im Leben so richtig satt essen. Der Wunschbaum kann Träume und Wünsche erfüllen und zum Leben erwecken. Wills Leben wendet sich zum Guten, er denkt jedoch nicht nur an sich, sondern auch an die anderen armen Dorfbewohner. Dank ihm und seiner Großzügigkeit verbessert sich das Leben der armen Leute drastisch. Die Geschichte war zu Ende geschrieben worden. Der letzte Satz lautete: *So lernte Will, dass Träume sich auch im wahren Leben erfüllen können.*

Gerührt legte Helena das Büchlein zur Seite. Die Träume von Mark Blech hatten sich nicht erfüllt, das stand definitiv fest. Der junge Mann hatte von einem besseren Leben geträumt, jedoch die Kurve nicht bekommen und war immer weiter im Drogenmilieu versumpft. Helena würde dafür sorgen, dass seine Mutter das Notizbuch bekäme. Sie konnte sich vorstellen, was es für die Eltern bedeuten würde, dieses Vermächtnis ihres verstorbenen Sohnes in Händen zu halten.

„Und? Was schreibt er?", riss sie Franzis Stimme aus ihren Gedanken.

Helena berichtete ihr vom Inhalt der Geschichte und Franzi hörte aufmerksam zu.

„Klingt wirklich wunderschön! So nen Wunschbaum hätte wohl jeder gern", sagte Franzi nachdenklich.

Helena stimmte ihrer Partnerin von ganzem Herzen zu.

Das Telefon klingelte und unterbrach abrupt die Gedanken der beiden Frauen.

„Danner? … Ja … Aha …" Gebannt lauschte Franzi der Stimme aus dem Hörer. „Ja, isch klar." Sie machte sich ein paar Notizen auf die Schreibtischunterlage. „Ja, wir kommen. Sind in ungefähr zehn bis fünfzehn Minuten da. Wiederhörn."

Helena sah sie neugierig an. „Was gibt es denn?"

„Des war das Klinikum. Ein Junkie, ein …", sie sah auf ihren Notizzettel, „… Herr Morchler, ist mit schweren Verletzungen eingeliefert worden und will anscheinend nicht sagen, wie er sich die zugezogen hat."

Sie stand auf und schnappte sich ihre Jacke.

„Ein Junkie mit Verletzungen?", fragte Helena, während sie ebenfalls ihre Sachen zusammenpackte. „Wie bei Mark Blech?"

„Eben. An den hab i au glei gedacht! Lass uns den mal ansehn. Vielleicht erfahr mer ja Neues!"

Die Fahrt zum Klinikum dauerte nicht lange. Kurze Zeit später liefen die beiden Kommissarinnen einen der langen, mintgrünen Gänge entlang, um gleich darauf vor Zimmer Nr. 323 zu stehen, in dem sich der Verletzte befinden sollte. Helena klopfte und betrat mit Franzi den Raum. Zwei Krankenhausbetten fanden sich darin. Im vorderen lag ein älterer Mann, der in einer Zeitung las. Er nickte den Kommissarinnen kurz zu, bevor er sich wieder in seine Lektüre vertiefte. Im hinteren Bett lag ein junger Mann, dessen linkes Bein fest geschient war. Er hatte überall sichtbare Hämatome, unter anderem unter dem rechten Auge.

„Grüß Gott, Herr Morchler. Kripo Augschburg", begrüßte Franzi den Verletzten. Beide Frauen zeigten ihm ihre Dienstausweise.

„Ich hab nix getan!", nuschelte der Kranke, der sichtlich Schwierigkeiten hatte, mit der geschwollenen Lippe zu sprechen. Wahrscheinlich fehlte ihm auch der ein oder andere Zahn, so ramponiert, wie er aussah.

„Jetzt mal langsam, Herr Morchler. Mir tun Ihne scho nix!", versuchte Franzi ihn zu beschwichtigen.

„Was wolln Sie dann bittschön hier?"

„Herr Morchler", schaltete sich jetzt auch Helena ins Gespräch ein, „wir würden von Ihnen gern erfahren, wie Sie sich Ihre Verletzungen zugezogen haben."

Zunächst antwortete er nicht, der aufmerksamen Kommissarin entging jedoch nicht das ängstliche Flackern in seinen Augen.

„Herr Morchler, bitte beantworten Sie meine Frage", beharrte Helena.

„Das geht Sie gar nix an!" Trotzig sah der Mann die beiden Frauen an.

„Irgendjemand hat Sie schwer verletzt. Wir wollen Ihnen doch bloß helfen!"

„Ich erstatte keine Anzeige, falls es das ist, was Sie wissen wollen."

Helena konnte über so viel Starrsinn nur den Kopf schütteln.

„So einfach ist das nicht, Herr Morchler. Sie wurden hier mit schweren Verletzungen eingeliefert und das Krankenhaus verständigt in solchen Fällen automatisch die Polizei."

Panik spiegelte sich in den Zügen des Patienten wieder. Mit der gesunden Hand strich er ein ums andere Mal nervös über die Bettdecke.

„Bitte …", seine Stimme war kaum noch hörbar, „… bitte! Es ist alles in Ordnung! Mir geht´s doch gut." Ein feuchter Schimmer in seinen Augen verriet den Kommissarinnen, dass das nicht den Tatsachen entsprach.

„Herr Morchler, Ihr Bein ist gebrochen. Ihre Lippe ist mächtig angeschwollen und Sie ham da einige Mordsplatscharis, des muss man echt sagen!" Franzi stemmte die Hände in die Hüfte. „Jetzt sagn´S uns scho, wer Ihne des antan hat!"

„Niemand!" Herr Morchler blieb stur. Verängstigt huschten seine Augen zwischen den Kommissarinnen hin und her.

„Ich bin gefallen!"

Helena und Franzi sahen sich an. Die Verletzungen stammten nie und nimmer von einem Sturz. Einige Hämatome sahen verdächtig nach Fingerabdrücken aus.

„Wir wollen Ihnen helfen! Verstehen Sie das nicht?", sagte Helena eindringlich.

„Wenn Sie mir helfen wollen, schicken Sie mich in einen geschlossenen Entzug!" Die Stimme des Mannes nahm einen flehenden Ton an. „Bitte!"

Ein Junkie, der freiwillig auf Entzug ging? Helena schüttelte den Kopf. So etwas war ihr auch noch nicht untergekommen!

„Ich bin mir sicher, dass man Ihrem Wunsch entsprechen wird, Herr Morchler", versicherte Helena dem unruhigen Mann, der sich bei ihren Worten sichtlich entspannte.

„Wollen Sie uns nicht doch sagen, was vorgefallen ist?“, probierte sie es nochmal.

Stur schüttelte Herr Morchler den Kopf.

„Können Sie uns etwas über Ihre Sucht erzählen? Woher bekommen Sie die Drogen?“

Erneutes Kopfschütteln.

Franzi seufzte.

„Hier komm mer net weiter, Lena. Lass uns gehn.“ Sie wandte sich an den Patienten.

„Alles Gute Ihnen! Wenn´S doch no vernünftig werden und ne Aussage machen wollen, würd mi des sehr freuen. I lass Ihne auf alle Fälle mei Karte da.“ Sie kramte in ihrer Tasche und legte eine Visitenkarte auf das Beistelltischchen neben dem Bett. Auch Helena verabschiedete sich und verließ mit ihrer Partnerin das Zimmer.

„So a sturer Bock!“, schimpfte Franzi gleich drauflos, kaum, dass die Zimmertür hinter ihnen ins Schloss gefallen war. „Des gibt´s doch net! Der wird halbtot g´schlagen und will niemanden verpfeifen!“

„Ich verstehe sein Verhalten auch nicht“, gab Helena schulterzuckend zu. „Wieso geht er lieber freiwillig in die Geschlossene, als mit uns zusammenzuarbeiten?“

„Das verstehe, wer will!“ Resigniert schüttelte Franzi den Kopf. „Komm, lass uns gehn!“

Die beiden Frauen liefen zum Parkdeck und fuhren die knapp sechs Kilometer ins Präsidium zurück. Da es bereits nach vierzehn Uhr und damit zu spät für ein richtiges Mittagessen war, hielten sie unterwegs kurz an und holten sich ein paar frische, knusprige Butterbrezen.

Im Büro richtete Franzi die Brezen auf Tellern an, während Helena zwei große Tassen Milchkaffee aus der Kaffeeküche holte. Anschließend setzten sie sich an den runden Tisch und ließen sich ihre Mahlzeit schmecken.

„Hmmm!", schwärmte Helena nach dem ersten Bissen. „Also, eins muss man euch Schwaben ja lassen: Wie man Brezen macht, wisst ihr!"

„Freilich!", grinste Franzi. „Des, was die bei euch da droben als Brezen verkaufen, isch ja au ne Frechheit!"

„Brezeln", korrigierte Helena lachend. Sie erinnerte sich an ihren Heimatbesuch mit Franzi. Die Augsburgerin wollte ihren Appetit mit einer frischen Breze stillen und kaufte deshalb bei einer Hamburger Backstube ein. Helena musste heute noch schmunzeln, wenn sie sich an Franzis entsetzten Gesichtsausdruck erinnerte, als sie in die labbrige Brezel biss. Für die Augsburgerin durften Brezen sich nicht biegen lassen, dann waren es definitiv keine richtigen Brezen! Sie mussten schön braun gebacken sein und krachen, wenn man sie auseinanderbrach, genau wie die, die gerade vor ihnen lagen. Aber die Hamburger Fischbrötchen hatten Franzi ausgezeichnet geschmeckt, auch wenn sie darauf bestanden hatte, Fisch*semmeln* dazu zu sagen.

„Wer hat denn den Herrn Morchler eigentlich einliefern lassen?", lenkte Helena das Gespräch auf den neuen Fall.

„Passanten ham den Morchler in nem Park auf ner Bank liegen sehn und weil er gar so erbärmlich gewirkt hat, ham's glei die Kollegen verständigt. Die ham dann den Krankenwagen gerufen."

„Das wird eine harte Nuss", bemerkte Helena nachdenklich. „Wenn er so gar nicht mit uns kooperieren möchte, wird wohl nie herauskommen, wer ihn so zugerichtet hat."

„Des wird dann echt schwierig", stimmte Franzi ihr zu, nachdem sie ihre restliche Butterbreze mit einem großen Schluck Milchkaffee hinuntergespült hatte. Sie wischte sich mit einer Serviette über den Mund und lehnte sich zurück.

„Weißsch was, Lena, i schreib jetzt glei den Bericht über unsren Besuch im Klinikum und du hasch, glaub i, was andres zu tun, gell?"

Helena sah ihre Kollegin mit großen Augen an.

„Ich habe wirklich keine Ahnung, wovon du redest!"

„Hasch du net ne Rede vorzubereiten?", grinste Franzi verschmitzt.

Helena stöhnte und schlug sich mit der Hand gegen die Stirn.

„Oh nein! Das habe ich ja ganz verdrängt!"

Seufzend erhob sie sich und räumte das dreckige Geschirr zusammen.

„Ich habe doch immer noch keine Ahnung, über was ich sprechen soll!"

Franzi ging zu ihrem Schreibtisch und setzte sich auf ihren Bürostuhl, den sie in Helenas Richtung drehte.

„Des schaffsch du doch, Lena! I glaub ganz fescht an dich!"

Helena schenkte ihrer Kollegin ein verzweifeltes Lächeln und räumte dann das Geschirr in die Kaffeeküche. Worüber sollte sie nur reden? Sie war doch noch gar nicht so lang in Augsburg! Nachdenklich lief sie in ihr Büro zurück. Eine Idee fing an, sich in ihrem Kopf zu formen. Kurze Zeit später fing Helena an, zu tippen, was Franzi mit einem zufriedenen Lächeln quittierte.

Kurz vor halb fünf klopfte es an der Tür und Johannes schob seine lange, schlaksige Gestalt ins Büro.

„Können wir gehen?"

Während Helena sich ärgerte, dass Johannes ihre Kollegin und sie nicht mal begrüßt hatte, war Franzi schon aufgestanden.

„Ja, grüß dich, Hannes!" Sie trat zu dem Jugendlichen und sah ihm forschend ins Gesicht. „Deine Platscharis sind ja schon gut am Heilen! Freut mich!"

Johannes nickte Franzi freundlich zu.

„Ja, danke. Ich spüre sie schon fast nicht mehr."

„Du bisch halt a Mordskerl."

Sie kniff ihn spielerisch in die Wange, was Johannes sich zu Helenas Verblüffung anstandslos gefallen ließ.

Helena packte ihre Sachen zusammen, von ihrem Großcousin ungeduldig beobachtet. Sie verabschiedete sich von ihrer Partnerin, die ihren Bericht noch zu Ende tippen wollte und verließ anschließend mit Johannes das Präsidium.

8.

Nach der Heimfahrt parkte Helena ihren Wagen in der Tiefgarage und betrat gemeinsam mit Johannes den Fahrstuhl.

„Wie war denn dein Tag?", versuchte sie, ein Gespräch in Gang zu bringen.

„Gut."

Von Johannes unbemerkt, verdrehte Helena die Augen.

„Was möchtest du zum Abendessen?"

„Egal."

Der Aufzug hielt im Erdgeschoss. Die Tür öffnete sich und Helenas Herz schlug augenblicklich schneller. Nick trat in den Aufzug und strahlte sie an.

„Helena! Schön, dich zu sehen!"

„Freut mich auch, Nick!", erwiderte Helena schüchtern. Als sie seinen neugierigen Blick in Richtung Johannes bemerkte, beeilte sie sich, ihn vorzustellen. „Nick, das ist mein Großcousin Johannes, der gerade für eine Weile bei mir wohnt." Sie wandte sich an Johannes. „Johannes, das ist mein Nachbar Niclas Beck."

„Freut mich, Johannes." Nick streckte die Hand aus, die Johannes geflissentlich ignorierte. Er nickte lediglich und starrte wieder zur Tür.

Mit einem Ruck setzte sich der Aufzug wieder in Bewegung. Helena schämte sich fürchterlich für ihren

163

unfreundlichen Verwandten. Sie warf Nick einen entschuldigenden Blick zu, der ihn grinsend erwiderte. Zum Glück schien er ihr nicht böse zu sein.

Kaum war der Aufzug angekommen, drängte sich Johannes an Helena vorbei zur Tür hinaus. Er hatte einen eigenen Wohnungsschlüssel und musste daher nicht auf sie warten. Helena fiel bei dem Gedrängel die Tasche aus der Hand. Empört sah sie ihm hinterher und schüttelte den Kopf.

„Lass mich das machen.“

Bevor Helena reagieren konnte, hatte sich Nick bereits gebückt und die Tasche für sie aufgehoben. Mit einem charmanten Lächeln reichte er sie ihr.

„Ich muss mich wirklich für Johannes entschuldigen“, sagte Helena beschämt.

„Lass gut sein! Ich habe einen jüngeren Bruder und weiß genau, wie Teenager so drauf sind.“

Nick begleitete Helena noch das kleine Stück zu ihrer Haustür.

„Sag mal, Helena, hättest du vielleicht Zeit und Lust, heute Abend spontan mit mir einen Happen essen zu gehen?“

Erstaunt sah Helena auf und vermeinte einen Hauch von Verunsicherung in Nicks Gesicht zu entdecken. Sie dachte kurz nach. Immerhin war Freitag und sie konnte es sich leisten, abends auszugehen, andererseits war Johannes da.

Nick schien ihr Zögern misszuverstehen.

„Ich verstehe natürlich, wenn dir das jetzt zu kurzfristig ist!“

Helena schmunzelte über seinen betrübten Gesichtsausdruck.

„Ich würde mich freuen, heute Abend mit dir essen zu gehen!", versicherte sie ihm und freute sich über sein Strahlen. Johannes würde schon zurechtkommen! Immerhin verbrachte er sowieso die meiste Zeit in seinem Zimmer ...

„Wie wäre es in einer Stunde?"

Helena sah auf die Uhr und nickte. „Das schaffe ich."

„Also, bis dann! Ich hole dich ab."

Nick lächelte wieder unverschämt süß und lief mit geschmeidigen Schritten zu seiner Wohnungstür.

Helena betrat ihre Wohnung, ließ die Tür hinter sich ins Schloss fallen und lehnte sich mit geschlossenen Augen gegen die Wohnungstür. Ein Date mit Nick!

„Gibt´s jetzt was zu essen oder nicht?", riss sie die genervte Stimme von Johannes aus ihren Gedanken.

Helena richtete sich auf und zog ihre Geldbörse aus ihrer Tasche. Sie angelte einen Zwanzigeuroschein heraus und reichte ihn Johannes.

„Bestell dir einfach was. Ich gehe heute Abend aus."

Sie genoss den verblüfften Gesichtsausdruck ihres Großcousins und verschwand grinsend im Badezimmer, um sich für ihre Verabredung herzurichten.

Nachdem sie geduscht hatte, stand sie in ein großes Duschhandtusch gewickelt vor ihren Klamotten, die sich größtenteils in der Truhe und auf dem Fensterbrett im Wohnzimmer tummelten. Sie wählte ein schlichtes schwarzes Kleid und dazu passende Pumps. Anschließend zog sie sich im Bad um. Prüfend betrachtete sie sich in dem kleinen Spiegel. Irgendetwas fehlte noch ... Die Perlenkette von Oma Agnes! Helena angelte nach ihrem Schmuckkästchen und wühlte darin. Wo waren nur die Perlen? Vielleicht in der unteren Schublade? Nein, da waren sie auch nicht. Helena zog die Stirn in Falten und dachte angestrengt nach. Sie war sich sicher, die Perlen beim letzten Mal in das Kästchen gelegt zu haben. Ein Blick auf die Uhr ließ sie aufschrecken. Nick würde jeden Moment bei ihr klingeln! Schnell legte sie noch etwas dezenten Lippenstift auf und tuschte sich die Wimpern. Fertig! Ihre Haare hatte sie zu einem lockeren Dutt aufgesteckt, aus dem einige Haarsträhnen frei ins Gesicht fielen und ihre Gesichtszüge umschmeichelten.

Die Klingel verkündete, dass Nick bereits vor der Tür stand. Ein letzter prüfender Blick in den Spiegel und los ging´s. Nick pfiff anerkennend durch die Lippen, als er Helena erblickte.

„Wow! Da hast du dich ja ganz schön in Schale geschmissen!"

Er selbst trug eine dunkelblaue Jeanshose und ein weißes Hemd. Seine Jacke hatte er lässig über die Schulter geworfen. Helena fand, dass er einfach umwerfend aussah!

„Johannes? Ich gehe jetzt!", rief sie über die Schulter. Sie wartete die Antwort, die vermutlich eh nicht kommen würde, gar nicht erst ab, schloss die Tür und nahm Nicks Arm, den er ihr entgegenhielt.

„Mylady."

Sie kicherte wie ein Teenager und schritt so würdevoll sie konnte zum Aufzug.

„Wo wollen wir denn hin?", fragte sie neugierig.

„Lass dich überraschen." Er zwinkerte ihr spitzbübisch zu.

Zu Helenas Überraschung nahmen sie nicht das Auto, sondern schlenderten gemütlich Seite an Seite in die Innenstadt. Helena konnte Nicks Wärme durch sein Hemd spüren und genoss den Spaziergang an der lauen Luft. Sie flanierten entlang der Maxstraße, der sogenannten Augsburger Kaisermeile, vorbei an prachtvollen Häuserfassaden und dem berühmten Herkulesbrunnen. Als sie auf Höhe des wunderschönen Schaezlerpalais angekommen waren, einem ehemaligen Patrizierhaus, dessen elegante weiße Stuckfassade von Scheinwerfern ins rechte Licht gerückt wurde, meinte Nick bewundernd: „Diese Stadt ist wirklich wunderschön!"

Helena stimmte ihm von ganzem Herzen zu. Obwohl sie anfänglich große Schwierigkeiten gehabt hatte, den hiesigen Dialekt zu verstehen und mit den Bräuchen zurechtzukommen, hatte sie Augsburg inzwischen lieben gelernt. Sie sah die Fuggerstadt als ihre neue Heimat an.

„Das ist sie wirklich! Ich gehe gerne hier spazieren und bewundere immer wieder aufs Neue die prachtvollen Fassaden. Man kann sich richtig vorstellen, wie Kaiser Maximilian mit seinem Gefolge einst hier entlanggezogen ist."

Interessiert sah Nick sie an. „Weißt du viel über die Augsburger Geschichte?"

Helena errötete. „Franzi hat mir viel darüber erzählt. Sie hat mir auch ein paar interessante Bücher geliehen."

„Das klingt ja toll! Du musst mir unbedingt die ein oder andere Geschichte erzählen!"

Unvermittelt hielt Nick vor einem der Häuser an, in dem ein schickes italienisches Restaurant war.

„Wir sind da." Er strahlte sie an und hielt ihr die Tür auf. „Nach Ihnen, die Dame."

Nachdem sie von einem freundlichen Kellner begrüßt und an ihren Tisch geleitet worden waren, nahm Helena gegenüber von Nick Platz. In diesem Restaurant war sie bislang noch nie gewesen. Die rot-weiß karierten Tischdecken strahlten Gemütlichkeit aus, ebenso wie die vielen Kerzen auf den Tischen. Verführerische Düfte nach frischer Pasta, Pizza und Fisch zogen durch den Raum und versprachen großen Gaumengenuss.

Als der Kellner ihnen die Karte brachte, bestellte Nick zuerst zwei Gläser Prosecco. „Ich hoffe, dir ist das recht?", wandte er sich an Helena, die nickend bejahte. „Ich würde gerne angemessen auf unseren schönen Abend anstoßen."

Helena genoss den Abend in vollen Zügen. Das Essen schmeckte wirklich vorzüglich. Sie hatten sich als Vorspeise Carpaccio geteilt, hauchdünne Scheiben aus rohem Rindfleisch, die mit frischen Parmesanspänen und Rucola serviert wurden. Obwohl Helena noch nie vorher rohes Fleisch gegessen und irgendwie auch Vorbehalte dagegen gehabt hatte, musste sie zugeben, dass das Carpaccio wirklich superlecker geschmeckt hatte. Als Hauptspeise wählte Helena die Pasta mit den Meeresfrüchten, während Nick eine Pizza mit Parmaschinken und Burratakäse bestellte. Sie kosteten gegenseitig von ihren Speisen und tranken genüsslich eine Flasche trockenen Rotwein zum Essen. Nachdem sie die letzte Gabel Pasta vertilgt hatte, lehnte sich Helena pappsatt zurück. „Es war wirklich köstlich!“, seufzte sie zufrieden.

Auch Nick hatte seine Pizza aufgegessen und sah sie aufmerksam an. „Möchtest du noch eine Nachspeise?“

Lachend winkte Helena ab. „Keine Chance! Ich hab jetzt schon viel zu viel gegessen!“

Nick grinste. „Freut mich, dass es dir geschmeckt hat! Ich komme gern hierher. Den Koch kenne ich vom Stadtmarkt, wo er jeden Morgen frische Zutaten einkauft. Daher weiß ich auch, dass wirklich alles frisch ist.“ Er zwinkerte ihr zu. „Giuseppe kocht immer nach der Saison. Was er morgens bekommt, kocht er abends. Deshalb hat er eine handgeschriebene Speisetafel“, er deutete Richtung Wand, an der eine vollgeschriebene Tafel hing, „weil es sich einfach nicht lohnen würde, eine zu drucken. Das Konzept gefällt mir.“

„Mir auch“, stimmte Helena ihm zu. „Die Idee ist richtig gut! So bekommt man immer nur richtig frische Sachen und abwechslungsreich ist es obendrein.“

Nick bestellte noch zwei Espressi, bevor er nach der Rechnung fragte. Ein rundlicher Mann, dessen weißer Zweireiher ihn als Koch auswies, trat an ihren Tisch. „Nick, mein Freund, wie geht es dir?“

„Bestens, Giuseppe, bestens. Darf ich dir meine Begleitung vorstellen?“ Er deutete auf Helena: „Helena Hansen, meine Nachbarin.“ Nick wandte sich an Helena: „Das ist Giuseppe, von dem ich dir vorhin erzählt habe.“

Der schwarzhaarige Italiener ergriff Helenas Hand und schüttelte sie herzlich. „Ich hoffe doch, Nick hat nur Gutes über mich erzählt? Schön, Sie kennenzulernen! Hat es Ihnen geschmeckt?“

„Das Essen war ausgezeichnet, vielen Dank!", beeilte sich Helena zu versichern.

„Das freut mich sehr! Wartet einen Moment! Ich bin gleich zurück."

Giuseppe verschwand hinter der Küchentür.

„Was war das jetzt?", wunderte sich Helena. Nick deutete ein Schulterzucken an. Kurz darauf kam der Koch wieder aus der Küche. Er stellte einen Teller mit einem großen Stück Tiramisu vor sie auf den Tisch, in der zwei Gabeln steckten.

„Hab ich ganz frisch gemacht! Müsst ihr kosten!"

Obwohl Helena das Gefühl hatte, gleich platzen zu müssen, wollte sie den netten Italiener nicht enttäuschen und griff gehorsam nach einer Gabel. Nick hatte wohl den gleichen Entschluss gefällt und ebenfalls nach einer Gabel gegriffen. Seine Hand streifte Helenas, was ihr einen wohligen Schauer über den Rücken jagte. Nick brauchte etwas länger als nötig, um die freie Gabel zu ergreifen. Er sah Helena in die Augen, was sie zu ihrem Leidwesen wieder mal erröten ließ.

„Ist wirklich ganz frisch! Neues Rezept von meiner Nonna!", riss sie der kugelrunde Koch aus den Gedanken.

Helena stieß die Gabel durch die cremige Nachspeise und nahm einen großen Bissen. Genießerisch schloss sie die Augen. „Hmmm!"

„Schmeckt gut?", fragte Giuseppe gespannt.

„Schmeckt köstlich!", versicherten ihm Nick und Helena gleichzeitig.

Das Tiramisu war wirklich ein Gedicht. Es zerschmolz förmlich auf der Zunge. Inzwischen war auch der Espresso gekommen, der wunderbar zu der Nachspeise passte. Obwohl Helena überzeugt gewesen war, keinen Bissen mehr runterzubringen, schaffte sie es doch, gemeinsam mit Nick das Tiramisu komplett aufzuessen. Giuseppe verabschiedete sich zufrieden, versäumte es jedoch nicht, sie vorher aufzufordern, bald wiederzukommen.

Kurze Zeit später traten die beiden auf die Straße. Nick hatte es abgelehnt, Helena zahlen zu lassen, was ihr etwas unangenehm gewesen war, hatte er doch schon auf dem Stadtmarkt für sie bezahlt.

„Hast du noch Lust auf einen Spaziergang?", fragte er sie und legte ihren Arm in seinen.

„Oh ja, gerne", stimmte Helena freudig zu. „Die Bewegung wird mir jetzt guttun."

Die beiden lenkten ihre Schritte in Richtung Fußgängerzone und unterhielten sich über ihre Erfahrungen mit der Fuggerstadt. Ein ums andere Mal mussten sie laut lachen, so ähnlich waren sich ihre Erlebnisse mit den Augsburgern und ihrer eigentümlichen Sprache. Nick war früher schon öfter hier gewesen und hatte seiner Tante im Laden ausgeholfen. Ihm gefiel das bunte Treiben auf dem Stadtmarkt und daher hatte er nicht besonders lange überlegen müssen, als seine Tante ihn gefragt hatte, ob er nicht Lust hätte, ihren Laden zu übernehmen. Vorher hatte er die Buchhaltung in der Firma seines Vaters gemacht und den öden Bürojob nicht besonders gut leiden können. Jetzt kam er tagtäglich mit vielen Menschen in Kontakt, eine Tätigkeit, die ihm viel mehr lag. Helena lauschte Nick gebannt, als er von seiner Arbeit erzählte und ihr fiel auf, wie seine Augen dabei leuchteten. Er schien seinen Job sehr zu lieben! Helena ging es mit ihrem Beruf ja nicht viel anders. Sie war mit Leib und Seele Polizistin! Ein Leben lang einem Beruf nachzugehen, den man nicht leiden konnte, vermochte sich Helena nicht vorzustellen!

Kurz vor 23 Uhr kamen Helena und Nick schließlich vor dem gemeinsamen Wohnhaus an. Sie nahmen den Aufzug nach oben und Nick, wieder ganz Gentleman, begleitete Helena bis zu ihrer Tür.

„Ich hatte einen wunderschönen Abend", sagte Helena aufrichtig. „Vielen Dank für alles!"

Nick grinste sie an. „Ich danke dir für die reizende Gesellschaft!" Er beugte sich nach vorne und drückte Helena einen Kuss auf die Wange. „Bis bald, Helena." Er drehte sich um und ging zu seiner Wohnung, wo er ihr noch einmal zuwinkte, bevor er im Inneren verschwand.

Helena stand noch immer im Gang und fuhr mit der Hand zu ihrer Wange. Erst als das Licht im Gang ausging, kam sie wieder zu sich, kramte in ihrer Tasche nach dem Schlüssel und betrat ihre Wohnung. Es war ganz dunkel, was Helena merkwürdig vorkam. Johannes war doch sicherlich noch nicht im Bett! Sie klopfte an seine Zimmertür und als wie gewöhnlich keine Antwort kam, öffnete sie sie vorsichtig. Das Zimmer war leer, von Johannes keine Spur. Helena sah in den anderen Zimmern nach und konnte ihn nirgendwo finden. Ihr fuhr der Schreck in die Glieder. Wo war der Junge? Was, wenn ihm etwas passiert war? Nervös lief sie im Gang auf und ab. Immerhin war sie für den Jungen verantwortlich! Wieso war sie nur so egoistisch gewesen und hatte ihn allein gelassen? Kurz kam Helena der Gedanke, die Kollegen zu verständigen, als sie auch schon über sich selbst den Kopf schütteln musste. Immerhin war Johannes vor wenigen Stunden noch daheim gewesen! Helena fuhr sich mit zitternden Händen durch die Haare, wodurch sich Strähnen aus ihrem Dutt lösten. Sie beschloss, sich erstmal einen Tee zu machen, um sich zu beruhigen.

Nachdem sie die ersten Schlucke des heißen Getränks zu sich genommen hatte, fühlte sie sich tatsächlich etwas entspannter. Wahrscheinlich war er wieder nur spazieren gegangen und hatte die Zeit vergessen. Oder er holte sich nur einen Döner, weil er noch Hunger bekommen hatte. Hunger? Helena fuhr hoch. Sie hatte Johannes Geld gegeben, um sich etwas zu bestellen. Schnell lief sie in sein Zimmer und sah sich fieberhaft um. Fehlanzeige! Kein Pizzakarton oder Ähnliches in Sicht! Wie sie Johannes kannte, hätte er den Müll sicherlich nicht aufgeräumt. Das hieß also, dass er sich nichts zu essen bestellt hatte. Helena begab sich wieder in die Küche und setzte sich nachdenklich. Die einfachste Erklärung war, dass er auswärts essen gegangen war. Helena holte ihr Handy aus der Tasche und wählte Johannes Nummer. Mist, nur die Mailbox! Sie konnte nur hoffen, dass er nicht in Schwierigkeiten steckte!

Zwei Stunden später schreckte Helena hoch, als sie Geräusche aus dem Flur vernahm. Sie war am Küchentisch eingeschlafen, während sie auf Johannes gewartet hatte. Ihr Nacken schmerzte von der ungewohnten Schlafposition. Steifbeinig stand sie auf und stakste in den Flur. Johannes hing gerade seine Jacke an den Haken.

„Wo kommst du um diese Uhrzeit her?", fragte Helena mit strengem Ton.

Johannes zuckte zusammen, da er sie nicht hatte kommen hören.

„Ich war in der Stadt", beschied er ihr knapp, nachdem er sich von seinem Schrecken erholt hatte.

„Ich will wissen, wo genau du warst!", ließ Helena nicht locker.

Der Jugendliche schien zu merken, wie ernst es Helena war. Beschwichtigend hob er die Hände. „Jetzt komm mal runter, Helena! Ich hab ein paar Freunde getroffen und war mit denen was essen. Dagegen wird doch wohl nichts einzuwenden sein, oder?"

„Welche Freunde bitte? Du kennst hier doch niemanden!"

„Ich hab die bei der Arbeit kennengelernt. Jetzt beruhige dich mal!"

„Du kommst mitten in der Nacht heim und sagst, ich soll mich beruhigen! Du spinnst wohl! Es gibt so etwas wie ein Jugendschutzgesetz! Laut dem müsstest du spätestens um Mitternacht zu Hause sein!" Helenas Stimme wurde immer lauter.

Johannes verdrehte die Augen. „Jetzt denkst du wieder wie ein Bulle!"

Helena hasste dieses Wort. Mahnend hob sie einen Zeigefinger. „Vorsicht, Bürschchen!"

„Daheim bin ich immer so lange weggeblieben wie ich wollte!", versuchte Johannes zu erklären.

„Das interessiert mich nicht!", brauste Helena auf. „So lange du bei mir wohnst, hältst du dich an meine Regeln. Ist das klar?"

„Jawoll, Frau Oberst." Johannes salutierte und ging zu seinem Zimmer. „Wenn Frau Oberst gestatten, ziehe ich mich jetzt zurück."

Genervt rollte Helena mit den Augen und nickte knapp. Ehrlich gesagt war sie froh, ihn nun eine Weile lang nicht sehen zu müssen. Unglaublich, was es bedeutete, für einen Teenager verantwortlich zu sein! Helena war bislang nicht bewusst gewesen, welche Verantwortung auf einem lastete, wenn man für einen anderen Menschen sorgen musste. Ihre Cousine Jenny tat ihr wieder richtig leid. Sie hatte alleine für Johannes sorgen müssen, und der hatte es ihr sicherlich nicht besonders leicht gemacht!

Helena räumte gedankenverloren ihre Tasse auf und machte sich bettfertig. Auf dem Sofa liegend kreisten ihre Gedanken noch eine ganze Weile um Johannes. Ob er wieder mit Drogen angefangen hatte? Wer waren diese angeblichen Freunde? Natürlich gab es im Präsidium andere Praktikanten, sodass es möglich war, dass er sich mit ihnen angefreundet hatte, aber irgendwie hatte sie ein schlechtes Gefühl bei der Sache. Sie beschloss, am Morgen ein klärendes Gespräch mit ihm zu führen. Erst danach fühlte sich Helena besser, und sie wurde langsam schläfrig. Es war schon nach drei Uhr und sie wusste, dass sie morgen keinen besonders guten Tag haben würde, da ihr Schlafmangel immer nachhing, aber immerhin war ja Samstag und sie konnte ausschlafen. Ihr fielen die Augen zu und kurz

bevor sie wegdämmerte, dachte sie an rehbraune Augen und einen verführerischen Mund, der sie sanft auf
die Wange küsste.

9.

Am nächsten Morgen fühlte sich Helena wie gerädert. Ihr Nacken schmerzte und sie war hundemüde, obwohl sie bis zehn Uhr geschlafen hatte. Sie war vom Regen aufgewacht, der gegen ihre Wohnzimmerscheibe prasselte. Dunkle Wolken zogen vom Wind gehetzt über den Augsburger Himmel.

Ausgerechnet, wenn man mal frei hat!, ärgerte sich Helena. Unter der Woche saß man bei strahlendem Sonnenschein im Büro fest und am Wochenende bei Regen in der Wohnung ... Echt klasse!

Mürrisch begab sich Helena ins Bad. Die heiße Dusche tat ihr gut und weckte ihre Lebensgeister. Nachdem sie sich angezogen hatte, begab sie sich in die Küche, um Frühstück zu machen. Ein paar Aufbackbrötchen wanderten in den Ofen, der Wasserkocher wurde angeworfen und der Kaffeefilter über einer großen Tasse platziert. Sie hatte es sich angewöhnt, Tee für sich und Kaffee für Johannes aufzubrühen. Das Aroma des Kaffees mochte sie sogar richtig gern, dennoch bevorzugte sie morgens eine Tasse Kräutertee.

Während der Tee zog, deckte Helena den Tisch und stellte Butter, Honig und selbstgemachte Marmelade in die Mitte. Dann holte sie noch verschiedene Käsesorten aus dem Kühlschrank und legte sie auf ein hübsches Holzbrett. Fertig!

Johannes erschien kurz nachdem sie an seine Tür geklopft hatte, mit verstrubbelten Haaren und dunklen Ringen unter den Augen zum Essen. Besorgt musterte ihn Helena.

„Ist alles in Ordnung mit dir?"

Überrascht sah er auf. „Klar, warum fragst du?"

„Ach, nur so. Greif zu!" Sie reichte ihm die Brötchenschale und sah zu, wie er sich eines davon dick mit Marmelade bestrich. An ihrem Tee nippend überlegte Helena, wie sie die Sprache auf gestern Abend bringen sollte. Am besten einfach gerade heraus!

„Johannes, ich würde gerne noch einmal mit dir über gestern Abend sprechen", sagte sie vorsichtig. Sie bemerkte, wie Johannes kurz erstarrte und dann betont lässig weiter sein Brötchen aß.

„Ich dachte, das hätten wir geklärt", antwortete er ihr nach einiger Zeit.

„Versteh doch, ich mache mir einfach Sorgen um dich!", appellierte Helena an seinen guten Willen.

„Musst du nicht! Mir geht´s gut." Er sah ihr nicht in die Augen, sondern konzentrierte sich voll und ganz auf seinen Teller.

„Mit wem triffst du dich neuerdings?", hakte sie nach. Helena meinte, einen Anflug von Verunsicherung auf Johannes Gesicht auszumachen, aber der Moment verflog sehr schnell.

„Das habe ich dir doch gestern schon gesagt!" Seine Stimme nahm einen deutlich verärgerten Unterton an. „Ich kenne die von der Arbeit!"

„Aber wen genau?", beharrte seine Großcousine.

„Kennst du nicht!" Johannes Augen glitzerten kampflustig und Helena wusste, dass sie vorsichtig sein musste, sonst kippte das Gespräch wieder in eine ungewollte Richtung.

„Wenn es etwas gibt, das du mit mir besprechen möchtest, bin ich für dich da", sagte sie sanft.

Überrascht sah er auf. Damit hatte er wohl nicht gerechnet.

„Da gibt es aber nichts." Wie Helena erleichtert feststellte, war der verärgerte Unterton aus seiner Stimme verschwunden, daher wagte sie sich weiter vor.

„Johannes, nimmst du wieder Drogen?" Sie sah ihm ernst in die Augen.

Johannes sprang wütend auf und warf dabei seinen Stuhl um.

„Sag mal, spinnst du? Du hast sie doch nicht mehr alle!" Er stürmte davon in sein Zimmer, doch Helena ließ nicht locker und folgte ihm.

„Johannes, du weißt, warum ich das fragen muss! Jetzt sei doch nicht so stur! Ich will dir doch nur helfen!"

Der Jugendliche starrte Helena wütend an, dann hob er seinen Rucksack vom Boden auf und warf ihn Helena zu, die ihn im letzten Augenblick noch fing.

„Sieh doch selbst nach! Wie wär´s? Das macht ihr Bullen doch so gern!"

Helena spürte, wie ihr die Galle hochstieg. Empört warf sie den Rucksack zurück und verließ wortlos das Zimmer. Diesmal war sie es, die die Tür hinter sich zuschmiss.

Tief durchatmend ging sie zurück in die Küche. In dem Augenblick klingelte ihr Handy. Sie holte es vom Tresen, wo sie es zum Aufladen immer hinlegte und ging ran.

„Hallo Franzi! Was gibt´s?"

„Boah, du klingsch aber grantig! Welche Laus isch dir denn über die Leber g´laufen?“

„Frag nicht!“, seufzte Helena.

Lachen antwortete ihr. „Ah, versteh scho! Eine Laus namens Hannes, stimmt´s?“

„Leider ja!“, gab Helena zu. „Ich dringe einfach nicht zu dem Jungen durch! Er macht mich mit seinen Marotten wahnsinnig! Weißt du, was er sich gestern Nacht geleistet hat? Er ist erst nach zwei Uhr morgens nach Hause gekommen! Ohne mir was zu sagen!“ Empört schnaufte Helena in den Hörer.

„Sag mal, Lena, kann´s vielleicht sein, dass du vergessen hasch, wie´s war, als du in seim Alter warsch?“

Energisch widersprach Helena ihrer Kollegin: „Ich war nie bis in die Puppen weg, ohne meinen Eltern etwas davon zu sagen!“

„Des hab i gar net g´meint, Lena. Hasch du dir vielleicht gern vorschreiben lassen, was du zu tun und zu lassen hasch? Das ständige *Tu dies, lass das!* isch einem doch mächtig auf die Nerven gangen oder etwa net?“

Helena fühlte den Anflug eines schlechten Gewissens. Natürlich hatte auch sie sich Kämpfe mit ihren Eltern geliefert und sich oft genug völlig unverstanden gefühlt. Ging es Johannes etwa genauso?

Vorsichtig stimmte sie Franzi zu: „Ich glaube, du hast recht. Ich muss noch viel geduldiger sein mit dem Jung! Wenn ich mir halt nur nicht so viele Sorgen um ihn machen müsste! Ich hab einfach Angst, dass er wieder auf die schiefe Bahn gerät!“

„Isch doch völlig normal, sich Sorgen zu machen! Der Bub kann von Glück sagen, dass er Leute hat, die sich um ihn sorgen! Des isch unsre Aufgabe als Erwachsene, befürcht i. Jetzt sind die dran, die Sau rauszulassen und sich auszuprobieren und mir passen auf sie auf. Vertrau dem Buben a weng! Der wird´s scho recht machen!"

Helena fühlte sich durch die weisen Worte ihrer Partnerin seltsam getröstet.

„Danke für den Hinweis. Das hilft mir wirklich!"

„Gern g´schehen! Aber du, Lena, warum i di eigentlich ang´rufen hab: Des Mädel isch aus´m Heim abgehauen."

„Du meinst die Kleine, die uns nicht sagen wollte, wie sie heißt?"

„Genau die", stimmte Franzi zu. „Die Leute vom Heim ham vorhin im Präsidium angrufen und uns gsagt, dass sie heut früh net zum Frühstück erschienen isch und dass sie irgendwann geschtern Nacht abgehaun sein muss."

„Das ist ja die Höhe!", empörte sich Helena. „Immerhin ist sie die Hauptverdächtige bei der Diebstahlserie! Wie konnte denn so etwas passieren?"

„Sie meinen, dass des Mädel aus nem Fenschter im dritten Stock geklettert isch. Muss sich an der Regenrinne runtergehangelt ham. Ne andre Möglichkeit schließen die aus."

„Wahnsinn! Das ist ja lebensgefährlich!", sagte Helena erschrocken.

„Absolut!", stimmte Franzi ihr zu. „Jetzt stehn mir zwei halt wieder da und fangen bei null an."

Helena seufzte. „Sollen wir uns nachher im Präsidium treffen?"

„Ne", wehrte ihre Partnerin ab. „Lass mal! Mir ham uns unser Wochenende verdient und fangen tun mir die so schnell au net. I hab eine Beschreibung an alle Streifenwagen rausgeben und mehr könn ma eh net tun."

Erleichtert stimmte Helena zu. Sie war froh, nicht auch am Samstag arbeiten zu müssen.

„Sag mal, Lena, i hab geschtern Abend scho mal bei dir daheim angrufen, da isch aber keiner hingangen. Warsch du unterwegs?"

Helena errötete und war froh, dass Franzi sie nicht sehen konnte.

„Äh ... Ja, ich war tatsächlich noch aus."

Franzis Spürsinn ließ sie nicht im Stich.

„Sicher net allein, oder?", fragte sie mit belustigtem Unterton.

„Nein, natürlich nicht." Fieberhaft dachte Helena nach. Sie wollte Franzi nicht mit der Nase darauf stoßen, dass sie mit Nick ausgegangen war. Immerhin wusste sie selbst noch nicht, wohin das führen würde.

„Ich war mit einem Nachbarn essen." Zufrieden über ihre Ausrede, die noch nicht mal gelogen war, entspannte sich Helena.

„Ein Nachbar ... So so ..." Glucksend lachte Franzi in den Hörer. „War´s denn schön mit dem Nick?"

Helena rollte mit den Augen.

„Vor dir kann man doch echt nichts geheim halten, oder?"

„Wohl kaum! Dafür bin i zu gut in meinem Job", kam lachend zurück.

„Es war keine große Sache. Wir haben uns zufällig getroffen und sind dann gemeinsam zum Italiener gegangen. Tolles Lokal übrigens."

Leider klappte der Ablenkungsversuch nicht.

„Und weiter?“

„Nichts weiter. Dann sind wir wieder heimgegangen und das war´s.“

„Echt jetzt? Hat er dich wenigschtens geküsst?“, hakte Franzi neugierig nach.

„Also das geht dich nun wirklich nichts an, liebe Franzi“, wehrte Helena energisch ab. „Ich wünsche dir jetzt noch ein schönes Wochenende und wir sehen uns dann am Montag.“

Lachend verabschiedete sich Franzi und legte auf.

Den restlichen Samstag verbrachte Helena größtenteils lesend auf der Couch, nachdem sie noch einkaufen gewesen war. Sie hatte es vermieden, auf den Stadtmarkt zu gehen und war stattdessen im Supermarkt um die Ecke gewesen. Warum, wusste sie selbst nicht. Sie hatte den Abend mit Nick sehr genossen, aber irgendwie hatte sie auch ein schlechtes Gewissen Johannes gegenüber. Vielleicht sollte sie erst ihr Durcheinander zu Hause in Ordnung bringen, bevor sie an so etwas wie Ausgehen dachte?

Der Sonntag präsentierte sich genauso grau wie der Vortag. Ein kühler Wind blies durch die Gassen der Fuggerstadt und dunkle Wolken versprachen weiteren Regen. Helena verbrachte viel Zeit an ihrem Küchentisch, wo sie an ihrer Rede für den Besuch des Polizeipräsidenten bastelte. Sie hatte etliche Zahlen und Fakten zur Arbeit im Präsidium recherchiert und versuchte, diese geschickt in die Ansprache einzuarbeiten. Helena wusste, dass ihr Chef auf sie zählte, und sie wollte ihn auf keinen Fall enttäuschen.

Nach drei langen Stunden schwirrte ihr der Kopf vom vielen Nachdenken und dem Getippe auf ihrem Laptop.

Sehnsüchtig sah sie aus dem Küchenfenster, wo sich doch noch vereinzelte Sonnenstrahlen zeigten, die den dunklen Wolken den Kampf angesagt zu haben schienen. Kurz entschlossen entschied sich Helena, Joggen zu gehen, um ihren Kopf wieder frei zu bekommen. Geschwind schlüpfte sie in ihr Sportoutfit, band sich die langen blonden Haare zu einem straffen Pferdeschwanz nach hinten und verließ ihre Wohnung. Kaum, dass sie aus dem Hauseingang getreten war, bereute Helena ihren Entschluss bereits fast wieder. Der kühle Wind ließ sie erschaudern und von den vorher so vielversprechenden Sonnenstrahlen war auch nicht mehr viel zu sehen. Trotzdem brauchte sie das jetzt! Also Zähne zusammengebissen und losgelaufen! Helena lief ihre übliche Runde zu den Rote-Torwallanlagen, wo sie gemütlich durch den Park joggte. Ein kurzer Abstecher in das Kräutergärtlein zeigte ihr, dass es sich lohnen würde, nächstes Mal einen Rucksack mitzunehmen, um die frischen grünen Schößlinge, die dort eifrig in die Höhe wuchsen, um ein paar ihrer würzigen Blätter zu erleichtern. Rasch pflückte sie ein Blatt des Liebstöckelstrauches ab, der für diese Jahreszeit schon eine beeindruckende Höhe erreicht hatte und zerrieb es zwischen ihren Fingern. Sie sog den aromatischen Duft tief ein. Augenblicklich belebten sich ihre Lebensgeister. Helena liebte den Duft des Liebstöckels und kochte gerne auch damit, dennoch war ihr bewusst, dass vielen Menschen das im Volksmund „Maggikraut" genannte Gewächs zu intensiv schmeckte. Franzi zum Beispiel war kein großer Fan dieses Krauts und gab es höchstens in die Suppe.

Auf einmal platschte ein dicker Tropfen mitten auf Helenas Stirn. Irritiert sah sie nach oben, nur um sofort weitere Tropfen ins Gesicht zu bekommen. Sie beeilte sich, wegzukommen, und lief schneller als üblich Richtung Heimat. Als sie jedoch zehn Minuten später vor ihrem Haus ankam, war sie bereits klatschnass. Der Himmel hatte alle Schleusen geöffnet und Helena war von Kopf bis Fuß durchnässt. Ihre Schuhe quietschten bei jedem Schritt, als sie ins Haus marschierte und ihr war richtig kalt. Zähneklappernd stand sie im Aufzug und freute sich auf eine warme Dusche. Als sich oben die Tür öffnete, stand ausgerechnet Nick davor, der offensichtlich auf dem Weg nach unten war. Mit weit aufgerissenen Augen musterte er die triefnasse Helena, der die nassen Strähnen im Gesicht klebten und die die Arme wärmend um sich gelegt hatte. Helena schämte sich zutiefst, dass er sie so zu Gesicht bekam und beeilte sich auszusteigen. Sie grüßte ihn knapp und verschwand gleich darauf in ihrer Wohnung, wo sie tief durchatmete. Ihr Blick fiel in den Flurspiegel. Wie peinlich! Sie sah aus wie ein begossener Pudel! Ihre Leggings waren klatschnass und matschbespritzt, genau wie ihre Schuhe, die kleine Pfützen auf dem Boden hinterließen. Mühsam zog Helena den Haargummi aus ihren wirren Haaren und stieg aus ihren nassen Klamotten, die mit einem satten Klatscher auf dem Badfußboden landeten. In der Dusche dauerte es eine ganze Weile, bis sie endlich wieder aufgewärmt war. Lange stand Helena im heißen Wasser und versuchte den Gedanken an die Begegnung mit Nick zu verdrängen.

Anschließend schlüpfte sie in ihren flauschigen Bademantel und wickelte ihr Haar in ein großes Handtuch, das sie wie einen Turban auf dem Kopf drapierte. Es klingelte an der Tür. Irritiert sah Helena auf. Wer mochte das sein?

Sie streckte den Kopf aus der Badtür. „Johannes! Gehst du bitte an die Tür?"

Keine Antwort. Wie immer! Helena verdrehte die Augen und lief in den Gang hinaus. Es klingelte erneut. Helena klopfte kurz an Johannes Zimmertür und öffnete sie.

„Johannes ..." Er war schon wieder nicht da!

Verärgert schüttelte Helena den Kopf und ging selbst zur Tür. Vielleicht war es ja Johannes, der seinen Schlüssel vergessen hatte. Der Türspion zeigte jedoch nicht Johannes, sondern Nick, der erwartungsvoll vor ihrer Tür stand.

Hektisch überprüfte Helena den Sitz ihrer Baderobe und öffnete die Tür. Amüsiert betrachtete Nick Helenas Turban und streckte ihr einen dampfenden Topf entgegen. „Hühnchensuppe nach dem Rezept von Tante Lisa", teilte er ihr mit.

Verblüfft nahm Helena den Behälter, aus dem verheißungsvolle Gerüche aufstiegen, entgegen.

„Damit bekommst du garantiert keine Erkältung!"

Er hatte doch tatsächlich Suppe für sie gekocht! Helena war zutiefst gerührt!

„Wow! Ich weiß gar nicht, was ich sagen soll!" Sie schenkte ihm ein warmherziges Lächeln, das von Herzen kam. „Vielen lieben Dank!"

„Tante Lisa sagt, man muss sie essen, solange sie noch heiß ist", mahnte Nick mit spielerisch erhobenen Zeigefinger.

„Das werde ich! Versprochen! Die Suppe kommt jetzt genau richtig!"

Nick verabschiedete sich, und Helena zog sich mit dem Topf in der Hand in ihre Wohnung zurück. Sie verspürte tatsächlich großen Hunger, hatte sie doch seit dem Frühstück nichts gegessen. Sie füllte sich einen Teller großzügig mit der verführerisch riechenden Suppe und setzte sich. Schon beim ersten Löffel schloss sie genießerisch die Augen. War das lecker! Die Suppe wärmte Helena von innen und eine leichte Gänsehaut überzog ihre Arme. Zufrieden löffelte sie den Rest der Suppe und nahm sich sogar noch einen Nachschlag. Da es schon Nachmittag war, würde sie heute Abend kein großes Abendessen mehr brauchen. Vielleicht noch einen kleinen Salat später, das reichte. Nachdem sie ihr Geschirr weggeräumt hatte, setzte sich Helena wieder an ihre Rede. Es fiel ihr schwer, klare Gedanken zu fassen, schienen diese doch ständig um Johannes zu kreisen. Wieder war der Bengel einfach so verschwunden!

Nachdem sie eine halbe Stunde auf den blinkenden Cursor auf ihrem Bildschirm gestarrt hatte, erhob sich die junge Frau seufzend. So würde das nichts werden! Übermorgen kam der Polizeipräsident, und sie bekam die Rede einfach nicht gebacken! Aber solange ihr Kopf nicht frei war, würde das sowieso nicht klappen. Kurz entschlossen ging Helena in Johannes Zimmer und sah sich gründlich um. Das übliche Durcheinander empfing sie. Überall lagen Klamotten auf dem Boden, nebst leeren Chipstüten. Was für ein Chaos! Genervt bückte sich Helena und hob Johannes' Lederjacke vom Boden auf. Als sie sie in die Hand nahm, fiel etwas aus der Jackentasche. Helena stutzte. Was war denn das? Sie bückte sich, um den Gegenstand aufzuheben. Eiskalt fuhr ihr der Schreck in die Knochen. Das durfte doch nicht wahr sein!

„Du schnüffelst mir also wirklich hinterher!", vernahm sie plötzlich Johannes eisige Stimme von der Tür her. Er hielt seinen Schlüssel in der Hand und starrte sie vorwurfsvoll an.

Helena fuhr herum.

„Ein Joint?! Ein JOINT?" Sie hielt den Gegenstand in die Höhe und schrie ihn an. „Du hast die Frechheit in *meiner* Wohnung Drogen zu lagern?! Was fällt dir ein?"

„Jetzt reg dich ab! Das ist nur ein Joint, keine Haschpfeife oder eine Heroinspritze!", versuchte er sie zu beschwichtigen.

„Du hast sie doch nicht mehr alle!", fuhr Helena unversöhnlich fort, ihn auszuschimpfen. „Ich bin bei der Polizei! Bei der POLIZEI! Ich habe dir Obdach geboten! Und *du* schleppst mir Drogen ins Haus!" Fassungslos schüttelte sie den Kopf.

„Jetzt gib schon her!" Herausfordernd streckte Johannes die Hand nach dem Joint aus. „Ich befreie dich von der Gegenwart dieses Teufelszeugs", fuhr er mit leicht spöttischem Unterton fort.

„Einen Teufel werd ich!", wetterte Helena und drängte sich an Johannes vorbei durch die Tür. Energisch stapfte sie zum Bad, wo sie den Joint in die Toilette warf. Johannes, der ihr gefolgt war, sah fassungslos dabei zu, wie sie die Spülung betätigte.

„Sag mal, spinnst du? Weißt du eigentlich, wie viel der gekostet hat?" Er tippte sich mit dem Zeigefinger an die Stirn.

„Das ist mir sowas von egal!" Helena drehte sich mit in die Hüften gestemmten Fäusten zu Johannes. „Du sagst mir jetzt sofort, ob du noch mehr Drogen in meiner Wohnung lagerst!"

„Ach, leck mich doch!", schrie Johannes erbost zurück und lief in sein Zimmer. Gerade wollte er die Tür schließen, als Helena mit der Schulter dagegen drückte und sich so Zutritt verschaffte.

„Du hörst mir jetzt gut zu!"

Genervt rollte Johannes mit den Augen und ließ sich auf sein Bett fallen.

„Entweder, du sagst mir jetzt sofort, ob du noch mehr Drogen hier versteckt hast ..."

„Oder ...", äffte er gelangweilt.

„Oder ich rufe jetzt sofort im Präsidium an und fordere einen Kollegen mit Drogenspürhund an."

Johannes fuhr hoch und starrte Helena mit weit aufgerissenen Augen an.

„Du spinnst doch! Das kannst du doch nicht machen!"

Helena griff nach ihrem Handy. „Und ob ich das machen kann!" Sie schaltete ihr Telefon an und gab den Pin ein. Dann sah sie Johannes fragend an.

„Also? Was soll es sein? Rückst du nun freiwillig heraus, was du noch alles so versteckt hast oder soll ich die Kollegen rufen?"

„Damit schadest du dir doch nur selbst!", versuchte Johannes, ihren Vorschlag zu entkräften.

„Ich gebe zu, dass es richtig peinlich für mich wäre, die Kollegen zu rufen", sagte Helena mit ruhigem Tonfall. Johannes sah hoffnungsvoll auf.

„Aber …", fuhr Helena sogleich fort, „ich werde es tun!
Zu einhundert Prozent! Ich habe deiner Mutter versprochen, auf dich aufzupassen und ich habe nicht vor,
dieses Versprechen zu brechen."

Johannes musterte sie eine Weile, als wolle er erkunden, wie ernst ihr die Angelegenheit sei, aber als Helena
anfing, eine Nummer zu wählen, schien ihm der Ernst
der Lage bewusst zu werden.

„Ist ja schon gut!" Johannes stand vom Bett auf und
zog eine kleine Schachtel aus seinem Rucksack, die er
Helena widerstrebend reichte.

„Ist das alles?", hakte Helena nach, die Schachtel fest
in den Händen haltend.

„Ja, das ist alles!" Johannes schmiss sich auf sein Bett
und vergrub sein Gesicht im Kopfkissen. „Und jetzt
raus hier!"

Helena blieb an Ort und Stelle. „Ich möchte, dass du
mich ansiehst!"

Rot vor Zorn hob Johannes den Kopf und funkelte
seine Großcousine wütend an.

Helena sah ihm ernst in die Augen. „Johannes, wenn
du noch einmal Drogen mit in meine Wohnung
bringst, schmeiß ich dich raus! Hast du das verstanden?"

Der Jugendliche nickte knapp und vergrub sein Gesicht abermals im Kopfkissen. Helena verließ das Zimmer und schloss die Tür hinter sich. Im Gang lehnte sie
sich an die Wand und atmete tief durch. Nachdem sie
sich einigermaßen beruhigt hatte, ging sie ins Wohnzimmer, wo sie das Schächtelchen vorsichtig öffnete.
Sie fand drei weitere sorgfältig gerollte Joints und ein
kleines Tütchen mit bunten Tabletten, auf die Smilies

und Herzchen aufgedruckt waren: eindeutig Ecstasy! Helena schüttelte enttäuscht den Kopf. Sie hatte so gehofft, dass Johannes sich gebessert hatte, aber nun hielt sie den eindeutigen Beweis in Händen, dass dies nicht der Fall war. Sie lief ins Bad, um auch diese Drogen zu vernichten und nachdem sie die Spülung betätigt hatte, nahm sich fest vor, in Zukunft besser aufzupassen. Sie hatte die Zügel eindeutig zu sehr schleifen lassen.

Den Abend verbrachte Helena vor dem Fernseher, um sich abzulenken. Ihr war der Appetit gründlich vergangen und Johannes hatte sich selbst ein Sandwich gemacht, mit dem er wieder in seinem Zimmer verschwunden war. Helena schaute sich einen amerikanischen Actionfilm an, konnte sich aber kaum auf die Handlung konzentrieren. Schließlich schaltete sie den Fernseher aus und legte sich schlafen. Sie wollte diesen unseligen Tag einfach nur noch beenden. Nachdem sie sich eine Zeitlang hin und hergeworfen hatte, fiel sie endlich in einen unruhigen Schlaf.

10.

Als der Wecker sie am nächsten Morgen aus dem
Schlaf riss, fühlte sich Helena nicht gerade ausgeruht.
Die Sorge um Johannes hatte sie nachts kaum zur Ruhe
kommen lassen.

Als der Jugendliche in die Küche kam, war Helena gerade dabei, ihren Tee aufzubrühen. Wortlos lief er zur
Küchenzeile und nahm sich die Tasse Kaffee, die Helena schon für ihn gekocht hatte. Kurz fiel sein Blick
auf die kleine offene Schachtel, die leer auf dem Küchentisch lag. Ohne ein Wort zu sagen, nahm er sich einen Müsliriegel aus dem Schrank und zog sich mit seinem Kaffee in sein Zimmer zurück. Das war neu. Bislang hatte er zwar auch nicht viel gesagt, sich aber doch
wenigstens zum Frühstück zu Helena an den Früh-
stückstisch gesetzt. Nachdenklich nippte die Kommissarin an ihrem heißen Getränk. Sie schien auf ganzer
Linie zu versagen, was den Umgang mit ihrem Großcousin anbelangte. Ehrlich gesagt, hatte sie immer
noch keine Ahnung, wie sie bei ihm vorgehen sollte. Jedes Mal wenn sie dachte, dass sie sich einander ange-
nähert hatten, gab es gleich den nächsten Eklat.

Helenas Blick fiel auf ihr Notizbuch, das aufgeschlagen auf dem Küchentisch lag. Siedend heiß fiel ihr ein,
dass ihre Rede immer noch nicht fertig war, obwohl der

Polizeipräsident schon morgen kommen würde! Kopfschüttelnd erhob Helena sich und packte ihre Tasche. Es half alles nichts, sie würde die Rede heute fertig schreiben müssen!

Um Viertel vor acht verließen Helena und Johannes das Haus und fuhren zum Präsidium. Ohne sich zu verabschieden, verschwand der Jugendliche hinter der Tür der Poststelle.

Helena begab sich in ihr Büro und stellte fest, dass Franzi noch nicht da war. Sie setzte sich an den Schreibtisch und nachdem sie den PC hochgefahren hatte, sah sie eine Nachricht in ihrem Posteingang. Sie klickte darauf und ein kleines Fenster öffnete sich mit einer Nachricht von Kriminalhauptkommissar Meier:

Sehr geehrte Frau Hansen,
letztes Update vor dem wichtigen Besuch morgen: Eintreffen am Präsidium gegen 9.30 Uhr, anschließend Führung, Rede, Essen; Abfahrt gegen 14 Uhr. Noch Fragen?
Mit freundlichen Grüßen,
HK Meier

Nervös fuhr Helena über ihre straff nach hinten gebundenen Haare. Jetzt wurde es ernst! Mit zitternden Händen tippte sie eine kurze Antwortmail, in der sie den Erhalt bestätigte. Fragen hätte sie schon gehabt, aber keine, die sie ihrem Chef stellen wollen würde, wie zum Beispiel: Was zur Hölle soll ich nur bei der Rede sagen?

Die Tür öffnete sich und Franzi kam schwungvoll ins Büro gerauscht. Wie immer trug sie ihren Fahrradhelm noch auf dem Kopf.

„Ja, grüß di, Lena! Bisch scho fleißig?“ Sie nestelte am Verschluss des quietschgrünen Helms, der perfekt zur Farbe ihres Drahtesels passte und hängte ihn anschließend an den Kleiderständer.

„Was steht heut so an?“

Helena hob verzweifelt beide Hände. „Ach Franzi, es ist schrecklich! Morgen kommt der Polizeipräsident und ich habe meine Rede immer noch nicht fertig!“

Franzi winkte ab. „Ach Lena, des isch doch kein Problem net! Dann improvisiersch halt a bissel!“

Entsetzt sah Helena ihre Kollegin an. „Improvisieren?! Vor der ganzen Prominenz?“

Franzi musste über den Gesichtsausdruck ihrer Kollegin lachen. „Ganz ruhig, Lena! Des sind doch au nur Menschen! Stell sie dir doch einfach in Unterhosen vor!“

Helena runzelte die Stirn. „Wie jetzt?“

„I hab mal g´lesen, dass man sich des Publikum halt in Unterhosen vorstellen soll, wenn man bei ner Rede nervös wird“, erklärte Franzi ihren Vorschlag, den sich Helena stirnrunzelnd anhörte.

„Aha ... Nette Idee, aber das hilft mir jetzt nicht wirklich beim Inhalt meiner Rede ...“

Sie vergrub ihren Kopf in den Händen.

„Was soll ich nur sagen?“

„Mensch Lena“, warf Franzi ein, um ihre Partnerin zu trösten, „da hört doch sowieso keiner zu!“

„Meinst du?“ Hoffnungsvoll sah Helena auf.

„Na klar! Oder hörsch du jedes Mal zu, wenn jemand vor sich hinpalavert? Also, i net! I überleg mir dann halt, was i zum Abendessen kochen will oder so ...“

Helena wusste, dass ihr Franzis Ausführungen bei ihrer Aufgabe nicht wirklich weiterhelfen würden, dennoch fühlte sie sich auf merkwürdige Weise getröstet. Vielleicht stimmte ja der alte Spruch, dass geteiltes Leid halbes Leid sei?!

„Weißsch du was? Mir zwei machn des heut einfach so: du schreibsch an deiner Rede, und nachher setz mer uns zsam und du liescht sie mir vor. Was hältsch du davon?“

„Echt? Das würdest du für mich machen?“ Helena sprang auf und lief um den Schreibtisch herum zu Franzi, um sie erleichtert zu umarmen.

Verlegen winkte die ab. „Isch doch Ehrensache!“

Während sich Helena wieder an ihren Platz begab, fuhr Franzi fort: „I geh glei mal in des Heim und frag mal a weng rum. Vielleicht erfahr i ja no was wegs dem Verschwinden von unsrer kleinen Diebin.“

„Gute Idee! Bist du sicher, dass du mich nicht brauchst?“, fragte Helena pflichtbewusst.

„Ne“, winkte Franzi ab. „Des isch doch kei Sach net! I bin in Nullkommanix wieder da. Schreib du mal lieber an deiner Rede!“

„Du bist ein Schatz!“ Helena strahlte Franzi dankbar an.

Nachdem die Augsburgerin das gemeinsame Büro verlassen hatte, machte sich Helena wieder an ihre Rede. Sie hatte jede Menge Fakten über das Präsidium zusammengetragen. Ein guter Einstieg fehlte ihr noch. Nachdenklich kaute sie an einem Stift und starrte aus dem Fenster, das einen grauen Morgen zeigte. Wenigstens regnete es heute nicht. Helena wusste, dass ein guter Redeeinstieg das A und O für eine gelungene Rede war. Kurz entschlossen googelte sie danach und prompt kamen zig Einträge zu gelungenen Einstiegen. Sie lernte, dass eine gute Rede vom Spannungsaufbau lebte und dass man auf keinen Fall einen langweiligen, abgedroschenen Einstieg wählen sollte, wie: „Sehr geehrtes Publikum, ich freue mich, Sie zur heutigen Veranstaltung begrüßen zu dürfen …“

Helena las sich durch eine Vielzahl an Seiten und wurde doch nicht recht fündig. Sie suchte sich ein paar Zitate heraus, die man als Einstieg verwenden könnte. Franzi würde ihr bestimmt sagen, welches davon sich am besten eignete. Anschließend verfasste sie einen Überblick über die Geschichte des Präsidiums. Zugegebenermaßen nicht sehr spannend, aber in ihren Augen auch nicht verkehrt, da es sich ja um den Besuch eines auswärtigen Gastes handelte.

Nach zwei Stunden eifrigen Tippens lehnte sich Helena zurück und streckte sich ausgiebig. Einigermaßen zufrieden scrollte sie durch die zusammengefügte Rede, die schätzungsweise eine halbe Stunde dauern würde. Dass die Rede nicht perfekt war, war Helena klar, aber wenigstens hatte sie nun eine!

Die Bürotür öffnete sich und Franzi kam herein. Sie hatte eine Tüte dabei, aus der es vielversprechend duftete.

„Und Lena?“, erkundigte sich die Augsburgerin besorgt, „Hasch was gschafft?“

Erleichtert nickte Helena. „Ich bin so gut wie fertig.“ Neugierig reckte sie den Kopf. „Sag mal, was hast du denn da mitgebracht?“

Franzi lachte. „Weißsch, i hab mir gedacht, dass dir bestimmt scho der Kopf raucht vor lauter Redenschreiben und da hab i uns was Schönes mit´bracht!"

Helena rieb sich über den Bauch. „Du Lebensretterin! Ich sterbe vor Hunger!"

Sie deckte den Bürotisch, während Franzi noch eine Karaffe mit Wasser in der Kaffeeküche auffüllte.

Franzi aß zwar genau wie Helena gern vegetarische oder vegane Gerichte, konnte aber bei einer leckeren Leberkäsesemmel genauso wenig widerstehen wie ihre Kollegin.

Während des Essens informierte Franzi Helena über ihren Besuch im Heim.

„Leider isch also nix dabei rausgekommen", schloss sie ihren Bericht und tupfte sich mit einer Serviette die Mundwinkel ab. „Die Kleine isch wie vom Erdboden verschluckt, au wenn sich die Heimleiterin immer no net erklären kann, wie sie da allein rausgekommen isch."

„Echt seltsam", stimmte Helena nachdenklich zu. „Vielleicht kommt ja wenigstens was bei der Fahndung heraus."

Für den Nachmittag nahmen sich Helena und Franzi vor, etwas mehr über Mark Blech herauszufinden. Dazu wollten sie die einschlägigen Orte aufsuchen, die in der Augsburger Drogenszene bekannt waren. Zuerst fuhren sie ins Domviertel zur Drogenhilfe Schwaben. Ein netter Mitarbeiter hörte sich ihren Bericht an, konnte ihnen jedoch nicht wirklich weiterhelfen. Mark Blech war dort bekannt und tatsächlich auch zur Beratung vorstellig gewesen, jedoch war das schon über zwei Jahre her und seitdem hatten sie nichts mehr von ihm gehört.

Enttäuscht verließen die Kommissarinnen das Gebäude und fuhren zurück in die Innenstadt. Sie wollten sich auf das Gebiet um den Königsplatz, den Hauptverkehrsknotenpunkt Augsburgs, konzentrieren.

Gemeinsam liefen Helena und Franzi durch den angrenzenden Park. Die Grünanlage war eigentlich ganz hübsch angelegt, wurde jedoch hauptsächlich von derzeit Wohnungslosen oder eben auch Drogensüchtigen bevölkert. Auf den Bänken saßen Grüppchen von jungen Menschen und unterhielten sich, viele davon Bierflaschen oder billige Weinflaschen in den Händen haltend. Als sich die Kommissarinnen einer Bank näherten, sahen die Leute misstrauisch hoch.

„Entschuldigen Sie bitte, wir würden Ihnen gerne ein paar Fragen stellen", sagte Helena sachlich und hielt ihren Dienstausweis hoch.

„Wir wissen nichts", kam prompt die Antwort.

„Sie wissen ja noch gar nicht, was wir Sie fragen wollen", gab Helena genervt zurück.

„Ich bin mir sicher, wir wissen trotzdem nix!", gab ein junger Mann mit braunem Lockenkopf frech zur Antwort. Eine dicke, schlecht verheilte Narbe verlief quer über sein Gesicht, was ihm ein verwegenes Aussehen verlieh.

„Jetzt hört´s halt erscht mal zu! Mir tun euch scho nix!", versuchte Franzi zu beschwichtigen. Sie holte ein Foto von Mark Blech aus ihrer Tasche und zeigte es den jungen Leuten.

„Kennt´s ihr den vielleicht?"

„Kennen wir nicht!", kam wie aus der Pistole geschossen zurück.

„Ihr habt´s ja des Foto no net mal richtig ang´schaut!", fuhr Franzi die jungen Leute an. Sie sah in lauter gleichgültige Gesichter.

„War´s das?", fragte wieder der Lockenkopf. Unbestritten handelte es sich bei ihm um den Rädelsführer der Gruppe.

„Nein, des war´s net!" Franzi wurde lauter. Wieder hob sie das Bild hoch und zeigte darauf. „Dieser junge Mann hier isch tot und seine Mutter heult sich seinetwegen die Augen aus, was nebenbei bemerkt, eure Mütter au tun würden, wenn sie wüssten, dass ihr hier am hellichten Tag rumlungert und billigen Fusel sauft´s!"

Helena meinte Betroffenheit auf dem Gesicht einer jungen Frau zu erkennen. Lockenkopf zuckte jedoch nur unbeteiligt mit den Schultern.

„Sind Sie sicher, dass niemand von Ihnen den Verstorbenen kannte?", versuchte sie es nochmal, den Blick fest auf die junge Frau gerichtet. Blass senkte diese den Kopf, sagte jedoch nichts.

„Wir haben Ihnen doch deutlich gesagt, dass wir nix wissen, oder?" Lockenkopf wurde zunehmend feindseliger.

„Komm, Franzi, wir fragen mal da drüben nach." Helena zog ihre Kollegin am Arm und führte sie von der Gruppe weg.

„Solche Rotzlöffel!", empörte sich Franzi auf dem Weg. „Selbscht wenn die was wüssten, würden sie´s *uns* bestimmt net sagen!" Sie seufzte. „Die denken echt, wir sind der Feind!"

Helena musste an Johannes und seine ständigen Frotzeleien gegen die verhassten „Bullen" denken und nickte nachdenklich. Für die einen war die Polizei „dein Freund und Helfer" und für die anderen der Feind.

Die beiden Frauen versuchten ihr Glück noch bei den anderen Gruppierungen, die im Park verteilt herumsaßen, doch leider blieben ihre Ermittlungen ohne Ergebnis. Niemand wollte etwas gehört oder gesehen haben.

„Und jetzt?", fragte Franzi auf dem Rückweg zum Auto ratlos.

Helena wollte gerade zu einer Antwort ansetzen, als sie bemerkte, dass sie jemand sanft an ihrer Jacke zupfte. Überrascht stellte sie fest, dass das blasse Mädchen von vorhin hinter ihr stand.

„Wie ist der Mark denn gestorben?", fragte sie mit leiser Stimme. Helena und Franzi wechselten einen Blick. Volltreffer!

„Er ist an einer Überdosis Heroin verstorben", antwortete Helena. Die Augen des Mädchens spiegelten zu Helenas Erstaunen kurz Erleichterung wieder, füllten sich dann aber rasch mit Tränen und sie rieb sich fest an beiden Oberarmen mit den Händen, fast als wolle sie sich selbst umarmen. Dabei rutschte ihr Ärmel hoch und Helena sah frische Einstiche an der Armvene des Mädchens. Als diese Helenas Blick bemerkte, ließ sie schnell die Hände sinken und zog ihre Ärmel wieder herunter.

„Woher ham Sie den Mark denn gekannt?", wollte Franzi wissen.

Nervös sah das Mädchen über ihre Schulter, als wolle sie sich vergewissern, dass sie vom Park aus nicht mehr zu sehen war. Helena sah ihr fest in die Augen.

„Wollen wir vielleicht um die Ecke gehen? Beim Annahof gibt es eine Bank, da könnten wir uns in Ruhe unterhalten."

Das Mädchen nickte dankbar und folgte den Kommissarinnen in den nahe gelegenen Annahof, in dessen Tiefgarage auch Helenas Auto parkte.

Franzi wiederholte ihre Frage, nachdem sich die drei auf einer einladenden Bank unter einem großen Ahorn niedergelassen hatten.

„Ich kenn den Mark schon seit vielen Jahren", antwortete das Mädchen mit leiser Stimme. „Wir sind ein paar Jahre lang auf dieselbe Schule gegangen. Mark war zwei Klassen über mir."

„Dann sind Sie auch aus Donauwörth?", schlussfolgerte Helena.

Das Mädchen nickte wieder. Helena war überrascht. Die Kleine war so dünn und blass, dass sie sie auf höchstens 17 oder 18 Jahre geschätzt hätte. Dabei musste sie mindestens 25 sein, wenn sie zwei Klassenstufen unter Mark Blech gewesen war und damit nur ein paar Jahre jünger als sie selbst.

„Verraten Sie uns Ihren Namen?", fragte Helena sanft.

Ein panischer Blick antwortete ihr. Beruhigend legte Helena ihre Hand auf den Arm der jungen Frau.

„Ich will nur wissen, wie ich Sie ansprechen darf."

Langsam beruhigte sie sich wieder.

„Vroni", sagte sie mit gesenktem Blick.

Franzi zwinkerte Helena über den Kopf der jungen Frau zu. Es war immer wichtig, Leute mit ihrem Namen ansprechen zu können. Das schuf eine notwendige Vertrauensbasis.

„Ich bin Helena." Normalerweise stellte sich Helena immer mit ihrem Nachnamen vor, aber in dem Fall war ihr instinktiv klar, dass sie so weiter kommen würde.

„Und i bin die Franzi." Freundlich lächelte die Augsburger Kommissarin die verschreckte junge Frau an.

„Haben Sie den Mark häufiger gesehen, Vroni?", fuhr Helena mit der Befragung fort.

Vroni schüttelte den Kopf, sodass die Beanie-Mütze, die sie auf ihrem kurzgeschnittenen braunen Schopf trug, fast verrutschte. „Wir ham uns vor ein paar Jahren hier zufällig wiedergetroffen. Ich wusste gar net, dass der Mark au hier in Augschburg war." Sie sah auf und ihr leerer Blick schweifte über die berühmte Anna-Kirche, die dem Hof ihren Namen gab. Vroni schien in Gedanken ganz weit weg zu sein.

„Der Mark war immer ein ganz G´scheiter! Er war Jahrgangsbester in der Schule!"

Überrascht sahen sich Franzi und Helena an. Diese Information war ihnen neu.

„Er hat bei so Wettbewerben mitgemacht, wo´s um Geschichtenschreiben und so ging. Da hat er sogar mal den 1. Platz belegt."

„Wow, Sie wissen ja viel über Mark", sagte Helena bewundernd.

Verschämt blinzelte Vroni nach oben. „Wissen Sie, der Mark und ich waren mal zusammen. Kurz nachdem wir uns hier in Augschburg wieder getroffen ham, hat´s bei uns gefunkt. Wir waren fascht zwei Jahre zusammen und da hat er mir halt viel von sich erzählt."

Helena war überrascht. Mit Vroni hatten sie ja einen wahren Glückstreffer gelandet.

„Wann haben Sie ihn denn das letzte Mal gesehen?", fragte sie nach.

Die junge Frau dachte angestrengt nach.

„Das muss zur Weihnachtszeit gewesen sein …", sie zog die Stirn in Falten, „ja, genau, wir ham uns auf dem Christkindlesmarkt zum letzten Mal gesehen. Ich hab ihn g´fragt, ob er mit mir zur Wärmestube gehn will, aber er wollt net."

„Zur Wärmestube?" Helena konnte mit dem Begriff nichts anfangen.

„Ja, da geh ich im Winter gern hin, um mich aufzuwärmen. Da bekommt man auch Essen und sogar Klamotten. Duschen kann man da auch und die Leute dort sind richtig nett."

Helena nickte. In ihrer Heimatstadt Hamburg gab es ein Winternotprogramm für Obdachlose, das etwas Ähnliches zu sein schien wie die Augsburger Wärmestube.

„Seit wann sind Sie denn nicht mehr mit Mark zusammen?", fragte Helena.

„Das ist jetzt schon über ein Jahr her. Wir ham uns immer so gut verstanden, aber dann is er immer unruhiger g´worden, hat nur noch auf den nächsten Schuss hing´fiebert. Es war nix mehr mit ihm anzufangen, verstehn´S?" Dicke Tränen rollten über Vronis Wangen.

„Dabei war er doch so ein lieber Kerl! Aus ihm hätte echt was werden können!" Vroni wischte sich die Tränen weg. „Schriftsteller oder sowas! Der Marc hatte echt was auf'm Kaschten!"

Helena nickte zustimmend. Die Geschichte, die der Verstorbene in sein Notizbuch geschrieben hatte, hatte sie tief bewegt. Er hatte gewusst, wie mit Worten umzugehen war.

„Von wem hatte er denn die Drogen?", hakte diesmal Franzi nach.

Vroni sprang auf und sah sich wieder gehetzt um. „Ich muss jetzt los!"

„Vroni, warten Sie doch!" Helenas Worte waren vergeblich. Die junge Frau war bereits um die Ecke gelaufen und außer Sichtweite.

„Lass sie", hielt Franzi Helena zurück, die gerade drauf und dran war, Vroni nachzulaufen. „Viel mehr werden wir von der heut sowieso net erfahren."

Gedankenversunken liefen die Kommissarinnen zum Auto und fuhren schweigsam ins Präsidium zurück. Dort angekommen fand Helena einen Zettel auf ihrem Schreibtisch vor. *Fahr heute alleine heim*, stand in Johannes krakeliger Handschrift darauf. Helena seufzte. Er war also immer noch sauer auf sie, was aber auch irgendwie klar war. Sie setzte sich neben Franzi und gemeinsam verfassten sie ein Gedächtnisprotokoll ihres Gespräches mit Vroni.

„Eine Sache finde ich noch seltsam", bemerkte Helena, nachdem sie ihre Aufgabe beendet hatten. Aufmerksam sah Franzi sie an.

„Wieso hat Vroni nach der Todesursache gefragt? Sie hat doch angegeben, dass Mark immer mehr den Drogen verfallen ist. Das hätte ihr doch klar sein müssen."

Franzi zuckte mit den Schultern. „Sie wirkte irgendwie erleichtert, als sie vom goldenen Schuss erfuhr", sagte Helena nachdenklich.

„Des isch mir au aufg´fallen", stimmte Franzi ihr zu. „Aber i bin mir sicher, wenn mir da weiter nachg´fragt hätten, hätte die Vroni früher dichtg´macht!"

Helena stimmte ihr zu. Vroni hatte einen äußerst angespannten Eindruck hinterlassen. Ein falsches Wort und sie wäre früher weggelaufen.

Die Tür öffnete sich und Herr Meier kam herein. „Ah, die Damen, wie immer fleißig bei der Arbeit." Er trat ins Zimmer und sah Helena prüfend an.

„Morgen ist es ja endlich soweit, Frau Hansen. Gehe ich recht in der Annahme, dass sie alles im Griff haben?"

Helena lief es eiskalt über den Rücken. Dieser blöde Besuch von dem noch blöderen Polizeipräsidenten! Konnte der nicht einfach in seinem blöden München bleiben, wo er hingehörte?!

Ihr gelang es, freundlich zu lächeln und zu nicken. „Selbstverständlich, Herr Kriminalhauptkommissar Meier."

Zufrieden nickte er ihr zu und ging wieder zur Tür. „Dann bis morgen, meine Damen." Er tippte sich an die Schläfe und verließ das Büro.

Hörbar stieß Helena Luft aus den Lungen und ließ sich zurücksinken.

„Lena, jetzt fängsch du scho wieder an, so ein Theater zu machen! Entspann dich mal!", sagte Franzi und tätschelte wohlmeinend Helenas Schulter.

„Ich weiß ja", seufzte ihre Kollegin, „Aber was ist, wenn was schiefgeht? Wie stehe ich denn dann da?"

„Was soll jetzt da schiefgehen?", fragte Franzi ehrlich überrascht.

„Na, zum Beispiel die Sache mit dem Essen ...", setzte Helena zu erklären an, wobei sie jedoch sofort von Franzi unterbrochen wurde.

„Der Schorsch hat da sicher alles im Griff! Dem kannsch voll vertrauen!"

Als sie Helenas unsicheren Blick bemerkte, fügte sie hinzu: „Und im übrigens kenn i keinen Menschen, der Sachen besser und sorgfältiger organisiert als du! Hasch du die Führung organisiert?"

„Ja, schon ..."

„Siehsch du! Hasch du des mit der Kapelle klar g´macht?"

„Ja, auch ..."

„Na also! Des Essen hat der Schorsch organisiert und jetzt muss nur no deine Rede passen und die schauen wir uns heut no gemeinsam an!"

Helena warf ihrer Partnerin einen dankbaren Blick zu. Wenn sie Franzi nicht hätte! Aber ihre Kollegin hatte ja recht! Was konnte schon schiefgehen?

„Weißt du was, wir könnten doch die Rede bei mir daheim durchgehen", schlug Helena vor. „Ich bestelle uns eine leckere Pizza und wir trinken ein schönes Glas Rotwein dazu."

Franzi strahlte. „Na, das nenn ich mal eine hervorragende Idee!" Sie stand auf und zog sich den Fahrradhelm an. „I fahr nur no schnell heim und fütter den Waschtl. Net, dass der Schatz mir am End no verhungert!"

Helena musste schmunzeln. Sie war davon überzeugt, dass selbst eine zweiwöchige Fastenkur dem Waschtl auch nicht schaden würde. Immerhin hatte dieser Hund die Physis eines ausgewachsenen Bären!

„Alles klar!", sagte Helena und erhob sich ebenfalls. „Dann treffen wir uns nachher einfach bei mir daheim. Ich bestelle schon mal die Pizza, ok?"

Franzi stimmte freudig zu und verließ beschwingt das Büro. Helena räumte noch auf und ging dann ebenfalls. Auf dem Parkdeck sah sie einen Streifenwagen in Richtung Straße abbiegen. Zu spät erkannte sie Schorsch am Steuer. Zu gerne hätte sie ihn noch wegen morgen gesprochen! Aber sie würde wohl Franzis Worten Glauben schenken müssen und ihm einfach vertrauen.

Helena fuhr heim und ging in ihre Wohnung. Johannes war wieder einmal nicht da, aber da es erst kurz vor halb sechs war, war Helena ausnahmsweise nicht beunruhigt. Sicherlich würde er sich nach dem gestrigen Streit keinen weiteren Ausrutscher leisten!

Aus der Schublade des Küchentisches fischte sie den Prospekt eines Pizzalieferdienstes und suchte eine vielversprechende Pizza heraus. Sie bestellte die Familiengröße, für den Fall, dass Johannes auch noch zu ihnen stieß. Nachdem sie den Tisch gedeckt hatte, klingelte es auch schon an der Tür. Helena sah auf die Uhr. Wow, Franzi war aber schnell geradelt. Sie nahm den Hörer der Meldeanlage ab und sprach hinein. Türklopfen verriet ihr, dass sich ihr Besucher bereits oben befand. Sie öffnete die Tür und sah direkt in das Gesicht von Nick, der strahlend neben Franzi vor der Tür stand.

„Hallo Lena, schau mal, wen i grad aufgegabelt hab!“, sagte ihre Kollegin grinsend. „Der Nick isch gleichzeitig mit mir angekommen und hat mir unten aufg´schperrt. Nett von ihm, geh?“ Sie schob Nick an Helena vorbei in die Wohnung „Und da hab i mir gedacht, dass du doch beschtimmt nix dagegen hasch, wenn der Nick mit uns Pizza isst, oder?“ Schelmisch zwinkerte Franzi Helena zu. „Wo er doch grad erscht von der Arbeit kommt und nix zu essen hat, der Arme!“

Helena sah Nick an, der entschuldigend die Hände hob.

„Ich kann nichts dafür! Versprochen! Aber deine Kollegin kann etwas energisch sein ...“

Das war mal die Untertreibung des Jahres! Franzi stand bereits strumpfsockig im Flur, in ihren selbstgestrickten geringelten Wollsocken, und sah strahlend von Helena zu Nick, der verlegen am Eingang stand und sie schüchtern ansah. Helena hatte ein Einsehen mit dem armen Mann.

„Jetzt komm schon herein! Ich hab mehr als genug Pizza für uns alle bestellt! Außerdem schulde ich dir noch ein Essen, wo du mich doch erst mit der leckeren Suppe verköstigt hast!“

Helena ignorierte Franzis neugierigen Blick. Sie wusste genau, dass ihre Partnerin sie spätestens morgen löchern würde, was es denn mit der Suppe auf sich hatte, aber heute ließ sie sie erstmal schmoren. Das hatte sich Franzi nach dem Überfall eben auch redlich verdient, fand Helena.

Sie führte ihre beiden Besucher in die Küche und stellte schnell noch ein zusätzliches Gedeck auf den Küchentisch. Den Wein hatte sie bereits geöffnet und schenkte die leuchtend rote Flüssigkeit großzügig in die drei bereitstehenden dickbauchigen Gläser.

„Auf nen schönen Abend!", prostete Franzi ihr und Nick zu, bevor sie einen Schluck Wein nahm. „Hmmm, der isch aber lecker!"

Auch Nick hob sein Glas und hielt es in ihre Richtung.

„Und ein Dank an unsere bezaubernde Gastgeberin!"

Während Nick sein Glas an den Mund führte, sah er Helena tief in die Augen. Eine angenehme Wärme durchströmte sie und leicht errötend hob sie ebenfalls ihr Glas, prostete den beiden zu und nahm einen tiefen Schluck. Das tat gut! Kurz klopfte ihr schlechtes Gewissen bei ihr an und verkündete, dass sie doch mit Franzi die Rede hatte überarbeiten wollen, wurde jedoch erfolgreich von Helena verdrängt. Immerhin hatte sie die Rede ja fertig und wirklich zuhören würde ja laut Franzi morgen sowieso keiner!

Als die Pizza endlich kam, war die Flasche Wein bereits fast leer. Die Pizza schmeckte wirklich vorzüglich und Helena war froh, dass sie die Familiengröße bestellt hatte, auch wenn für Johannes nun nichts mehr übrig blieb. Aber Helena fand, dass er sich durchaus auch ein Brot machen konnte, wenn er kam.

Der Abend verlief äußerst harmonisch und es wurde viel gelacht. Vor allem die Geschichten über ihre Begegnungen mit Ur-Augsburgern, die Nick und Helena zum Besten gaben, hatten es Franzi angetan. Nachdem auch die zweite Flasche Wein geleert war, stellte Helena zu ihrem Erstaunen fest, dass sie beschwipst war. Als sich ihre Gäste schließlich verabschiedeten, stützte sie sich deshalb unauffällig mit einer Hand an der Wand ab, um nicht ins Schwanken zu geraten. Nick hielt seinen gespülten Suppentopf in der Hand, den Helena ihm in die Hand gedrückt hatte und verbeugte sich grinsend.

„Es war ein wunderschöner Abend, die Damen! Ich bedanke mich vielmals." Er beugte sich nach vorne und drückte Helena einen Kuss auf die Wange, bevor er fröhlich vor sich hin pfeifend in seiner Wohnung verschwand.

Begeistert hatte Franzi die Szene verfolgt und strahlte Helena an. „Ja, sieh mal einer an! Unsre Lena!"

Helena überging die Situation einfach und verabschiedete sich von Franzi, indem sie sie in Richtung Aufzug schob.

„Komm gut heim, Franzi! Schön, dass du da warst!"

Ihre Kollegin lachte glucksend und trat in den Aufzug. „Ja, ja, vor allem *meine* Gesellschaft hasch du heut besonders genossen, richtig." Bevor Helena antworten konnte, verschwand Franzis breites Grinsen hinter der sich schließenden Aufzugtür.

Kopfschüttelnd lief Helena in ihre Wohnung zurück und räumte geschwind die Küche auf. Sie ertappte sich dabei, wie sie eine fröhliche Melodie summte und schrieb das den zwei leeren Flaschen zu, die sie schnell wegräumte. Johannes musste ja nicht gleich sehen, dass sie hier etwas über die Stränge geschlagen hatte.

Johannes! Erschrocken sah Helena auf die Uhr. Es war zehn Uhr durch! Wo blieb er nur?

Sie ging zu seinem Zimmer und öffnete die Tür.

„Kannst du nicht anklopfen?“

Zu Helenas Erleichterung saß Johannes im Schneidersitz auf seinem Bett und tippte auf seinem Handy herum.

„Ich habe dich gar nicht kommen hören.“

„Das wundert mich nicht, bei dem Lärm, den du und deine Freunde gemacht habt!“

Schuldbewusst sah Helena Johannes an. Sie waren wirklich etwas laut gewesen!

„Wenn du nichts dagegen hast, ich bin müde und würde jetzt gerne schlafen.“ Auffordernd sah Johannes seine Großcousine an. Helena lag es schon auf der Zunge, ihn zu fragen, ob er immer in seinen Klamotten schlafen ging, unterließ es jedoch nach reiflicher Überlegung. Sie wollte ihn nicht unnötig provozieren.

„Dann gute Nacht“, sagte sie und ging zur Tür.

„Ach und Helena“, hielt Johannes sie zurück. Auffordernd sah sie ihn an. „Ich fahre morgen allein ins Präsidium, du musst also nicht auf mich warten.“

Überrascht musterte sie ihn. „Wie willst du denn da hinkommen?“

„Du hast doch gesagt, ich kann dein Fahrrad nehmen, wenn ich will und genau das habe ich vor.“

Helena nickte und verließ das Zimmer. Erst fuhr er nicht mit ihr heim, dann wollte er nicht mal mehr mit ihr ins Präsidium fahren. Sie machte ihren Job als Aufpasserin wirklich nicht besonders gut!

Ein scharfer Schmerz in ihrem Kopf ließ Helena zusammenzucken. Oh je! Sie hatte wohl wirklich zu viel getrunken! Sie machte sich bettfertig und rieb sich wohltuendes Pfefferminzöl auf die Schläfen. Es kühlte und das Aroma half gegen ihre Kopfschmerzen. Dann legte sie sich hin und schlief diesmal ohne fernzusehen oder ohne zu lesen einfach so ein.

11.

Am nächsten Morgen büßte Helena den Wein des Vorabends merklich. Ihr Kopf schmerzte immer noch und sie hatte einen schalen Geschmack im Mund. Nach der Dusche fühlte sie sich jedoch bedeutend besser, auch wenn der pochende Kopf ihr verriet, dass sie diesmal nicht ohne Kopfschmerztablette auskommen würde. Aber schließlich war heute der große Tag und sie konnte ja wohl schlecht nach Pfefferminz riechend dem Polizeipräsidenten aufwarten.

Als sie in die Küche kam, sah sie eine leere Kaffeetasse auf dem Tresen stehen. Johannes hatte offenbar bereits ohne sie gefrühstückt. Helena brühte sich einen kräftigen Kräutertee auf und nach der Einnahme einer Tablette ließen auch die lästigen Kopfschmerzen endlich merklich nach.

Nach dem Frühstück zog sich Helena sorgfältig an. Für den festlichen Anlass hatte sie ihren blauen Hosenanzug bereitgelegt, den sie mit einer weißen Bluse kombinieren würde. Kurze Zeit später besah Helena zufrieden ihr Spiegelbild. Ihr blondes Haar war wie meistens zu einem lockeren Pferdeschwanz gebunden. Ein wenig Schminke würde die dunklen Ringe unter den Augen kaschieren. Helena holte ihr Schmuckkästen und suchte eine feine Goldkette mit einem runden Medaillon aus, die gut zu ihrem Outfit passen würde. Ihr fiel wieder ein, dass sie die Perlenkette von Oma Agnes noch hatte suchen wollen, aber das musste warten, auch wenn die Perlenkette noch bedeutend besser zu ihrem Outfit gepasst hätte als die goldene. Bei dem Hin und Her und der Umzieherei mit Johannes war wohl einiges durcheinander geraten!

Im Gang schlüpfte Helena in ihre schwarzen Pumps und schnappte sich ihren Mantel. Schnell den Schlüssel noch in die Tasche gesteckt und schon war Helena aus der Wohnung.

Kurz vor acht kam sie im Präsidium an, in dem es bereits geschäftig wie in einem Bienenstock summte. Überall wurden letzte Vorbereitungen getroffen. Im Eingangsbereich wurde der Glaskasten sorgfältig poliert, hinter dem die Beamten in der Anmeldung saßen, Stühle wurden durch die Gänge getragen, große Instrumente herumgewuchtet. Helena lief in ihr Büro, das noch verwaist war und legte ihre Tasche ab. Dann lief sie nochmal die Strecke ab, die sie bei der Führung nehmen wollte und überprüfte, ob alles seine Richtigkeit hatte. Die diensthabenden Kolleginnen und Kollegen waren herausgeputzt und harrten an ihren Stationen der Dinge. Helena hatte einige von ihnen gebeten, ihren Arbeitsbereich mit ein paar Worten selbst vorzustellen. Sie hoffte, dass dies die Führung auflockern und für Abwechslung sorgen würde.

Zufrieden lief Helena zum Speisesaal, der für den Empfang des Polizeipräsidenten hergerichtet worden war. Sie überzeugte sich, dass auch die Blumenlieferung angekommen war und sah kurz dabei zu, wie zwei große Sträuße rechts und links vom Rednerpult drapiert wurden. Perfekt! So hatte sie sich das vorgestellt. Vor dem Podium, auf dem das Rednerpult stand, waren lange Reihen von Tischen aufgebaut, welche weiße Tischdecken mit weißblau-karierte Überläufern zierten und die ebenfalls mit kleinen, farblich passenden Blumensträußchen geschmückt waren. Es war Helenas Idee gewesen, den Saal zu Ehren des Gastes mit bayerischen Farben zu schmücken.

Auch die Namensschilder für den Polizeipräsidenten und die Obrigkeit im Präsidium waren bereits an Ort und Stelle angebracht. Auf der linken Seite waren Tische für das Buffet aufgebaut worden, auf denen ebenfalls weißblau-karierte Überläufer lagen. In einer Ecke des Saales rückte gerade die Polizeikapelle ihre Stühle zurecht und baute ihre Instrumente auf. Helena nickte dem Kapellmeister zu, der gerade seinen Notenständer aufklappte und verließ anschließend den Saal. Es lief alles wie am Schnürchen! Franzi hatte recht gehabt! Helena entspannte sich merklich. Ein Blick auf die Uhr verriet ihr, dass der Polizeipräsident in weniger als einer halben Stunde eintreffen würde. Sie machte sich auf den Weg zu ihrem Büro, als ihr Oberwachtmeister Wamser über den Weg lief.

„Ah, Frau Hansen, zu Ihnen wollte ich gerade!“

Besorgt sah Helena den kräftigen Beamten an, der sie über seine Lesebrille hinweg musterte.

„Was kann ich für Sie tun, Herr Wamser?“

„Ich wollte nur fragen, was eigentlich mit Ihrem Buben los ist?“

Erschrocken sah Helena ihn an. „Mit Johannes? Was soll denn mit ihm los sein?“

„Na, zuerst geht er einfach so mittags und heute kommt er dann gar net! Da frag ich mich halt, wo das hinführen soll?“

Helena sog scharf die Luft ein. „Er ist heute nicht zum Dienst erschienen?“

Wamser schüttelte den Kopf. „Leider nein! Und wie gesagt, gestern ist er auch schon mittags weggegangen!“

Fassungslos starrte Helena ihn an. Das konnte doch nicht wahr sein!

„Ich entnehme Ihrer Miene, dass Sie auch nicht wissen, wo der Bub abgeblieben ist, Frau Hansen.“

Helena schüttelte stumm den Kopf.

„Wissen´S“, sagte der Beamte beschwichtigend, „die Jugend tickt mal so, mal so! Ganz verkehrt ist der sicher net, der Johannes! Vielleicht hat er einfach keine Lust auf ein Praktikum bei der Polizei!“

„Ich danke Ihnen für die Information“, stieß Helena hervor. Sie brauchte eine Minute, um das Gehörte zu verarbeiten. Herr Wamser verabschiedete sich und lief in Richtung Poststelle davon.

Helena atmete tief durch und versuchte, sich zu beruhigen. Sie lief in ihr Büro und fischte ihr Handy aus der Tasche. Sie wählte Johannes’ Nummer und warf gleich darauf frustriert ihr Handy in die Tasche zurück, als sie nur die Mailbox erreichte.

„Was für ne Laus isch dir denn über die Leber g’laufen?“

Franzi stand in der Tür und sah ihre Kollegin stirnrunzelnd an.

Helena winkte ab. Sie hatte jetzt erstmal Wichtigeres zu tun, als sich um Johannes zu kümmern. Der Polizeipräsident würde in knapp einer Viertelstunde eintreffen und Helena sollte ihn laut Plan gemeinsam mit ihrem Chef in Empfang nehmen.

Erst jetzt bemerkte Helena die Leine, die Franzi in der Hand hielt und schon tappte Waschtl hinter seinem Frauchen her ins Büro. Franzi bemerkte Helenas Blick.

„Ja, der Waschtl isch heut mit von der Partie. Weißsch, dem geht´s heut net so gut, da wollt i ihn net allein lassen. Er hat´s mit´m Magen, der Gute. Der Schorsch war so lieb und hat uns daheim abg´holt." Sie fuhr dem zotteligen Vierbeiner mit der Hand liebevoll über den Kopf.

Helena stand in Schreckstarre. Das hatte ihr gerade noch gefehlt! Ausgerechnet Stinkbär Waschtl! Eines war klar, sie musste auf alle Fälle vermeiden, dass dieses Riesenvieh dem Polizeipräsidenten vor die Füße kotzte!

Fünf vor halb zehn.

„Ich muss los!" Helena griff sich ihre Handtasche und hängte sie über ihre Schulter. Ihre Rede befand sich ausgedruckt darin, und Helena würde vermutlich dazwischen keine Gelegenheit mehr haben, sie zu holen.

„Toi, toi, toi!", rief ihr Franzi nach, die neben Waschtl auf dem Boden kniete und ihn am Bauch kraulte.

Helena beeilte sich, zum Eingangsbereich des Präsidiums zu gelangen, wo sie Herr Kriminalhauptkommissar Meier bereits erwartete. Mit hochgezogener Augenbraue musterte er seine nach Atem ringende Mitarbeiterin.

„Da sind Sie ja, Frau Hansen!"

Er wollte gerade noch mehr sagen, als eine Fahrzeugkolonne vor dem Präsidium anhielt, die seine volle Aufmerksamkeit auf sich zog. Als die Herrschaften ausstiegen, fuhr ein Lieferwagen mit der Aufschrift *Hasans Delikatessen* an den schwarzen Limousinen vorbei und bog auf den Parkplatz des Präsidiums ab. Helena folgte dem Wagen mit ihrem Blick und bemerkte Schorsch, der dem Wagen fröhlich winkend entgegenging.

Ihr wurde übel. Hasans Delikatessen? Für den bayerischen Polizeipräsidenten? Helena verfiel in Schnappatmung, was ihr einen erstaunten Seitenblick ihres Chefs einbrachte, der jedoch gleich darauf einem kleinen, rundlichen Herrn im Anzug entgegenlief und ihn überschwänglich begrüßte.

Helena stand wie angewurzelt da. Das war eine Vollkatastrophe! Exklusives Essen, hatte sie gesagt! Exklusiv! Helena liebte türkisches Essen, aber für den Besuch des Polizeipräsidenten hatte sie doch eher mit feinem Rinderbraten und Knödeln gerechnet! Siedendheiß fielen ihr die blauweiß-karierten Tischdecken ein und sie stellte sich die Gesichter der Besucher beim Anblick von Börek, Pide und Meze auf bayerischen Decken vor. Sie musste etwas unternehmen! Aber was? Gleich ging die Führung los und Helena würde bis zum Essen beschäftigt sein! Die Tür des Präsidiums öffnete sich und Franzi trat mit Waschtl an der Leine heraus. Erleichterung durchströmte Helena. Franzi! Ihre Kollegin wusste bestimmt Rat! Mit einem kurzen Blick vergewisserte sich Helena, dass die Herrn Großkopferten, wie Franzi sie immer nannte, mit ihren Selbstbeweihräucherungen noch nicht fertig waren, dann verließ sie entschlossen ihren Posten. Sie lief auf ihre Kollegin zu, die gerade dabei war, Waschtl dazu zu animieren, sich auf dem Grünstreifen zu erleichtern, indem sie ihm gut zuredete.

„Franzi, Gott sei Dank, du musst mir unbedingt helfen!" Mit hastigen Worten schilderte Helena ihrer Kollegin die Situation.

„Also, so schlimm find i des jetzt net", befand Franzi, aber nachdem sie forschend in Helenas kreidebleiches Gesicht gesehen hatte, fuhr sie fort, „aber natürlich helf i dir!" Sie wollte gerade weitersprechen, als hinter Helena ein tiefes Räuspern ertönte.

„Ähm, Frau Hansen, wären Sie dann wohl so freundlich?"

Helena fuhr herum und blickte geradewegs in das Gesicht ihres Chefs, der sie missbilligend ansah.

„Darf ich Ihnen Herrn Landespolizeipräsidenten Niedermaurer vorstellen?" Herr Meier trat zur Seite und machte dem rundlichen Herrn im Anzug Platz, den er vorhin begrüßt hatte. Helena stand stramm und streckte ihrem obersten Vorgesetzten die Hand entgegen. „Kriminalkommissarin Helena Hansen, zu Ihren Diensten."

Mit einem sympathischen Lächeln ergriff der Polizeipräsident die Hand der jungen Frau und schüttelte sie fest. „G´freit mi. Sie mechat uns heid olso umanand fiahra?"

Helena verstand nur Bahnhof. Sie geriet in Panik. Hatte Herr Niedermaurer ihr eine Frage gestellt? Freundlich sah der ältere Herr zu Helena hoch, die ihn fast um Haupteslänge überragte und schien tatsächlich auf eine Antwort zu warten.

Franzi sprang ein.

„Also, net ganz, Herr Präsident, aber fascht. I darf Sie heut rumführen, weil die Helena no was zu erledigen hat, net wahr, Lena?" Die Augsburgerin versetzte Helena einen leichten Stoß mit dem Ellenbogen und holte sie so aus ihrer Starre. Helena entging der entsetzte Blick ihres Chefs nicht, als sie eifrig nickte.

„Ja, richtig. Frau Danner wird mich bei der Führung vertreten, und ich stoße so bald wie möglich wieder zu Ihnen." Sie steckte Franzi heimlich den Verlaufsplan für ihre Führung zu, den sie in ihrer Tasche bereitgehalten hatte. Die nahm ihn unauffällig an sich und wandte sich gleich darauf strahlend an den Polizeipräsidenten.

„Die Frau Danner, des bin i." Sie ergriff die Hand des Polizeipräsidenten und schüttelte sie kräftig. „Franzi Danner, um genau zu sein. Schön, Sie kennenzulernen!"

Herr Meier sah aus, als würde er jeden Moment in Ohnmacht fallen. Auf einmal lachte der Polizeipräsident laut auf.

„Ja pfiatigott, des is ja a gewaltige Wurscht, die ihr Hund da produziert hat, Frau Danner!"

Helena schloss kurz die Augen, um die Fassung wiederzugewinnen. Dann wandte sie ihren Blick widerstrebend nach unten. Waschtl hatte tatsächlich den perfekten Zeitpunkt gefunden, sich zu erleichtern! Und zwar genau vor die Füße des Polizeipräsidenten! Sie wechselte einen stummen Blick mit ihrem Chef, dem es offensichtlich ebenfalls die Sprache verschlagen hatte.

„Ah geh, du Saubär! Pfui!", schimpfte Franzi mit ihrem Vierbeiner. Der Tonfall verriet jedoch, dass sie nicht besonders böse mit ihm war.

„Sie müssen wissen, Herr Niedermaurer, dass es mein Waschtl heut mit´m Magen hat. Drum bin i eigentlich froh, dass sowas Feschtes aus ihm rauskommen isch und net so a Batschlach wie geschtern!" Sie fischte eine Plastiktüte aus ihrer Tasche und hob die übelriechende Hinterlassenschaft ihres Hundes auf. Anschließend verknotete sie die Tüte sorgfältig und entsorgte sie im nahe gelegenen Mülleimer.

„An Dünnpfiff hot der? Au weh", sagte Herr Niedermaurer mitfühlend.

Helena war entsetzt. *Dünnpfiff? Batschlach?* Hatte Franzi tatsächlich gerade *Batschlach* gesagt? Ihr war das Wort seit Kurzem geläufig, als Franzi sie bei einem Spaziergang im Regen vor einer ebensolchen mit den Worten „Pass auf, dass du net in d´Batschlach neitrapsch!" gewarnt hatte, was wohl so viel hieß wie: Achtung vor der Pfütze. Aber in Zusammenhang mit dem Stuhlgang eines Hundes gebracht ...

Helena starrte Franzi fassungslos an, der die Blicke ihrer Kollegin jedoch nichts auszumachen schienen. Fröhlich steuerte sie auf den Polizeipräsidenten zu.

„Jetzt kommen´S, Herr Niedermaurer. Pack mer´s oder wie sagt´s ihr im Bayerischen?" Sie hakte sich beim Polizeipräsidenten ein und führte ihn durch den Eingangsbereich ins Präsidium.

„Das wird ein Nachspiel haben, Frau Hansen!", versprach Herr Meier Helena zwischen zusammengebissenen Zähnen, um gleich darauf hastig der sich schnell entfernenden Gruppe nachzulaufen.

Helena war am Boden zerstört! Nicht im Entferntesten hatte sie sich vorstellen können, dass der Besuch ihres Vorgesetzten dermaßen aus dem Ruder laufen würde! Und dabei war er gerade einmal zehn Minuten hier! Sie konnte nur hoffen, dass auf der Führung alles glatt laufen würde, aber zuerst musste sie sich um die Sache mit dem Buffet kümmern! Im Laufschritt lief Helena in den Speisesaal, wo der Caterer bereits damit beschäftigt war, seine Speisen abzuladen. Wie Helena befürchtet hatte, wurden gerade viele verschiedenen Arten von Meze neben Bergen von frischer Pide aufgebaut. Schalen, in denen sich grüne und schwarze Oliven türmten, warteten mit den Simit genannten Sesamkringeln auf ihren Einsatz. Warmhalteboxen, die noch auf dem Boden standen, verströmten einen verführerischen Duft.

„Da schausch du, Lena, geh?"

Schorschi hatte die Kommissarin erspäht und war grinsend an ihre Seite getreten.

„Wie du g´sagt hasch, gibt´s heut was Exotisches! Da werden die feinen Herrschaften aber staunen!"

„Exklusives!", entfuhr es Helena. Schorsch sah sie erstaunt an. So aufgebracht kannte er Helena gar nicht!

„Ich wollte etwas *Exklusives*, nichts *Exotisches*!" Wütend sah sie ihn an. „Was soll ich denn jetzt deiner Meinung nach tun? Der Meier bringt mich um, wenn er die Bescherung hier sieht!" Resigniert ließ sie die Schultern hängen. „Aber was soll´s? Der bringt mich ja sowieso schon um, wenn die Franzi mit dem Polizeipräsidenten fertig ist ..."

„Nix für ungut, Lena." Besorgt legte Schorsch seine Pranke auf ihre Schulter. „Des war halt a Missverständnis, verstehsch scho? Exklusiv, exotisch ...", er hielt die Hände abwägend in die Höhe, „des kann man scho mal verwechseln, net wahr?"

Helena atmete tief durch. Schorsch konnte ja wirklich nichts dafür! Sie hätte sich eben selbst um das Essen kümmern sollen, dann wäre das alles nicht passiert!

„Ist schon gut, Schorsch! Tut mir leid, dass ich dich so angefahren habe!"

Seufzend wandte sie sich ab und überlegte fieberhaft, was sie tun konnte, um die Situation zu retten. Aber so sehr sie auch hin und her überlegte, es wollte ihr einfach keine sinnvolle Lösung einfallen. Auf die Schnelle würde sie jedenfalls keinen anderen Caterer mehr bekommen, das stand schon mal fest! Es half nichts! Sie musste mit dem arbeiten, was hier war.

„Schorsch, hast du kurz Zeit?", fragte sie entschlossen.

„Klar, was soll i machen?"

„Wir zwei nehmen jetzt die weißblau-karierten Überläufer von allen Tischen herunter. Du fängst beim Buffet an, ich da hinten." Gehorsam nickte der Streifenpolizist und befolgte Helenas Anweisung. Offenbar wollte er seinen Fauxpas wieder gut machen.

Eine halbe Stunde später waren sie mit ihrer Arbeit fertig. Kritisch sah Helena in die Runde. Mehr konnte sie jetzt nicht tun. Ein Blick auf die Uhr verriet ihr, dass die Führung in den nächsten Minuten hier eintreffen würde. Schnell holte sie ihr Handy aus der Tasche und versuchte nochmal, Johannes zu erreichen.

„Dies ist die Mailbox von Johannes Hansen. Bitte hinterlassen Sie eine Nachricht nach dem Signalton".

Mist! Wieder nur die blöde Mailbox! Helena sprach eine Nachricht auf, in der sie Johannes eindringlich bat, sobald wie möglich zurückzurufen. Als sie auflegte, hörte sie bereits Stimmengewirr vom Gang her und

Franzi trat nebst Polizeipräsident Niedermaurer in den Raum, Herrn Meier im Schlepptau. Helena war mehr als erstaunt, als sie sah, dass Herr Niedermaurer Waschtl an der Leine führte. Der riesige Hund reichte ihm bis zum Bauchnabel.

„Ah, Lena", rief Franzi fröhlich und winkte Helena zu. „Da bisch du ja! Mir sin jetzt fertig mit unsrem kleinen Rundgang." Sie strahlte Herrn Niedermaurer an. „I hoff, Ihnen hat´s recht gut g´fallen bei uns."

„Aber freili, Frau Danner! Alles tipptopp bei Eana!" Der Polizeipräsident kniete sich auf ein Bein und kraulte den sabbernden Waschtl ausführlich am Kopf, was diesen dazu veranlasste, sich dankbar auf den Fuß von Herrn Niedermaurer zu setzen.

„Ja, hock di nur her da, du Bazi", lachte der hohe Beamte. „Du bisch mir vielleicht a Schlawina!" Waschtl leckte mit seiner langen Zunge dankbar über die Hand seines neuen Freundes.

„I hob dahoam au so nen Bazi, müssen´S wissa, Herr Meier." Der Polizeipräsident stand auf und wischte sich die nasse Hand unkompliziert an seiner Jacke ab. „Des g´freit mi ganz b´sonders, dass Sie mir so an scheena Empfang bereitet ham!"

Kriminalhauptkommissar Meier lächelte verlegen und breitete die Hände aus. „Ist doch selbstverständlich, Herr Polizeipräsident."

Helena konnte sich gerade noch davon abhalten, die Augen zu verdrehen.

„Was riecht denn hier so verführerisch?" Interessiert sah Herr Niedermaurer zum Buffet. Helena sah, wie sich die Augen von Herrn Meier vor Überraschung weiteten, als er die ungewohnten Speisen erblickte.

„Jo, sogn´S amol, Frau Hansen, woher hom jetzt Sie g´wusst, doss i a großer Fan von dera Türkei bin?“ Herr Niedermaurer trat ans Buffet und bestaunte die Auslage.

„Sogar a Baklava, hom´S do! Des sin fei ganz b’sondere Schmankerl!“ Mit spitzen Fingern klaute er sich ein Teil des klebrigen Gebäcks und steckte es sich genießerisch in den Mund. „I bin so frei, geh? Hmmmm, isch des guat!“ Begeistert sah er in die Runde. „Mei, wie mi des aber gfreit! Sie san mir vielleicht welche! “

Helena verstand zwar kein Wort, der Tonfall von Herrn Niedermaurer ließ aber keinen Zweifel aufkommen, dass er mehr als erfreut zu sein schien. Erleichtert atmete sie auf.

„Wie i den ewigen Braten leid bin! Immerzu gibt´s an Braten mit Knedeln. Endlich amol gibt´s was anderes! Net, dass i an g´scheitn Braten net mog, verstehn´S mi net falsch, aber hoid net Tag für Tag!“ Herr Niedermaurer wandte sich an den Kriminalhauptkommissar. „Da ham´s aber a patente Kollegin, Herr Meier, Reschpekt!“

„Da sind wir aber froh, dass wir Ihren Geschmack getroffen haben“, unterbrach Herr Meier seinen Chef sanft und bugsierte ihn behutsam zu den Tellerstapeln am Rande des Buffets. „Dann lassen Sie es sich bitte schmecken. Langen´S nur kräftig zu.“

Helena war froh, dass sie dem bayerischen Wortschwall entkommen war. Augsburgerisch war für sie schon schwer zu verstehen, aber nach ein paar Monaten hatte sie sich wenigstens einigermaßen daran gewöhnt, aber Bayerisch war nochmal eine ganz andere Hausnummer ...

Nach dem Essen, das allen Beteiligten ganz ausgezeichnet geschmeckt hatte, hielt Helena ihre Rede. Zum Einstieg wählte sie ein Zitat des gebürtigen Augsburgers Bertold Brechts: Wer die Wahrheit nicht weiß, ist bloß ein Dummkopf. Aber wer sie weiß und sie eine Lüge nennt, ist ein Verbrecher.

Geschickt gelang es Helena, das Zitat mit der Polizeiarbeit und der Geschichte des Präsidiums zu verknüpfen. Sie bemerkte, dass ihr Chef hin und wieder zustimmend nickte, und freute sich darüber, offenbar den richtigen Ton getroffen zu haben. Als die Polizeikapelle anschließend die ersten Töne anstimmte, verließ Helena erleichtert das Podium.

Kurz danach war die ganze Show auch schon vorüber. Helena begleitete Herrn Niedermaurer noch zu seiner Limousine und auch Franzi war mit von der Partie, da der Polizeipräsident darauf bestanden hatte, sich auch von ihrem Vierbeiner gebührlich zu verabschieden. Es folgte eine ausgiebige Streicheleinheit für den begeisterten Waschtl vor dem Auto, gefolgt von einer Reihe Handschlägen reihum. Helena bemerkte belustigt, dass die Herrschaften sich danach heimlich die Hand an der Uniform abwischten. Waschtls Fell war heute aber auch besonders speckig ...

Erleichtert verfolgte Helena schließlich die Abfahrt des Konvois. Herr Niedermaurer winkte ihnen zum Abschied nochmal freundlich zu und weg war er.

„Frau Hansen", unterbrach Herr Meier Helenas Gedanken, „da muss ich Ihnen wohl meinen Dank aussprechen. Der Herr Polizeipräsident meinte, dass er sich hier ausgesprochen wohl gefühlt habe." Sein Blick fiel auf Waschtl, der sich gerade mit der Pfote hinter dem Schlappohr kratzte. „Auch wenn ich zugeben muss, dass Ihre Methoden etwas unkonventionell waren." Nach einem kurzen Nicken begab sich ihr Chef wieder zurück ins Präsidium.

„Na, siehsch du! Isch doch alles gut ´gangen!", strahlte Franzi und legte ihr gut gelaunt einen Arm um die Schulter.

Helena umarmte ihre Freundin herzlich. „Dank dir, meine Liebe!"

Franzi kicherte. „Und dank Schorsch, natürlich!"

Helena fiel in ihr Lachen ein. Der arme Schorsch! Wie hatte sie ihn rundgemacht und dann war ausgerechnet das Buffet das Highlight des Tages gewesen! Sie nahm sich fest vor, es wieder gutzumachen und Schorsch zu seinem Lieblingsmetzger einzuladen.

Auf dem Weg zurück ins Büro sah Helena auf ihr Handy. Keine Nachricht. Warum meldete sich Johannes nicht?

„Erwartsch du nen Anruf?", fragte Franzi, der Helenas besorgte Miene nicht entgangen war.

Helena nickte seufzend. „Ja, weißt du, der Johannes ist heute nicht zur Arbeit erschienen, und ich versuche schon seit Stunden, ihn zu erreichen, aber Fehlanzeige!"

Franzi hakte sich bei Helena ein. „Jetzt komm erscht mal mit ins Büro und dann erzählsch mir bei einer schönen Tasse Tee alles der Reihe nach, ok?"

Helena folgte ihrer Partnerin erleichtert. Im Büro ließ sie sich von Franzi auf einen der Stühle an dem runden Tisch drücken und wartete darauf, dass ihre Kollegin aus der Kaffeeküche zurückkam.

„Schau mal, was ich noch ergattern konnte“, sagte Franzi freudestrahlend. Auf einem Tablett standen zwei große dampfende Tassen und ein Teller mit Stücken honigfarbener Baklava.

„I hab doch g´sehn, dass du nix gegessen hasch vorhin!“ Vorsichtig stellte Franzi das beladene Tablett auf dem Tisch ab.

Helena staunte abermals über die Beobachtungsgabe ihrer Partnerin. Sie war tatsächlich viel zu aufgeregt gewesen, um auch nur einen Bissen zu sich zu nehmen! Jetzt, wo sich die Aufregung merklich gelegt hatte, machte sich ihr Magen mit einem lauten Knurren bemerkbar. Etwas Deftiges wäre ihr jetzt zwar lieber gewesen, aber wie Franzi ihr gerade erklärte, war fast alles restlos aufgegessen worden.

„Und was no da war, hat sich der Niedermaurer einpacken lassen!“, erklärte sie kopfschüttelnd.

Die Baklava war zuckersüß und schmolz förmlich in Helenas Mund. Ein paar Minuten lang genossen die beiden Frauen schweigend ihre Mahlzeit. Ein Geräusch von Helenas Handy riss sie aus ihrer Andacht. Ein schneller Blick auf das Display zeigte der enttäuschten Kommissarin, dass sie nur eine Werbemail erhalten hatte.

„Wieder nix, oder?“, fragte Franzi mitfühlend.

Helena schüttelte den Kopf. „Leider nein.“

„Jetzt erzähl mal schön der Reihe nach, was mit dem Hannes los isch“, forderte Franzi.

Seufzend berichtete Helena der Augsburgerin alles, was sie wusste. Auch die Joints und die Pillen ließ sie nicht aus. Mit ernstem Gesichtsausdruck hörte sich Franzi alles an. Sie unterbrach Helenas Ausführungen nicht ein einziges Mal, sondern ließ sie in Ruhe zu Ende erzählen.

„Wann hasch du den Hannes denn zum letzten Mal g´sehn?", fragte Franzi, als Helena ihre Erzählung beendet hatte.

Helena dachte nach. „Hmmm … Das war gestern Abend, gleich nachdem du und Nick gegangen seid. Da hab ich mit ihm kurz gesprochen."

„Und heute früh?", hakte Franzi nach.

„Johannes wollte heute allein zur Arbeit", sagte Helena nachdenklich. „Deshalb habe ich nicht an seine Tür geklopft." Sie sah Franzi entschuldigend an. „Weißt du, unser Verhältnis ist momentan etwas, na ja, sagen wir mal, angeschlagen, daher hielt ich es für das Beste, ihn in Ruhe zu lassen."

„Hätt i ganz genauso g´macht", tröstete Franzi sie und tätschelte Helenas Hand.

„Moment", unterbrach Helena ihre Kollegin aufgeregt, „da fällt mir was ein! In der Küche stand die gebrauchte Kaffeetasse von Johannes!"

Sie ließ sich gegen die Stuhllehne zurücksinken.

„Wo ist der Jung nur in aller Herrgottsfrühe hin?"

„Du weißt also nicht, mit wem sich der Hannes immer getroffen hat, wenn er weg war?"

Helena schüttelte den Kopf. „Er hat mir nur gesagt, dass er Leute in der Arbeit kennengelernt hat, mit denen er sich trifft."

Franzi stand auf. „Na, da ham wir doch unsren erschten Anhaltspunkt! Mir zwei Hübschen statten jetzt dem Wamser mal nen Besuch ab." Sie vergewisserte sich, dass Waschtl tief und fest schlief, was man an seinem lauten Schnarchen relativ leicht erkennen konnte und ging zur Tür.

Helena gefiel die Idee und sie folgte ihrer Kollegin zur Poststelle. Sie fanden den Oberwachtmeister wie üblich an seinem Schreibtisch vor, wo er emsig Post sortierte. Als die beiden Frauen eintraten, blickte er auf.

„Ah, die Damen Kommissar!" Der Beamte erhob sich von seinem Stuhl und ging zum Tresen, der das Zimmer teilte und vor dem Helena und Franzi auf ihn warteten. „Was kann ich für Sie tun?"

„Mir ham nur a paar Fragen wegs dem Hannes, verstehn´S?", eröffnete Franzi das Gespräch.

Besorgt sah der kleine Mann von einer Frau zur anderen. „Was ist denn mit dem Bub?"

Helena erklärte Herrn Wamser, dass sie Johannes nicht erreichen konnte und sich deswegen Sorgen machte. Die Sache mit den Drogen ließ sie geflissentlich aus. Das musste schließlich nicht jeder wissen!

„Haben Sie vielleicht eine Ahnung, mit wem sich Johannes angefreundet haben könnte?", fragte Helena zum Schluss.

Nachdenklich kratzte sich Herr Wamser am Kopf. „Ja, wissen´S, zur Zeit ham wir doch gar net so viele Praktikanten auf'm Revier. I hab nie g´sehn, dass sich der Bub mit anderen trifft." Bedauernd hob er seine Hände. „Tut mir sehr leid, dass i Ihnen da net weiterhelfen kann!"

Enttäuscht ließ Helena den Kopf hängen. Sie verabschiedete sich von dem besorgten Herrn Wamser und ging gemeinsam mit Franzi zurück ins Büro.

„So a Mischt!", schimpfte Franzi. „Fehlanzeige!"

Helena versuchte ein weiteres Mal, Johannes zu erreichen. Leider wieder ohne Erfolg. Inzwischen war es fast vier Uhr.

„Wahrscheinlich nimmt sich der Bub nur ne Auszeit", versuchte Franzi ihre Partnerin zu trösten.

Helena nickte zustimmend, hatte aber kein gutes Gefühl bei der Sache.

„Und wenn du sei Mutter mal fragsch? Vielleicht weiß die ja was?"

Helena schüttelte bestimmt den Kopf. „Auf keinen Fall! Jenny ist sowieso schon besorgt genug wegen Johannes! Die flippt aus, wenn ich ihr sage, dass ich nicht weiß, wo der Jung ist!"

Franzi nickte nachdenklich. „Da hasch au wieder recht!"

Auf einmal schien der Augsburgerin eine Idee zu kommen. Sie lief zu ihrem Schreibtisch und wählte eine Nummer. Nach einem kurzen Gespräch legte sie auf und setzte sich wieder zu Helena an den Tisch. Sie lehnte sich frustriert auf ihrem Stuhl zurück und ließ verärgert ihre Hände auf den Schoß fallen.

„Leider au Fehlanzeige! Die Kollegen vom Eingang kennen zwar dein Hannes, ihnen isch aber nie aufg´fallen, dass er mit anderen das Gebäude verlassen oder betreten hat. Außer halt mit dir."

„Wir müssen der Tatsache ins Auge sehen, dass Johannes mich belogen hat!", sagte Helena betrübt. „Wer weiß, mit wem er sich trifft!"

Vor ihrem inneren Auge erschien das Bild von Mark Blech, wie er bleich und still auf seinem letzten Ruheplatz unter der Wertachbrücke lag. Sie schlug die Hände vor ihr Gesicht und stöhnte verzweifelt.

„Ich hab´s voll verbockt! Aufpassen hätte ich sollen und jetzt schau mich mal an! Ich hab überhaupt keine Ahnung, wo der Jung ist und mit wem er sich herumtreibt! Und Drogen nimmt er außerdem!"

Franzi stand auf und lief um den Tisch herum. Sie nahm Helena in den Arm und strich ihr tröstend über den Rücken.

„Jetzt mach dir mal keine Sorgen, Lena! Der taucht scho wieder auf! Wahrscheinlich kommt er genau in diesem Moment bei euch daheim zur Tür rein und hat gar kei Ahnung, dass du dir seinetwegen solche Sorgen machsch!"

Helena blickte hoffnungsvoll auf. „Meinst du?"

Franzi nickte bestimmt. „Na klar! Am beschten gehsch du jetzt heim und wartesch da auf den Buben! I informier mal die Kollegen und sag denen, dass sie ein Auge nach ihm aufhalten sollen. Offiziell können wir ihn ja no net vermisst melden, aber so geht´s doch au, oder?" Helena stimmte Franzi erleichtert zu und packte ihre Tasche.

„Aber du sagst mir doch gleich Bescheid ...", sagte sie mit einem Blick über die Schulter auf dem Weg zur Tür.

„Freilich! I ruf di an, sobald i was weiß! Jetzt naus mit dir!"

Dankbar winkte Helena Franzi zu und verließ das Büro.

Auf dem Nachhauseweg stellte sie sich vor, wie sie Johannes Döner mampfend in ihrer Küche vorfinden würde, und war daher mehr als enttäuscht, als sie ihre Wohnung verwaist vorfand. Es gab keinerlei Anzeichen dafür, dass Johannes in der Zwischenzeit zu Hause gewesen war.

Auch in seinem Zimmer fand Helena keinen Hinweis darauf, wo er sein könnte. Zu ihrer Erleichterung fand sie aber auch keine weiteren Drogen. Sie ließ sich auf Johannes' Bett sinken und zerbrach sich den Kopf darüber, ob sie was übersehen haben könnte, aber vergeblich.

Um 18 Uhr klingelte plötzlich Helenas Handy. Johannes! Helena stürzte in die Küche, wo das Telefon am Aufladegerät hing. Sie riss das Handy hoch und sah am Anruferbild sogleich, dass es nicht Johannes war, der sie anrief.

„Hallo Franzi", meldete sie sich mit enttäuschter Stimme.

„Grüß dich, Lena", antwortete die Augsburgerin. „I wollt bloß fragen, ob´s was Neues gibt? Aber wenn i dein Tonfall richtig interpretier, dann wohl eher net, geh?"

„Leider nicht! Ich warte hier schon seit einer Ewigkeit auf Johannes, aber er taucht einfach nicht auf!", schüttete Helena Franzi ihren Kummer aus.

„Soll i vorbeikommen, dass mir gemeinsam auf ihn warten?", bot Franzi an.

Helena war drauf und dran das großzügige Angebot ihrer Kollegin anzunehmen, lehnte nach reiflicher Überlegung aber dann doch ab.

„Ich danke dir schön, aber ich glaube nicht, dass es was bringt, wenn wir uns beide die Nacht um die Ohren schlagen. Vor allem nach dem anstrengenden Tag heute!"

„Aber du rufsch mi glei an, wenn du was erfährsch, ok? Egal um welche Zeit!"

Helena versprach Franzi, sich zu melden und legte kurze Zeit später auf.

Den restlichen Abend verbrachte sie mit Warten. Plötzliches Klingeln schreckte Helena auf und sie eilte zur Tür, wo sie enttäuscht feststellte, dass es nur Nick war, der einen Brief für sie in der Hand hielt, der aus Versehen in seinem Briefkasten gelandet war und nicht Johannes. Der junge Mann erfasste Helenas Gemütszustand mit einem Blick. Er trat näher und fasst sie am Arm. „Helena, was ist geschehen?"

Helena schossen die Tränen in die Augen. Vor Sorgen war sie wie gelähmt und konnte nicht verhindern, dass sie vor Nick flennte wie ein kleines Mädchen.

Behutsam zog Nick die schluchzende Helena in seine Arme und hielt sie fest umschlossen. Seine Wärme tat so gut, dennoch dauerte es eine ganze Weile, bis Helena sich beruhigt hatte. Mit stockenden Worten berichtete sie Nick von Johannes' Verschwinden. Ernst hörte der junge Mann zu.

„Kann ich was für dich tun?", fragte er und strich ihr sanft eine Haarsträhne hinter das Ohr.

Helena schüttelte den Kopf. Er hatte ihr schon mehr geholfen, als er ahnte. Allein seine Nähe wirkte wie Balsam auf ihre aufgebrachte Seele.

„Das ist lieb, aber es gibt leider nichts, was du tun kannst."

Nick rang Helena das Versprechen ab, ihn sofort zu holen, wenn sie ihn brauchte, und zog sich erst zurück, als er es erhalten hatte. Für alle Fälle hatte er ihr seine Handynummer hinterlassen.

Helena setzte sich wieder eine Zeitlang in die Küche. Hunger hatte sie überhaupt keinen und Versuche, sich mit Lesen oder Fernsehschauen abzulenken, schlugen allesamt fehl. Helenas Gedanken kreisten ununterbrochen um Johannes und je mehr die Zeit voranschritt, desto düsterer wurden sie.

12.

Trotz ihrer Sorgen musste Helena eingenickt sein. Im Traum sah sie Mark Blech, eifrig in sein Notizbuch kritzelnd, am Ufer der Wertach sitzen. Er sah jung und unbeschwert aus. Dann wechselte die Szene plötzlich und Helena sah sich über seinen Leichnam gebeugt. Doch der Tote trug nicht die Gesichtszüge von Mark, sondern die von Johannes. Helena schreckte aus ihrer unbequemen Sitzposition auf der Couch hoch und brauchte eine Weile, um sich zu orientieren. Sie schaute auf die Uhr. Es war drei Uhr. Sie hatte also tatsächlich ein paar Stunden geschlafen, was mit Sicherheit dem anstrengenden Tag geschuldet war. Nun war Helena aber hellwach und sprang vom Sofa auf. Sicher war Johannes nachts nach Hause gekommen, und sie hatte ihn nicht gehört!

Ihre Hoffnung wurde jäh zerstört, als sie in seinem Zimmer nachsah. Das Bett war unberührt, von Johannes keine Spur. Helena ließ sich an der Tür entlang auf den Boden gleiten und vergrub ihr Gesicht in den Händen. Tränen rannen über ihre Wangen und verzweifelt raufte sie sich die Haare. Wo war er nur?

Eine ganze Weile gab sich Helena ihrer Verzweiflung hin und ließ ihrem Kummer freien Lauf. Dann putzte sie sich die Nase, wischte entschlossen die Tränen weg und stand auf, um in die Küche zu gehen, wo sie ihre

Siebträgermaschine einschaltete. Ein starker Espresso würde ihr jetzt guttun!

Um kurz nach fünf bemerkte Helena bei einem Blick aus dem Fenster, dass der Morgen langsam graute. Sie stand auf, um zu duschen und damit den Tag offiziell einzuläuten, als ein schriller Ton die morgendliche Stille zerriss. Ihr Handy! Helena brauchte keine drei Sekunden, um ranzugehen. Sie schaute nicht mal auf das Display, sondern drückte sofort auf den grünen Hörer.

„Johannes?", rief sie mit schriller Stimme. Ihr Herz hämmerte wie verrückt.

„Helena ..." Obwohl der Anrufer flüsterte, erkannte Helena sofort Johannes' Stimme! Ein Felsbrocken fiel ihr vom Herzen. Er lebte! Oh Gott sei Dank, er lebte!

„Hilf uns", wisperte Johannes mit belegter Stimme. Helena erstarrte! Ihr Gefühl hatte sie nicht getrogen, der Junge war in Gefahr!

„Wo bist du?", fragte sie aufgeregt und kramte ihr Notizbuch aus ihrer Tasche hervor.

„Ich weiß nicht genau...", kam die leise Antwort. „Wir sind in einem Keller. Es ist ganz dunkel!"

„Geht es dir gut? Bist du verletzt?"

„Ich kann nicht aufstehen", antwortete Johannes mit zitternder Stimme. „Und mir ist schlecht. So schlecht!" Er stöhnte. „Aber Bogdan ist schlimmer dran! Du musst schnell machen!"

Fieberhaft dachte Helena nach. Von wem sprach Johannes da? Aber egal, das musste jetzt warten. Für lange Erklärungen war keine Zeit.

„Johannes, hör mir gut zu, ja? Du bleibst am Telefon! Du legst nicht auf, hast du verstanden? Ich komme und hole dich! Aber du musst am Telefon bleiben, ok?"

Johannes hustete würgend. „Ok“, stieß er hervor.

„Ich spreche gleich wieder mit dir. Warte kurz, ok?“, sagte Helena, die schon ihr Festnetztelefon in der Hand hielt.

„Helena?“

Johannes klang so jung und hilflos, dass es Helena beinahe das Herz brach.

„Ja?“

„Du kommst doch wirklich ...?“

„Ich verspreche es dir!“, versicherte Helena ihm. „Ehrenwort! In Kürze bin ich bei dir!“

Sie drückte die Lautsprechertaste auf ihrem Handy, um ja zu hören, falls Johannes noch etwas sagte. Dann wählte sie Franzis Nummer auf dem Festnetztelefon und vernahm kurz darauf die verschlafene Stimme ihrer Kollegin. Schnell setzte sie sie über die Vorkommnisse ins Bild.

„Du, i schalt di schnell auf Lautsprecher, damit i mi anziehn kann, ok?“ Helena hörte Franzi im Hintergrund herumwurschteln.

„Franzi, ich sehe keine andere Möglichkeit, als Johannes’ Handy zu tracken. Aber bis das durch die offiziellen Kanäle geht, können Stunden vergehen!“

„Des stimmt! Des dauert immer ewig!“, stimmte Franzi Helena zu. Inzwischen schien sie angezogen und hellwach zu sein, denn ihre Stimme tönte laut und deutlich durch den Hörer.

„Aber zum Glück muss ja net immer alles offiziell laufen, net wahr?“

„Wie meinst du das jetzt?“, fragte Helena verwirrt.

„Na, ganz einfach! I hab da so ein paar Kontakte, die uns weiterhelfen können. I schlag also Folgendes vor:

du gibsch mir jetzt glei mal die Handynummer vom Hannes und dann fährsch du los und holsch mi ab, ok? Wär ja gelacht, wenn i bis dahin net rauskrieg, wo sich der Bub versteckt!"

Helena gab Franzi die Nummer durch und legte auf. Dann schnappte sie sich ihre Autoschlüssel und lief mit dem Handy am Ohr los.

„Johannes? Bist du noch da?"

„Ja, ich bin da", kam seine Stimme schwach zurück.

„Ich komme bald! In ein paar Minuten bin ich bei dir, ok?"

„Ok."

Sie verband ihr Handy mit der Freisprechanlage ihres Autos und sprach die ganze Fahrt über mit Johannes. Obwohl sie nur einsilbige Antworten erhielt, war sie doch erleichtert, seine Stimme zu hören. Als sie in Franzis Straße ankam, stand ihre Kollegin schon vor dem Haus. Sie öffnete die Autotür und sagte: „I weiß, wo er isch!" Dann stieg sie in den Wagen und reichte Helena ihr Handy, wo sie die Adresse bereits in das Navi eingegeben hatte.

„Er isch in Lechhausen! In der Winklerstraße 19 in nem Wohngebäude."

Helena fuhr mit quietschenden Reifen los.

„Hast du gehört, Johannes? Wir sind unterwegs!", sagte Helena aufgeregt in die Freisprechanlage.

„Beeil dich!", kam seine schleppende Stimme zurück. „Bogdan atmet so komisch!"

Alarmiert sahen sich die Kommissarinnen an. Das klang gar nicht gut!

„I hab scho den Notarzt alarmiert! Der müsst au bald da sein!", flüsterte Franzi Helena beruhigend zu. Helena nickte ihrer Partnerin dankbar zu. In ihrer Aufregung hatte sie gar nicht daran gedacht, den Notarzt zu verständigen.

Das Navi hatte die Strecke Göggingen-Lechhausen mit knapp 20 Minuten berechnet, Helena brauchte aber gerade mal die Hälfte der Zeit. Für den Berufsverkehr war es noch zu früh und sie hatte ordentlich Gas gegeben.

Die Uhr zeigte Viertel vor sechs, als Helena und Franzi vor einem schäbigen Mehrfamilienhaus in Lechhausen parkten und aus dem Auto sprangen. Sie liefen zur Tür mit der Nummer 19 und versuchten vergeblich sie zu öffnen. Abgesperrt! Kurz entschlossen fuhr Helena mit der Hand über sämtliche Klingeln. Ein Hund bellte und vereinzelte Lichter gingen an.

„Wer ist denn da?", ertönte die zittrige Stimme einer älteren Frau aus der Sprechanlage.

„Polizei! Bitte öffnen Sie die Tür!"

Es surrte und die Kommissarinnen traten ins Haus. Im Erdgeschoss stand eine alte Dame im Nachthemd vor ihrer Tür und sah neugierig zu ihnen hinüber.

„Was suchen Sie denn?"

„Sagen Sie, wo ist denn der Eingang zum Keller?", fragte Helena ruppiger als beabsichtigt.

„Gleich um die Ecke. Sie müssen an den Briefkästen vorbei und dann scharf links."

„Danke."

Helena hörte, wie sich mehrere Türen im Treppenhaus öffneten und Stimmen fragend riefen, was da los sei. Sie kümmerte sie jedoch nicht weiter darum, sondern folgte Franzi in den Keller. Eine kurze, steile Steintreppe führte nach unten, spärlich beleuchtet von einer einsamen Glühbirne.

Vor ihnen erstreckte sich ein langer Gang, von dem beidseitig mehrere Türen abgingen.

„Johannes?", rief Helena laut. „Wo bist du?"

Zuerst hörte sie nichts, dann vernahm sie aus einem Abteil auf der linken Seite ein blechernes Klopfen.

Entschlossen traten die Kommissarinnen an die Tür heran.

„Johannes, wir kommen jetzt rein! Gleich sind wir bei dir!"

Die Türklinke ließ sich zwar bewegen, aber die Tür war, wie Helena bereits befürchtet hatte, abgeschlossen.

„Geh mal zur Seite", sagte Franzi grimmig. Sie trat ein paar Schritte zurück und rammte voller Wucht mit ihrer Schulter gegen die Holztür. Das morsche Holz gab augenblicklich nach und Franzi flog beinahe mit der Tür in den Raum.

Helena trat schnell hinterher. Es dauerte ein paar Sekunden, bis sich ihre Augen an die Dunkelheit gewöhnt hatten, aber endlich konnte sie zwei Schemen an der gegenüberliegenden Wand ausmachen.

Franzi versuchte vergeblich, das Licht anzuschalten.

„Kaputt", sagte sie frustriert und schaltete die Taschenlampe an ihrem Handy ein.

Helena erschrak. Johannes bleiches Gesicht blickte ihr entgegen. Eine Sekunde lang fühlte sie sich an das ebenso bleiche, starre Gesicht von Mark Blech erinnert, aber der Eindruck verflog, als der Jugendliche stöhnte und vor Schmerzen das Gesicht verzog.

Helena eilte an seine Seite und versuchte die Situation zu erfassen. Johannes lehnte an der Wand sitzend neben einem alten Heizkörper, gegen den er geklopft haben musste, um auf sich aufmerksam zu machen. An seiner Seite lag ein anderer junger Mann verkrümmt auf dem Boden, dessen Kopf Johannes behutsam an seine Brust drückte.

„Du musst Bogdan helfen, Helena. Ihm geht es sehr schlecht!"

Franzi kniete bereits neben dem bewusstlosen Jugendlichen und fühlte seinen Puls. Sie nickte Helena kurz zu und begann dann vorsichtig, den Verletzten von Johannes zu lösen, um ihn in die stabile Seitenlage zu legen.

„Lass ihn jetzt los, Hannes", redete sie Johannes sanft zu. „I kümmer mi um deinen Freund!"

Johannes ließ erschöpft den rechten Arm sinken und schloss kurz die Augen. Helena war zu Tode erschrocken, als Franzi den bewusstlosen Jugendlichen von Johannes gelöst und behutsam auf die Seite gelegt hatte. Johannes' Klamotten waren blutverschmiert und sein Bein stand in einem unnatürlichen Winkel ab. Auch der linke Arm hing schlaff an seiner Seite und Helena konnte durch den zerrissenen Pulli eine offene Wunde sehen.

Sie setzte sich ganz dicht an Johannes, um ihn zu wärmen, und nahm vorsichtig seine Hand.

„Jetzt wird alles gut! Ich bin ja da!"

Der Jugendliche begann zu zittern und vergrub seinen Kopf an Helenas Schulter. Sie spürte, wie seine Tränen ihren Pulli durchnässten. Helena schloss die Augen. Dankbar spürte sie die regelmäßigen Atemzüge von Johannes und eine große Anspannung fiel von ihr ab. Er war hier bei ihr und er lebte!

Ein lautes Rumpeln aus dem Treppenhaus riss Helena zurück in die Gegenwart. Der Notarzt kam mit zwei Sanitätern die Treppe herunter, angeführt von der alten Dame, die es sich nicht nehmen ließ, einen neugierigen Blick zur Tür hineinzuwerfen. Franzi scheuchte die alte Dame und die übrigen Hausbewohner, die sich inzwischen im Gang versammelt hatten, resolut zurück in ihre Wohnungen.

Der Arzt beugte sich zuerst über Johannes, doch der wehrte ihn ab.

„Bitte", sagte er eindringlich, „kümmern Sie sich zuerst um Bogdan. Ihm geht´s nicht gut!"

Helena kamen ob der Selbstlosigkeit von Johannes beinahe die Tränen. Beklommen beobachtete sie den Arzt, der sich dem zweiten Jugendlichen zuwandte und ihn sorgfältig untersuchte.

„Er muss stabilisiert werden und dann sofort ab in die Klinik mit ihm. Geben Sie ihm eine Halsmanschette und seien Sie um Himmels willen vorsichtig beim Transport. Verdacht auf Schädelbasisbruch!", wandte sich der Arzt an die Sanitäter, die sich gleich darauf an die Arbeit machten.

Der Arzt wandte sich an Johannes: „Nun, junger Mann, darf ich mir deine Verletzungen mal ansehen?"

Johannes nickte tapfer und ließ die schmerzhafte Prozedur über sich ergehen. Lediglich als der Arzt vorsichtig seinen linken Arm bewegte, zuckte er zusammen und stöhnte laut auf.

„Was ist mit ihm, Herr Doktor?", fragte Helena bang.

„Gehören Sie zur Familie?", fragte der Arzt zurück.

Helena sah Johannes an, der sie mit seinen dunklen Augen fixierte, als wolle er sicherstellen, dass sie wirklich bei ihm war.

„Ja", antwortete sie mit fester Stimme und drückte Johannes Hand. „Wir sind eine Familie."

„Also gut. Der junge Mann hat eine Fraktur am linken Schienbein und des Weiteren eine offene Fraktur am linken Oberarm knapp unterhalb der Schulter erlitten. Außerdem finden sich zahlreiche Prellungen am ganzen Körper."

Helena schluckte. Das klang gar nicht gut!

„Aber er wird doch wieder?", fragte sie ängstlich.

„Aber sicher doch", sagte der Arzt zuversichtlich. „Es wird zwar eine ganze Weile dauern, bis er wieder Sport machen kann, aber das wird schon wieder!"

Er richtete sich auf.

„Der zweite Sanka kommt in wenigen Minuten. Können Sie solange bei unserem Patienten bleiben, damit ich mit dem anderen jungen Mann mitfahren kann?"

Helena nickte. „Ich gehe nirgendwohin!" Liebevoll strich sie mit ihrer Hand eine Strähne aus Johannes bleichem Gesicht und lächelte ihm zu. Ernst sah der Jugendliche ihr in die Augen.

„Danke", sagte er mit belegter Stimme.

„Dafür ist Familie doch da!", winkte Helena ab und drückte seine Hand.

Eine halbe Stunde später fuhr Helena mit ihrem Auto hinter dem Krankenwagen her. Die Sonne war inzwischen aufgegangen und tauchte die Stadt in ihr goldenes Licht. Helena erschien die friedliche Szene beinahe unwirklich.

Franzi war in Lechhausen zurückgeblieben und hatte Kollegen angefordert, um ihr bei der Sicherung etwaiger Spuren und der Befragung der Hausbewohner zu helfen.

Im Klinikum angekommen wurde Johannes sogleich in den OP gefahren, da der offene Bruch am Arm operiert werden musste. Das Bein würde ebenfalls gerichtet werden, solange der Jugendliche unter Vollnarkose war.

Nachdem Helena ein paar unruhige Stunden im Warteraum verbracht hatte, kam endlich ein Arzt in grünem Kittel zu ihr, um ihr die Nachricht von der überstandenen Operation zu überbringen.

„Der junge Mann wird noch einige Zeit Krankengymnastik über sich ergehen lassen müssen, aber mit etwas Geduld wird er wieder so gut wie neu werden."

Erleichtert lauschte Helena den guten Nachrichten. Sie bat darum, an Johannes' Bett warten zu dürfen, bis er von der Narkose erwachte, was ihr großzügig gewährt wurde.

Johannes lag in tiefem Schlaf, als Helena in das Krankenzimmer kam. Sein Arm und sein Bein waren geschient worden und Wund- und Infusionsschläuche ragten aus den Verbänden heraus. Leise setzte sich Helena auf einen Stuhl, den sie so nah wie möglich an das Bett heranschob. Johannes sah so jung und verletzlich aus, wie er da so still vor ihr lag. Kein Zoll der aufbrausende Teenager, den sie kennengelernt hatte.

Helena musste eingeschlafen sein. Die Aufregung war wohl einfach zu viel für sie gewesen. Mit dem Kopf lag sie auf dem Rand des Bettes und spürte eine Hand auf ihren Haaren. Sie hob den Kopf und sah geradewegs in Johannes braune Augen.

„Du bist ja wach!", sagte sie überrascht.

„Kein Wunder, so laut wie du geschnarcht hast!", antwortete Johannes mit heiserer Stimme.

„Frechheit!", empörte sich Helena gespielt. Sie sah ihm forschend in die Augen. „Sag mal, wie geht´s dir denn jetzt?"

Johannes verzog das Gesicht. „Wie wenn ich hundertmal durch eine Mangel gedreht worden wäre! Mir tut jeder Knochen im Leib weh."

Helena klingelte nach der Schwester. „Ich frag mal nach, ob sie dir nicht etwas gegen die Schmerzen geben können."

Dankbar nickte Johannes. Kurz darauf erschien auch schon ein junger Krankenpfleger und verabreichte Johannes eine Tablette.

„Die sollte bald wirken und dann wirst du gut schlafen! Das ist jetzt eh das Beste für dich!", sagte der junge Mann und verließ mit einem Gruß in Helenas Richtung das Zimmer.

Johannes sah Helena ängstlich an: „Was ist mit Bogdan?"

Erst als Helena ihm hoch und heilig versprochen hatte, sich nach seinem Freund zu erkundigen, versank Johannes wieder in einem tiefen, heilsamen Schlaf.

Helenas Handy klingelte. Sie warf einen prüfenden Blick auf den schlafenden Jugendlichen und ging dann leise aus dem Zimmer.

„Ja, Franzi?“

„I hab Neuigkeiten, Helena. Aber sag mir zerscht mal, wie's unsrem Hannes geht.“

Helena fasste die Aussage des Arztes für Franzi zusammen.

„Na also, der wird scho wieder! Unkraut vergeht net, geh?“, sagte ihre Kollegin zufrieden.

„Aber jetzt sag mir bitte, was du herausgefunden hast!“, drängte Helena.

„Also, im Kellerabteil ham mir außer viel Blut und nem Eisenrohr net viel g'funden. Zum Glück ham mir aber jede Menge Fingerabdrücke sicherstellen können.“

„Das hört sich schon mal gut an“, sagte Helena.

„Der Freund von deinem Hannes isch ein gewisser Bogdan Horvat. Die Klinik hat ang'rufen, weil sie seine Ausweispapiere in seiner Hosentasche g'funden ham.“

Interessiert hörte Helena zu. Das war ja mal ein Glückstreffer!

„Mir sin dann halt zu der Adresse von dem Bogdan g'fahren und dreimal darfsch du raten, wen wir dort vorg'funden ham!“

„Jetzt spann mich doch nicht so auf die Folter!“, grollte Helena ihrer Kollegin.

Die musste lachen. „Ja, ja, schon gut! I sag's dir ja scho! Also ...“, Franzi räusperte sich, „als wir bei der Adresse von dem jungen Mann geklingelt ham, wer öffnet uns da wohl die Tür?“

Helena rollte mit den Augen. Franzi konnte es einfach nicht lassen!

„Na, unsre Kleine!“ Triumph schwang in Franzis Stimme mit.

„Wer jetzt?“, fragte Helena verwirrt.

„Na, unsre kleine Diebin! Klingelt´s jetzt bei dir?“

Helena war baff erstaunt. Mit so etwas hatte sie überhaupt nicht gerechnet!

„Was macht unsere Diebin bei Bogdans Adresse?“ Der Schlafmangel ließ Helena keinen klaren Gedanken fassen.

Franzi lachte wieder. „Au weia, Lena, du bisch vielleicht fertig! Du checksch heut nix mehr, geh?“

Helena musste über sich selbst den Kopf schütteln. In ihrem Kopf herrschte das reinste Chaos. Zuerst der Besuch des Polizeipräsidenten, dann die Aufregung um Johannes’ Verschwinden ...

„Komm, i helf dir“, sagte Franzi fröhlich. „Also, bei der jungen Dame handelt es sich um Bogdans Schwester Maria, verstehsch?“

Dunkel erinnerte sich Helena, dass das Mädchen bei seiner Vernehmung von ihrem Bruder gesprochen hatte.

„Aber was hat jetzt der Johannes ...“, während Helena laut nachdachte, fing sie auf einmal an die Zusammenhänge zu verstehen. Sie schlug sich vor die Stirn.

„Jetzt isch der Groschen au bei dir g´fallen, stimmt´s?“, sagte Franzi lachend.

„Freunde von der Arbeit ...“, sprach Helena ihre Gedanken laut aus, „damit hat er die Maria gemeint, stimmt´s?“

„Richtig! Des Mädel war außer sich vor Sorge, weil Bogdan nicht nach Hause gekommen war und daher sehr kooperativ uns gegenüber. Sie isch erst vor kurzem mit Bogdan und ihrem Vater von Kroatien nach Augsburg gezogen. Der Vater spricht kein Deutsch und spielt im Leben der Kinder, wie Maria sagt, wohl so gut wie kei Rolle. Die Geschwister stehen sich aber sehr nah.“

Helena hörte gespannt zu.

„Der Hannes hat wohl im Präsidium rausg´funden, in welches Heim die Maria gebracht worden isch. Er hat sie dort rausg´holt und isch dann bei ihr auf Bogdan getroffen. Der Kroate isch schwer drogensüchtig, wie Maria uns erzählt hat und wohl in schlechte Kreise g´raten. Der Dealer hat immer mehr Geld von ihm verlangt und Bogdan hat irgendwann nimmer zahlen können und stand bei ihm in der Kreide.“

Helena nickte nachdenklich. „Deshalb ist Maria auch klauen gegangen!“

„Bingo! Das Mädel hat versucht, die Schulden ihres Bruders zu bezahlen, musste aber mit dem Klauen aufhören, als mir se erwischt ham. Da isch der Dealer wohl unangenehm g´worden und hat den Bogdan bedroht.“

„Und Johannes?“

„... wollte Bogdan aus der Patsche helfen, so sagt wenigschtens die Maria.“

Helena war Johannes' Motivation für sein Verhalten immer noch nicht ganz klar, aber das würde sie später herausfinden, wenn er vernehmungsfähig war.

„Weiß man was über den Dealer?“, fragte Helena nach.

„Leider net viel. Maria hat den Kerl nur ein einzigs Mal g´sehn und da hat er ne Kapuzenjacke getragen und die Kapuze tief ins G´sicht zogen.“

„Dann werden wir versuchen müssen, mehr von Johannes und Bogdan zu erfahren, damit wir den Kerl schnappen können“, sagte Helena entschlossen.

„Wie geht´s denn Bogdan eigentlich?“, fragte Franzi besorgt.

„Ich geh gleich mal und such ein paar Ärzte. Hoffentlich können die mir etwas über seinen Zustand berichten.“

„Tu das, meine Liebe.“

„Und was passiert jetzt eigentlich mit Maria?“

„Net viel! Jetzt, wo mir wissen, wo sie wohnt, kann sie uns ja nimmer durch die Lappen gehen. I hab vorsichtshalber mal den Leuten vom Jugendamt B´scheid gegeben, dass sie a Auge auf die Familie ham soll´n.“

Da alles Wichtige gesagt war, verabschiedeten sich die beiden Frauen voneinander. Helena versprach, Franzi ins Bild zu setzen, sobald sie etwas von Johannes herausbekommen hatte.

Nach mehreren erfolglosen Anläufen fand Helena endlich einen Arzt, der ihr über Bogdans Zustand Auskunft gab, nachdem sie ihm ihren Polizeiausweis gezeigt hatte. Der junge Kroate hatte einen sogenannten Felsenbeinquerbruch am Schädel erlitten, wodurch sein Gehör in Mitleidenschaft gezogen war. Der Arzt konnte noch nicht mit Bestimmtheit sagen, ob der junge Mann sein Gehör wieder ganz zurückerlangen würde. Auch Lähmungen der Gesichtsnerven waren bei Bogdan aufgetreten, die sich aber hoffentlich zurückbilden würden. Der junge Mann war momentan stark sediert und würde erst in ein paar Tagen vernehmungsfähig sein.

Helena dankte dem Arzt und ging zurück zu Johannes, der immer noch tief und fest schlief. Inzwischen war es Mittag vorbei und die Sonne schien warm und hell durch das Fenster im sechsten Stock des Krankenhauses, in dem Johannes lag. Von hier oben hatte man einen atemberaubenden Blick auf Augsburg. Helena konnte nicht nur den Hotelturm sehen, ein von den Augsburgern auch liebevoll Maiskolben genanntes Hochhaus, in dem neben einem Hotel auch Privatwohnungen untergebracht waren, sondern auch etliche Kirchturmspitzen ausmachen. Die große Basilika St. Ulrich und Afra, die ganz in der Nähe ihrer Wohnung lag, thronte stolz inmitten der Stadt.

Hinter ihr regte sich etwas und als Helena sich umdrehte, sah sie, dass Johannes aufgewacht war. Verwirrt blinzelte er ins Sonnenlicht und schien einen Moment zu brauchen, um sich zu orientieren. Als sein Blick auf Helena fiel, wirkte er sichtlich erleichtert.

„Bogdan?", fragte er mit krächzender Stimme nach seinem Freund.

Helena reichte ihm einen Becher mit Wasser und half Johannes beim Trinken.

„Bogdan geht es den Umständen entsprechend gut", beruhigte sie ihn. „Mach dir mal keine Sorgen." Sie schilderte ihm grob das Ausmaß von Bogdans Verletzungen und sah den erleichterten Blick in den Augen ihres Großcousins.

„Ich dachte, er hätte ihn totgeschlagen!", stieß Johannes zwischen zusammengebissenen Zähnen hervor. Er ballte seine gesunde Hand zu einer Faust.

„Johannes", eindringlich sah Helena den Jugendlichen an, „du musst mir bitte genau erzählen, was passiert ist! Nur so können wir etwas unternehmen!"

Johannes atmete tief durch und fing zu erzählen an. Helena hörte aufmerksam zu, ohne Zwischenfragen zu stellen. Der Jugendliche schilderte ihr sein schlechtes Gewissen, als wegen ihm ein junges Mädchen in Haft genommen worden war, nur weil er aus Versehen mit Maria zusammengestoßen war. Zunächst habe er nur großes Mitleid mit ihr gehabt und sein „Vergehen" wieder gutmachen wollen. Daher hatte er in Helenas Büro herumgeschnüffelt, um die Adresse von dem Heim herauszufinden. Anschließend war er dort hingefahren und lungerte so lange vor dem Heim herum, bis er Maria an einem Fenster sah. Zuerst hatte sie ihn wohl aus dem Fenster heraus beschimpft, aber Johannes gelang es, ihr glaubhaft zu versichern, dass er ihr nichts Böses wollte. Es dauerte eine ganze Weile, sie zu überzeugen, aber schließlich ließ sie es zu, dass er ihr half, auszubrechen. Er kletterte an der Regenrinne hoch und stützte das Mädchen beim Absteigen.

Helena wurde bei dem Gedanken himmelangst, was alles hätte passieren können! Johannes schien ihre Gedanken zu erahnen.

„Weißt du, Helena, die Maria ist etwas Besonderes. Wie ich ihr blasses Gesicht hinter dem Fenster gesehen habe, hat irgendwas in mir Klick gemacht."

Er sah ihr in die Augen und Helena verstand. Johannes hatte sich verliebt! Deshalb war er ein solches Risiko eingegangen, um Maria und ihrem Bruder zu helfen ...

Bei Maria daheim lernte Johannes dann Bogdan kennen, der nur wenige Jahre älter war als er selbst. Die beiden jungen Männer verstanden sich von Anfang an gut und rauchten auch den einen oder anderen Joint miteinander, wie Johannes offen zugab. Er sprach auch über Bogdans Drogensucht und wie ausgezehrt und krank er deshalb aussah und wie viele Sorgen sich Maria um ihren Bruder machte.

Helena nickte. Das Bild von Mark Blech schob sich unweigerlich in ihr Gedächtnis. Auch dessen Familie war sehr um ihn besorgt gewesen, hatte ihm jedoch leider nicht mehr helfen können.

Maria hatte sich ebenfalls große Sorgen um ihren Bruder gemacht und Johannes ins Vertrauen gezogen.

Bogdan schuldete seinem Dealer eine Menge Geld und wurde deshalb von ihm bedroht. Der Drogenhändler hatte einen äußerst gewalttätigen Ruf, daher war Maria mehr als besorgt um ihren Bruder. Johannes wollte den beiden gerne helfen, hatte aber nicht gewusst wie. Zerknirscht gestand er Helena, dass er deswegen sogar Geld aus ihrem Geldbeutel entwendet und eine Kette geklaut hatte.

Er sah Helena entschuldigend an, doch die winkte entschlossen ab. Das war jetzt nicht wichtig! Das Einzige, was zählte, war, dass er wieder gesund wurde!

Johannes erzählte weiter. Als Maria ihn schließlich bat, Bogdan zu einem Treffen mit seinem Dealer zu begleiten, um ihm zur Seite zu stehen, hatte er schließlich zugestimmt.

Helena schloss entsetzt die Augen. Johannes hatte sich wissentlich in große Gefahr begeben.

Die beiden jungen Männer trafen den Dealer in Lechhausen, und der forderte sie dazu auf, in sein Auto zu steigen. Dann waren sie zu dem Haus in der Winklerstraße gefahren, wo der Dealer unvermutet ein Messer zog und sie zwang, mit ihm in den Keller zu gehen. Er sagte Bogdan, dass jetzt Schluss mit lustig sei und dass er ihn totschlagen würde, wenn er nicht zahlen könne. Johannes versuchte zu vermitteln, aber der Dealer hörte nicht auf ihn und fing an, mit einer Eisenstange auf Bogdan einzuschlagen.

Johannes schlug die Hände vor sein Gesicht und fing zu weinen an. „Es war so schrecklich, Helena! Ich konnte überhaupt nichts tun! Bogdan hat einen heftigen Schlag auf den Kopf abbekommen und ist umgefallen wie ein Stein. Der Kerl hat einfach weiter auf ihn eingeschlagen, da hab ich mich dazwischengeworfen, und erst dann hat er endlich von Bogdan abgelassen.“

Helena warf einen Blick auf Johannes bandagierten Arm und das malträtierte Bein.

„Weil er auf dich eingeschlagen hat, stimmt´s“, fragte Helena sanft.

Johannes nickte. Die Tränen flossen ungehindert über seine Wangen.

„Wenigstens hat er dann Bogdan in Ruhe gelassen! Ich dachte, er schlägt mich auch noch tot, aber dann hat sein Handy plötzlich geklingelt, und er ist abgehauen. Er hat noch gesagt, dass er wiederkommen würde, weil er noch nicht mit uns fertig sei.“

„Kannst du mir Genaueres über den Mann erzählen?“, fragte Helena gespannt.

„Er ist noch jung, so Mitte zwanzig, würde ich sagen. Seinen Namen kenne ich leider nicht. Ich glaube, nicht mal Bogdan kennt den.“

„Wie sah er denn aus? Beschreib ihn doch mal“, forderte Helena Johannes auf.

Der Jugendliche dachte nach. „Er ist ungefähr so groß wie ich. Außerdem hat er eine auffällige Narbe mitten im Gesicht.“

Helena horchte auf.

„Eine Narbe?“

„Ja, die lief quer über sein Gesicht.“ Johannes deutete mit seiner Hand eine imaginäre Narbe an.

„Hatte er vielleicht Locken?“, fragte Helena aufgeregt.

Erstaunt sah Johannes sie an. „Ja, genau!“

„Braune Locken?“, hakte Helena nach.

„Kennst du ihn?“ Johannes starrte Helena verblüfft an, den Mund vor Überraschung offen stehend.

„Ich habe da so eine Ahnung“, sagte Helena. „Entschuldigst du mich kurz?“

Sie verließ das Zimmer und rief Franzi an. Sie schilderte ihr Johannes’ Beschreibung und auch ihrer Kollegin fiel sofort wieder der unfreundliche junge Mann ein, der mit Vroni am Königsplatz herumgelungert war.

„I schreib den sofort zur Fahndung aus! Dürfte net schwer sein, den zu finden!“, rief Franzi aufgeregt und verabschiedete sich schnell von ihrer Partnerin.

Helena war gerade im Begriff zu Johannes zurückzugehen, als ihr etwas einfiel. Seufzend holte sie abermals ihr Handy hervor und wählte eine Nummer.

„Hallo Jenny, ich bin´s, die Helena. Erschreck nicht, aber ich muss dir etwas erzählen ...“

Zehn Minuten später kehrte Helena in Johannes´ Zimmer zurück. Ihre Cousine Jenny hatte ihre Nachricht zu Helenas Erleichterung überraschend gefasst aufgenommen. Sie würde mit dem nächstmöglichen Zug nach Augsburg kommen, um bei ihrem Sohn zu sein.

Plötzlich merkte Helena, wie hungrig sie eigentlich war. Immerhin hatte sie seit über einem Tag so gut wie nichts gegessen. Ihr Blick wanderte zu dem Krankenhausessen, das in der Zwischenzeit gebracht worden war und auf dem Beistelltisch vor Johannes stand. Stirnrunzelnd besah sich der Jugendliche gerade den Inhalt unter den Plastikhauben.

Helena musste grinsen. Obwohl sie hungrig wie ein Wolf war, fand auch sie die Erbsensuppe wenig appetitanregend. Kurzentschlossen nahm sie das Tablett von Johannes Beistelltisch und stellte es auf den großen Tisch vor dem Bett.

Erstaunt verfolgte Johannes Helena mit den Augen. Sie zwinkerte ihm zu.

„Was hältst du von einer großen Pizza mit allem?"
Johannes strahlte.

„Au ja! Für mich eine extra Große, bitte!"
Schmunzelnd wählte Helena die Nummer des Pizzaservices. Noch nie zuvor hatte sie so oft Pizza gegessen wie in der letzten Zeit. Aber sie hatte auch noch nie einen heranwachsenden Jugendlichen mitversorgen müssen, der von Salat natürlich nicht satt wurde. Außerdem, wenn Helena ehrlich war, aß sie Pizza für ihr Leben gern und freute sich über die Gelegenheit.

Nachdem sie ein großzügiges Trinkgeld in Aussicht gestellt hatte, sagte der Lieferdienst sogar zu, die Pizza in den sechsten Stock des Krankenhauses zu bringen.

Eine dreiviertel Stunde später mampften die beiden zufrieden ihre Pizzen direkt aus dem Karton, die missbilligenden Blicke der Krankenschwester, die das unangetastete Tablett wieder abgeholt hatte, geflissentlich ignorierend.

„Na, ihr zwei lasst´s es euch ja gut gehen!", ertönte auf einmal Franzis Stimme, die gerade zur Tür hereinkam, den grünen Fahrradhelm auf dem Kopf tragend.

Helena grinste und bot ihrer Kollegin ein Stück Pizza an, das diese gerne annahm. Eine Zeit lang aßen die drei schweigend und erst als die Pizzen bis auf den letzten Krümel aufgegessen waren, erzählte Franzi ihnen von ihren Neuigkeiten.

„Die Streife hat unsren Verdächtigen am Königsplatz aufgegriffen. Er heißt übrigens Tobias Klein und isch gebürtig aus Augschburg. Natürlich hat er behauptet, nix von Bogdan oder Johannes zu wissen, aber als die Kollegen ihn gefilzt ham, ham sie jede Menge Drogen bei ihm g´funden. Genug, um ihn erscht mal hops zu nehmen."

Gespannt folgten Helena und Johannes Franzis Ausführungen.

„Bei unsren Nachforschungen kam raus, dass die Oma von dem Klein in dem Haus in der Winklerstraße in Lechhausen g´wohnt hat. Die alte Frau isch vor ein paar Monaten verstorben, aber die Wohnung isch bis jetzt no net weitervermietet worden."

„Und zu der Wohnung gehört der Keller, richtig?", warf Helena ein.

Franzi nickte zustimmend.

„Aber des isch no net alles! Als die Kollegen den Klein feschtg´nommen und ins Auto verfrachtet ham, ham sie die anderen, die dabei waren, no befragt und alle ham g´sagt, sie hätten nix mitbekommen. Eine junge Frau hat den Beamten aber ihre Nummer ‚geben, und sie gebeten, sie einer Helena oder Franzi zu geben und um Rückruf gebeten.“

„Vroni!“, rief Helena aufgeregt.

„Eben die!“, sagte Franzi zufrieden. „Also, i hab die Vroni natürlich glei ang´rufen und du glaubsch net, was die Vroni mir erzählt hat!“

Helena grinste. Franzi verfiel wieder in ihr altes Muster.

„Der Klein hat damals unter anderem au sie und Mark Blech mit Drogen versorgt, daher hat sie den gekannt. Als sie sich von Mark getrennt hat, hat sie sich der Gruppe um den Klein ang´schlossen, um einfacher an Drogen zu kommen. Offenbar isch sie für ihn sogar anschaffen gegangen.“ Betrübt schüttelte Franzi den Kopf. „Des arme Mädel! Aber weiter: Die Vroni hat g´sagt, dass der Klein au den Mark Blech immer wieder bedroht hatte. Des erklärt die vielen Blessuren an seinem Körper. Sie meinte, er hätte die Situation wahrscheinlich einfach nimmer ausg´halten und sich deshalb den goldenen Schuss g´setzt. Vroni hat z´erscht befürchtet, dass der Klein den Mark totg´schlagen hat, als wir ihr von seim Tod berichtet ham.“

Helena nickte. „Möglicherweise hätte er das sogar getan, wenn der Mark ihm nicht zuvorgekommen wäre.“

„Jedenfalls ham wir den Mischtkerl endlich! Der kommt so schnell nimmer raus, sag i euch.“

Johannes hatte Franzis Ausführungen mit großen Augen verfolgt. Nun mischte er sich ein.

„Und was wird jetzt mit dieser Vroni?"

Franzi zuckte mit den Schultern.

„Wenn des Mädel g'scheit isch, lässt sie sich des alles eine Lehre sein und hört mit den Drecksdrogen auf! Dann hätte sie au ´ne Chance auf a normales Leben."

Helena warf Johannes einen Seitenblick zu. Der Jugendliche nickte nachdenklich.

„Das erklärt auch die Sache mit dem Morchler", fiel es Helena plötzlich ein. „Ich vermute mal, dass er seine Drogen ebenfalls von dem Klein bezogen hat und dass er deshalb so darauf erpicht war, in den geschlossenen Entzug zu gehen!"

„Gut kombiniert!", lobte sie Franzi. „Des werd i glei nachher no recherchieren!"

Johannes hatte den Kommissarinnen aufmerksam zugehört. Franzi musterte den jungen Mann eingehend.

„Oh mei, Bub!" Sie besah die vielen Verbände und Schläuche an Johannes' Arm und Bein und auch die dunklen Hämatome, die seinen Körper zierten, entgingen ihren aufmerksamen Augen nicht. Betrübt schüttelte sie den Kopf.

„Lass mich raten", sagte Johannes schmunzelnd. Fragend sah Franzi ihn an.

„Da hab ich ein paar Mordsplatscharis, stimmt´s?" Grinsend legte er den Kopf schief und zwinkerte Franzi zu.

Die Augsburgerin musste schallend lachen. „Da hasch du recht!" Sie wandte sich ihrer Partnerin zu und grinste.

„Jetzt spricht unser Bub scho besser Augschburgerisch als wie du!"

Helena rollte gespielt mit den Augen, zwinkerte jedoch Johannes heimlich zu.

„Aber des isch fei au kei Kunscht net, geh Lena?",
setzte Franzi noch einen oben drauf.

Johannes und Franzi mussten über Helenas empör-
ten Gesichtsausdruck laut lachen.

„Na, das ist aber auch eine sauschwere Sprache!",
warf Helena ein und fiel in das Lachen der anderen mit
ein.

Epilog

Die Sonne strahlte warm von einem tiefblauen Sommerhimmel. Helena saß zwischen ihrer Mutter und ihrer Tante auf einem weißen Klappstuhl und hielt den Blick fest nach vorne gerichtet. Vor den langen Reihen mit Klappstühlen war eine Bühne aufgebaut, auf der mehrere junge Leute standen.

„Johannes Hansen", sprach ein älterer Herr gerade in das Mikrofon, das er in der Hand hielt.

Helena und ihre Familie applaudierten begeistert und verfolgten mit ihren Blicken den hochgewachsenen jungen Mann, der grinsend auf die Bühne kletterte und dem älteren Herrn kräftig die Hand schüttelte. Anschließend nahm er ein Dokument von ihm entgegen und hielt es triumphierend in die Höhe. Helena pfiff anerkennend durch die Zähne und klatschte noch heftiger. Johannes' Blick fiel auf seine Großcousine und er zwinkerte ihr verschmitzt zu.

Helenas Tante wischte sich eine Träne aus dem Auge und ergriff die Hand ihrer Nichte.

„Das haben wir dir zu verdanken, Helena!"

Helena drückte ihre Hand. „Tantchen, das ist allein Johannes' Verdienst!"

Die junge Frau neben Helenas Tante lehnte sich nun herüber.

„Nein, Helena. Mama hat völlig recht! Ohne dich würde mein Johannes bestimmt nicht da vorne stehen und sein Abiturzeugnis in Händen halten!"

Helena zwinkerte ihrer Cousine zu. „Weißt du, Jenny, gelernt hat der Johannes ganz von allein ..."

Lachend lehnte sich Jenny wieder zurück.

„Da hast du auch wieder recht! Mein Jung hat wirklich gebüffelt bis zum Umfallen!"

Auf einmal kam in ihrer Sitzreihe Unruhe auf. Helena sah zur Seite und bemerkte Franzi, die sich an der Menge vorbeiquetschte, das Ungetüm Waschtl im Schlepptau.

„Tschuldigung", murmelte sie und lächelte die Menschen freundlich an, die ihretwegen Platz machen mussten. „Tschuldigung! Glei hab i´s! Tschuldigung! Ah geh Waschtl, jetzt trampel halt net allen Leuten auf die Fiaß!"

Helena musste grinsen. Typisch Franzi! Die Menschen, an denen die Augsburgerin sich vorbeidrängte, reckten die Hälse, um die Vorgänge auf der Bühne im Auge behalten zu können. Weitere Namen wurden aufgerufen, immer mehr junge Leute versammelten sich auf der Bühne.

„Hab i was verpasst?", keuchte Franzi, als sie sich erschöpft auf den leeren Stuhl neben Helenas Mutter fallen ließ.

Helena deutete auf die Bühne, um Franzi auf Johannes aufmerksam zu machen, der stolz in der ersten Reihe stand.

„Ach nö! Jetzt hab i des Wichtigschte verpasst!", stöhnte Franzi laut auf. „Dass du au immer zum ungünschtigschten Zeitpunkt austreten mußsch!", schalt sie Waschtl, der sich unbeteiligt zu Franzis Füßen niedergelassen und die Schnauze auf die Pfoten gelegt hatte.

Franzi nestelte ihr Handy aus der Tasche und stand auf.

„Des muss i einfach fotographieren!" Sie winkte Johannes zu und als sie seine volle Aufmerksamkeit hatte, machte sie eine Reihe von Fotos. Erst als das empörte Zischeln hinter ihr immer lauter wurde, setzte sie sich wieder hin und drehte sich um: „Sie werd'n scho entschuldigen, aber unser Bub macht schließlich net alle Tag sei Abi! Des muss ang'messen feschtg'halten werden!"

Helena sah den ratlosen Blicken der Angesprochenen an, dass sie das meiste nicht verstanden hatten, aber die Augsburger Kommissarin schien zufrieden und wandte ihre Aufmerksamkeit wieder der Bühne zu.

Helena grinste. Für Franzi stellte sich nie die Frage, ob man sie verstand. Sie war so unbekümmert und voller Lebensfreude! Alle Menschen, die sie näher kannten, schlossen die quirlige Augsburgerin unweigerlich in ihr Herz. Helena erinnerte sich amüsiert an den gestrigen Abend, als sich Familie Hansen nebst Besuchern um den Esstisch versammelt hatte. Ihre Mutter hatte zur Feier des Tages leckeren Gänsebraten gemacht und ihr Vater hatte extra für den Anlass eine teure Flasche Rotwein spendiert. Franzi hatte sich wirklich nichts dabei gedacht, als sie gefragt hatte, ob sie ein Weizen zum Gänsebraten haben könnte ... Helena musste lachen, als ihr der verdutzte Gesichtsausdruck ihrer Eltern wieder in den Sinn kam. Weizen zum Gänsebraten? Aber so war Franzi eben. Sie dachte sich nichts dabei, sondern tat eben das, worauf sie gerade Lust hatte. Zu Helenas großer Überraschung hatte ihr Vater tatsächlich ein paar Flaschen Weizen für seine Besucher aus Süddeutschland vorrätig und gönnte sich ebenfalls ein Glas davon zum knusprigen Braten.

Helenas Blick fiel wieder auf die Bühne, auf der die frischgebackenen Abiturienten um die Wette strahlten.

Johannes war nach mehrwöchiger Rehabilitation wieder zur Schule gegangen und hatte sein letztes Schuljahr mit einem ordentlichen Abitur beendet. Die Vorkommnisse in Augsburg hatten den jungen Mann schwer geläutert, und er hatte seither die Finger von Drogen gelassen. Helena wusste, dass Johannes immer noch Kontakt mit Maria und Bogdan hatte, aber seitdem die beiden zurück nach Kroatien gezogen waren, weil ihr Vater in Deutschland keine Arbeit gefunden hatte, war der Kontakt spärlicher geworden. Johannes hing nach wie vor sehr an Maria, wusste aber, dass für sie ihre Familie an erster Stelle kam. Er hatte Helena gestanden, dass er hoffte, dass Maria wieder nach Deutschland zurückkehren würde und wer weiß ... Maria schien jedenfalls zuversichtlich, dass Bogdan die Kurve kratzen würde. Er hatte einen Entzug gemacht und in seiner alten Heimat eine Lehre als Maler angefangen, die er trotz seiner permanenten Hörschädigung ohne Probleme ausführen konnte.

Helenas Gedanken schweiften zu einer anderen jungen Frau, zu Vroni. Tobias Klein war wegen mehrfacher schwerer Körperverletzung und Drogenhandels zu einer Freiheitsstrafe von sieben Jahren verurteilt worden. Bei der Verhandlung war unter anderem herausgekommen, dass auch Marc Blech große Schulden bei dem Dealer angehäuft hatte. Aufgrund der Beweislast, die nicht zuletzt der Autopsiebericht von Dr. Lysander lieferte, hatte Herr Klein schließlich gestanden, Marc Blech mehrfach schwer misshandelt zu haben, da dieser seine Schulden bei ihm nicht bezahlen konnte. Bei Herrn Morchler war es ähnlich gewesen. Daher hatte er auch so auf den geschlossenen Entzug gedrängt, um dem gewalttätigen Dealer zumindest für eine Weile zu entkommen.

Helena hatte die Gerichtsverhandlung verfolgt und dort zu ihrer Überraschung die Eltern von Mark Blech wiedergetroffen, die sich aus der Verhandlung neue Erkenntnisse über ihren Sohn erhofften. Frau Blech hatte Helena unter Tränen von ihrer tiefen Rührung bei der Lektüre der Geschichte ihres Sohnes erzählt. Bei der Gelegenheit hatte Helena Marks Eltern mit Vroni bekanntgemacht. Die junge Frau hatte lange mit Herrn und Frau Blech gesprochen und ihnen von ihrer Zeit mit Mark berichtet. Helena hatte erst kürzlich einen Anruf von Frau Blech erhalten, die ihr erzählte, dass sie und ihr Mann Vroni inzwischen bei sich aufgenommen hatten, da Vronis eigene Eltern leider nichts mehr von ihrer missratenen Tochter wissen wollten. Die junge Frau durchlief zur Zeit ein Entzugsprogramm und hatte fest vor, ihren Schulabschluss nachzumachen.

Die Zeugnisverleihung ging dem Ende entgegen. Nachdem die Schulband noch ein paar fetzige Lieder geschmettert hatte, versammelten sich die stolzen Abiturienten und ihre nicht minder stolzen Familien beim Sektempfang.

Gerührt sahen Helena und Franzi dabei zu, wie der großgewachsene Johannes seine zierliche Mutter, die er um zwei Haupteslängen überragte, fest in die Arme schloss. Danach kamen seine Oma und Helenas Mutter an die Reihe und wurden ebenfalls gedrückt. Anschließend trat Johannes lächelnd zu den beiden Kommissarinnen und hielt ihnen sein Sektglas entgegen. Grinsend stießen die drei miteinander an. Nachdem sie einen Schluck genommen hatten, sah Johannes die beiden Frauen ernst an.

„Ohne euch zwei wäre ich jetzt nicht hier", sagte er bestimmt.

Franzi strahlte und Helena wurde rot vor Verlegenheit.

Johannes zog die beiden Frauen in eine feste Umarmung.

„Versprich uns einfach, dass du was Anschtändiges aus deim Leben machsch", sagte Franzi gerührt.

„Das verspreche ich euch", sagte Johannes feierlich. Dann wurde er auch schon von feiernden Freunden mitgerissen und verschwand lachend in der Menge.

Franzi prostete Helena zu. „Na, siehsch du, jetzt isch doch no was aus dem Buben geworden!", bemerkte sie zufrieden.

Helena nickte erleichtert. Die Zeit mit Johannes war alles andere als leicht gewesen. Obwohl er nicht lange bei ihr gewesen war, hatte er Helenas Leben doch gehörig auf den Kopf gestellt. Jenny hatte die zwei Wochen, die Johannes in der Klinik verbringen musste, bei Helena gewohnt und war danach nach Hamburg zurückgekehrt. Die dreimonatige Rehazeit hatte Johannes noch in Augsburg verbracht, war doch vor Ort eine berühmte orthopädische Klinik, in der er täglich trainieren konnte. Sogar sein Praktikum bei der Polizei hatte Johannes anschließend noch ordentlich beendet, sehr zur Freude von Oberwachtmeister Wamser. Helena musste schmunzeln, als sie sich an die kleine Abschiedsfeier erinnerte, die der Beamte für Johannes gegeben hatte. Ja, die Zeit mit Johannes war turbulent gewesen, aber der heutige Tag entschädigte sie für all ihre Mühen.

„Nur schade, dass Nick net hier sein kann", unterbrach Franzi grinsend Helenas Erinnerungen.

„Ja, wirklich schade", stimmte Helena Franzi lächelnd zu. „Aber seit er das Geschäft von seiner Tante ganz übernommen hat, kommt er halt nicht so leicht weg."

Franzi sah Helena forschend an.

„Jetzt tu halt net so, Lena! I weiß doch ganz genau, wie sehr er dir fehlt, dein Nick!"

Helena lachte.

„Vor dir kann man aber auch nichts verbergen, stimmt´s?"

Sie wurde ernst.

„Weißt du, Franzi, wenn Nick mir nicht so zur Seite gestanden hätte, bei der Sache mit Johannes, weiß ich nicht, wie ich zurechtgekommen wäre." Verträumt sah sie ins Leere. „Er war so verständnisvoll! Ich hab doch so viel Zeit im Krankenhaus verbracht und trotzdem war er immer für mich da, wenn ich ihn brauchte. Wie oft hat er Johannes zur Reha gefahren? Für uns gekocht?"

Franzi grinste breit.

„Oh Mann, oh Mann, dich hat´s aber erwischt!"

Ihre Freundin wurde rot und lächelte verschämt.
Franzi legte einen Arm um Helena.

„Schau, Lena, in drei Tagen kommt er doch scho nach. Dann macht´s ihr zwei euch ne schöne Zeit. I find´s toll, dass er mit dir nach Potsdam fahrn und dir sei Heimat zeigen will. I halt daweil in Augschburg die Stellung, bis du wieder kommsch.“

Franzi drückte Helena fest.

„I weiß, dass i dir den Nick net ersetzen kann, Lena. Aber trotzdem mach mer uns hier im hohen Norden ‘ne schöne Zeit bis er kommt, geh?“

Helena grinste.

„Des mach mer!“, sagte sie stolz auf Augsburgerisch und prustete anschließend über Franzis verdutzten Gesichtsausdruck laut los.

Danksagung

Wie schon bei meinem ersten Band der Helena Hansen-Reihe, „Nackabatsch mit Todesfolge – ein Augschburg Krimi", gilt mein erster Dank Ihnen, liebe Leserinnen und Leser. Ich kann mir vorstellen, dass es nicht leicht ist, sich durch ein Buch zu kämpfen, in dem weite Teile im Dialekt geschrieben sind, und doch haben Sie mir die Treue gehalten! Meinen Respekt haben Sie sich aufrichtig verdient!

Unser Augsburger Dialekt hat viele Facetten. Ich möchte an dieser Stelle deutlich sagen, dass es in meiner Heimatstadt viele verschiedene Dialektarten gibt, und dass ich keinen Alleinvertretungsanspruch auf die eine richtige Dialektart vertrete, weil es die nämlich nicht gibt. Allen Arten gemeinsam ist das viel verwendete „sch", das gerne überall angehängt wird, z. B. hasch, kannsch, willsch usw. Sie verstehen schon! Ältere Augsburgerinnen und Augsburger sprechen mitunter einen etwas ausgeprägteren Dialekt als jüngere Stadtbewohner. Meine Mutter spricht zum Beispiel wesentlich mehr Dialekt als ich, und meine Kinder wiederum sprechen ihn kaum noch, verstehen ihn aber, im Gegensatz zum Bayerischen, das ihnen völlig fremd ist. Wundern Sie sich nicht, liebe Leserinnen und Leser. Vielleicht kratzen Sie sich gerade am Kopf und überlegen, ob Ihre Geographiekenntnisse Sie im Stich gelassen haben, aber keine Sorge! Sie haben natürlich recht mit der Annahme, dass Augsburg in Bayern liegt. Dennoch wird in der schwäbischen Hauptstadt nicht Bayerisch, sondern eben Augsburgerisch gesprochen. Ich sage bewusst nicht Schwäbisch, um keine Verwechslung mit dem Württemberger Schwäbisch aufkommen zu lassen, das wiederum völlig anders klingt als unser Augsburgerisch. So erklärt sich also, dass meine Kinder, obwohl sie mitten in Bayern aufwachsen, kein Bayerisch sprechen!

Apropos Bayerisch, in diesem Buch habe ich mich auch am oberbayerischen Dialekt versucht, man möge mir verzeihen. Aber was hätte ich machen sollen? Ich kann den Münchener Polizeipräsidenten Niedermaurer wohl schlecht hochdeutsch sprechen lassen, soviel ist ja mal klar ...

Nun zum Hochdeutschen: Ich habe versucht, meine norddeutsche Kommissarin Helena so hochdeutsch wie möglich klingen zu lassen. Wenn mir das nicht immer gelungen ist, verzeihen Sie mir bitte auch das! Eine große Hilfestellung dabei war mir übrigens ein Hamburger, der in meine Familie eingeheiratet hat, indem er sich meine liebe Tante Margot geschnappt hat. Danke, Gerd, für deine Hinweise und Tipps! Und ebenfalls danke für deine Geduld, wenn du dich mit uns Augschburgern mal wieder rumärgern darfsch! Auch meine großartige Lektorin Claudia Steinke, die ebenfalls aus dem Norden kommt, hat mir hier übrigens sehr geholfen.

Um einen Krimi zu schreiben, muss man natürlich auch alles rund um die Polizeiarbeit gründlich recherchieren. An dieser Stelle möchte ich mich ganz herzlich beim Augsburger Polizeipräsidium Schwaben-Nord bedanken, wo ein sehr freundlicher Kriminalkommissar meine vielen Fragen bezüglich der Polizeiarbeit äußerst geduldig beantwortet hat. Das hat mir bei meiner Arbeit wirklich sehr geholfen!

Ich hoffe, liebe Leserinnen, liebe Leser, Sie verstehen meine Geschichte als das, was sie sein soll, nämlich Unterhaltung. Mein Ziel war es, Ihnen ein paar vergnügliche Stunden zu bereiten. Als Kulisse habe ich meine Heimatstadt Augsburg gewählt, die mir sehr am Herzen liegt. Ich habe versucht, sie so realistisch wie möglich zu schildern, um Ihnen einen Eindruck zu gewähren. Ich kann Ihnen nur empfehlen, unsere wunderschöne Fuggerstadt mal zu besuchen und selbst zu sehen, warum sich auch Helena inzwischen hier so wohlfühlt. Im Juli 2019 wurde übrigens das weltweit einzigartige Wassermanagement-System Augsburgs zum UNESCO-Weltkulturerbe ernannt, was allein schon einen Besuch wert ist, auch wenn es noch unzählige andere Gründe gibt, uns zu besuchen.

Ich werde oft gefragt, ob es für meine Protagonistinnen Helena und Franzi Vorbilder aus meinem realen Leben gibt. Zumindest bei Franzi fällt es mir nicht schwer, darauf eine Antwort zu geben. Sie ähnelt vom Charakter her sehr meiner besten Freundin Alex, die leider viel zu früh von uns gehen musste. Wie Alex ist sie immer fröhlich, wahnsinnig hilfsbereit und einfach zum Gernhaben. Du fehlst mir jeden Tag, Alex! Was hätten wir die Veröffentlichung meiner Bücher zusammen gefeiert!

Viele Leute haben es mir ermöglicht, dieses Buch zu schreiben. Allen voran natürlich mein Mann Florian, der mir immer die Zeit schenkt, die ich zum Schreiben benötige, indem er mir den Rücken freihält. Vielen lieben Dank dafür! Ich weiß, dass es mit mir nicht immer leicht ist! Ich möchte auch meinen Kindern Lilly, Tim und Ida danken, die versuchen, mich so wenig wie möglich zu stören, wenn ich am Schreiben bin und die stolz meinen Werdegang als Autorin verfolgen und sich sehr für meine Bücher interessieren.

Ganz herzlich danken möchte ich meinen Probeleserinnen, meiner lieben Freundin Katrin Artes und meiner Zwillingsschwester Heike Beardsley, die übrigens ebenfalls Autorin ist. Eure Tipps sind immer Gold wert und haben mir immens geholfen! In der CosyCrime-Reihe meiner Schwester, die mit „Tödliche Töne" ihren Anfang nahm, ist übrigens mit Lotte Meisner die Tante meiner Kommissarin Franzi die Hauptperson.

Des Weiteren möchte ich meinen ganz besonderen Dank meiner Agentin Anna Mechler von der Literaturagentur Lesen & Hören aussprechen. Vielen lieben Dank, Anna, für deine Tipps, deine Ratschläge, deine Geduld und deine fürsorgliche Art! Auch dafür, dass du das Manuskript Probe gelesen und mir wertvolles Feedback gegeben hast, bin ich dir unendlich dankbar! Ich bin sehr froh, dich an meiner Seite zu wissen!

Jetzt bist du nochmal dran, liebe Claudia Steinke! Dich als Lektorin zu haben, ist wirklich großartig! Ohne deine Unterstützung und deine wertvollen Anmerkungen würde es einfach nicht gehen! Ich freue mich wahnsinnig, dass du mich sowohl bei „Nackabatsch mit Todesfolge" als auch bei „Mordsplatschari" begleitet hast! Und wer weiß, womöglich kommt da ja noch mehr ...

Last but not least, möchte ich mich von ganzem Herzen bei dem wunderbaren Team meines Verlages dp DIGITAL PUBLISHERS bedanken, wo ich mich ausgezeichnet aufgehoben fühle! Allen voran danke ich natürlich dir, liebe Alex Fölker! Du stehst mir immer mit Rat und Tat zur Seite, und das ist wirklich großartig! Ihr seid einfach spitze!